詩詞講錄

唐宋詞十七講（下）

葉嘉瑩 著

桂冠圖書

唐宋詞十七講　目錄

·上冊·

·下冊·

第九講　蘇軾（下）　秦觀（上）

我們雖然還沒有講到蘇東坡的詞，但是，我們已經將蘇東坡性格中根本的兩種本質，作了簡單的介紹。說他小時讀〈范滂傳〉，范滂在艱危之中的持守而不屈服的性格，引起蘇東坡奮發激動的感情。另外，蘇東坡小時讀《莊子》，內心也有激發。所以，蘇東坡是這兩種性格的結合。我常說，一個人是要在憂患艱危之中，才能看到他的感情品格操守的。而中國古典詩歌，是蘊蓄著我們民族文化，我們的那些光偉雋傑的美好的人品的詩人們那種精神感情的一個寶庫。因爲他們那平生的一切，他們的修養品格，我說要在憂患艱危之中看到的修養品格，都反映在他們所寫的詩歌之中。在世界文學史中，中國古典詩歌是帶著這種感發的最強大的生命力的詩歌。而且，中國的偉大的詩人，都不僅是寫詩的詩人而已，他們都是以他們的平生行爲實踐了他們的人格，而不只是作品之中流露了他們的人格。我曾經提到過蘇東坡不苟合於新黨或舊黨。新黨時他曾因直言被貶逐到杭州作通判，由杭州轉到密州，再轉到徐州，再轉到湖州。在湖州時寫了謝上的表文，他說：「臣愚不識時，難以追陪先進，老不生事，或可牧養小民。」這是說，我是個愚魯的人，不達時務，對於新黨我不能苟且附合。我年歲大貶到遠方小的州縣，或可牧養小民。他謝表的話被人摘取，以爲他有誹謗朝廷之意。於是把他下到御史台獄，那裡有柏樹，所以也叫柏台。柏樹上棲有烏鴉，所以又叫烏臺。歷史上相傳有烏臺詩案，記載的就是蘇東坡因詩文獲罪的這件事。把他下獄後，他們就搜集他的詩文，摘取其中的話，認爲有誹謗朝廷之意。說他寫的詩，有「根到九泉無曲處，此心唯有蟄龍知」（見〈王復秀才所居雙檜二首〉之二），說柏樹不但長在地面上的樹幹是挺直的，就連它的樹根，到九泉的深處，人家看不見的地方，它一樣是挺直的。但在地裡的根曲不曲，誰看見了？這一份隱藏的不被人認識的忠直的心意，只有蟄伏在地下的龍才知道。——這可不得了！中國古代說天子是飛龍在天，你現在說地下有一條龍知道你，那地下的龍是什麼呢？於是認爲他有叛逆之心，幾乎要處死。

蘇東坡當時在獄中曾寫過詩與他的弟弟蘇子由告別，因爲他當時幾乎有被殺的危險。他的詩說：「柏臺霜氣夜淒淒，風動琅璫月向低。夢繞雲山心似鹿，魂飛湯火命如鷄。」（〈予以事系御史台獄，府吏稍見侵，自度不能堪，死獄中不得一別子由，故作二詩授獄吏梁成以遺子由〉）九死一生，幸虧當時的神宗皇帝還不是一個眞正的昏君，他畢竟還明白，當別人攻擊蘇東坡的時候，神宗說他詠的是柏樹，怎麼說是有叛逆之心呢？如果說蟄龍有叛逆之心，那麼諸葛亮自稱臥龍先生，他要奪取蜀漢的皇帝位子嗎？於是，蘇東坡幸而沒有被處死。而被貶到黃州去作團練副使，非常貧窮。後來有人替他說話，才在東坡住地開出一片土地來，讓他親自耕種，過著艱難困苦的生活。可是，當他受到挫折苦難時，留給我們的是什麼樣的作品呢？〈念奴嬌〉（大江東去）是九死一生以後在黃州寫的。他說「莫聽穿林打葉聲，何妨吟嘯且徐行。」（〈定風波〉）哪裡寫的？也是黃州寫的。「照野瀰瀰淺浪，橫空隱隱層霄」（〈西江月〉），哪裡寫的？也是黃州寫的。所以，經過憂患苦難，蘇東坡還寫出來這樣飛揚，這樣瀟灑，這樣開闊，這樣博大，這樣超曠風格的作品來，這是蘇東坡的修養。

蘇東坡曾在給朋友的信裡邊寫道：「吾儕雖老且窮，而道理貫心肝，忠義塡骨髓，直須談笑於死生之際。若見僕困窮，便相於邑，則與不學道者，大不相遠矣。」（〈與李公擇書〉）這就是中國古人的修養。文天祥說：「孔曰成仁，孟曰取義，惟其義盡，所以仁至、讀聖賢書，所學何事？而今而後，庶幾無愧。」（〈自贊〉）我們這些個人，既然讀了聖賢之書，雖是老且窮，不管我們生命上有什麼挫折苦難，而我們所學的這種道理，是貫徹在內心的心肝之中的。我們的忠義的持守，是充滿於我們的骨髓之內的。所以，我們就是在死生憂患之間，直須談笑於死生之際。這就是我講柳永跟蘇東坡的對比時候說過的，你平生之所追求，是向外的追求，還是向內的追求？內外本來應該是合一的。可是，向外的追求是有待的追求，柳永追求了一生一世，他最後說的是什麼？——「歸雲一去無踪跡，何處是前期？狎興生疏，酒徒蕭索，不似少年時。」他都落空了！蘇東坡不但在黃州的時候有他的持守，當他晚年貶官海南，那眞是九死一生。張志新烈士吟誦的兩句詩，「雲散月明誰點綴，天容海色本澄清」，那就是蘇東坡在海南渡海時所寫的〈六月二十日夜渡海〉詩。一切的苦難都不在我的心中，苦難過去了就跟一場風雨過去了一樣。雲散月明，那月華還是皎潔的，天容海色，我本來就是這樣清白的，而且我也不需要點綴，不需要別人的了解和讚美。「雲散月明誰點綴，天容海色本澄清。」不但是對外邊環境的遭遇，對於他自己身體上的疾病，也取如此態度。當他老眼昏花的時候，他寫了兩句詩：「浮空眼纈散雲霞，無數心花發桃李。」(〈獨覺〉)老眼昏花了，看外邊的一切景物模糊了，如同被雲霞籠罩一樣。外邊的花我看不清楚了，可是我有無數心花發桃李，我內心有桃李百花開放了。這是我所說的要無待於外而有待於內的一種修養。蘇東坡經過了多少憂患艱難，蘇東坡是完成了自己的一個人。而我們還要分別一點，就是有些個人，覺得自己是超曠了，於是就變成不分黑白，不關痛癢，變成心死。那不是超脫，那是痲木。蘇東坡的兩點作人的態度，他對於自己的苦難，是能夠以這種超然的態度來處理的。但是，對於國家，對於人民的忠愛之心，則是始終執著沒有改變的。所以，你只要把他召回到朝廷去，他應該說什麼正直的話，還照樣說。經過多少危苦患難，他仍然是這樣忠直。而且貶官在外的時候，他也爲人民做了不少事。在密州的時候，救過旱災。在徐州的時候，救過黃河的水災。蘇東坡有詩句留下來，寫他跟人民爲了黃河的水災而築堤岸，回來的時候，靴子上濺的都是黃色的泥土。在杭州的時候，疏浚西湖的淤泥而建了蘇堤。在杭州當傳染病流行的時候，他設立了病坊，那就是中國古代的隔離的傳染病院。他老年貶官到惠州，自己生活困苦的時候，看到當地人民渡江渡海的困難，爲當地設法修建橋樑。所以，你不要只看有些詩人說到達觀就是消極了。這就是我幾次談到我的老師說的，要以無生的覺悟，無生者，是忘記自己的得失利祿，才能夠成就更偉大的有生的事業。

蘇東坡有這兩面的結合，造成了他詩裡邊一種特殊的風格。他的詩的風格，有被人看作舉首高歌的，逸懷浩氣的，開闊飛揚的一面；但是也有韶秀的一面，寫的非常的清麗，非常的秀美的一面。不但如此，我們還要從他超曠之中看到他苦難之中的悲慨。我們看到歐陽修所寫的詞在遣玩的意興之中，是欣慨交心，有一份賞玩的歡欣，也有生活經歷上的悲慨。蘇東坡的詞也應該這樣認識。我們講蘇東坡的爲人，正是爲了認識他的詞的風格。

下面我們就看幾首蘇東坡的詞。我寫過三首論蘇東坡的絕句：

攬轡登車慕范滂，神人姑射仰蒙莊。小詞餘力開新境，千古豪蘇擅勝場。

道是無情是有情，錢塘萬里看潮生。可知天海風濤曲，也雜人間怨斷聲。

捋青搗麨俗偏好，曲港圓荷儷亦工。莫道先生疏格律，行雲流水見高風。

第一首前兩句是他的性格的本質。他的持守，他的超曠的達觀，就是這種境界。所以，「小詞餘力開新境」。蘇東坡不僅詩好，文章也好，書法也好，他寫詞只是以餘力爲之。可是一個人有諸中而後形於外，不是描頭畫脚的矯揉造作的，是你眞正有這樣的修養，你儘管是餘力爲之，它自然也把你的修養流露出來。所以說「千古豪蘇擅勝場」。我所說的「豪」，是因爲一般世上人的批評都把蘇東坡稱作豪蘇，把柳永稱作膩柳。說柳永是柔膩的，東坡是豪放的。把蘇東坡與柳永對立，而與南宋的辛棄疾並稱。不錯，蘇東坡跟辛棄疾兩個人都有開闊博大的成就，脫出於綺羅香澤閨閣兒女之外。中國的小詞，從《花間》溫韋開始，都是寫閨閣兒女的。能夠像蘇東坡寫出逸懷浩氣舉首高歌，能夠像辛稼軒寫出英雄豪傑之氣這種作品，能夠擺脫綺羅香澤閨閣兒女之外，這是他們兩個人共同的地方。我們都看他們是一種開拓，一種發揚，說他們是豪放。其實蘇東坡跟辛棄疾兩個人並不相同。辛棄疾是英雄豪傑之氣，而蘇東坡是逸懷浩氣之懷，是曠達的襟懷。而蘇東坡的好處，也不是一味的粗豪，辛稼軒的好處，也不是一味的粗豪。我曾寫了一篇有三萬字的論辛棄疾的文章，在一九八七年第一期山東大學《文史哲》學報上刊出，大家可以參看。

我們看蘇東坡不要只看他豪放，要看他的忠義的持守，他的政治的理想，他的在失意挫折之中的曠逸的襟懷，這兩種修養相揉合所造成的一種風格。只認爲蘇東坡是豪放的，是不對的。我們看他被認爲是豪放的〈念奴嬌〉：

大江東去，浪淘盡、千古風流人物。故壘西邊人道是，三國周郎赤壁。亂石崩雲，驚濤裂岸，捲起千堆雪。江山如畫，一時多少豪傑！遙想公瑾當年，小喬初嫁了，雄姿英發。羽扇綸巾談笑處，檣櫓灰飛煙滅。故國神遊，多情應笑、我早生華髮。人生如夢，一樽還酹江月。

——〈念奴嬌・赤壁懷古〉

我順便講一下標點，很多朋友寫了詞給我看，有的意思都是很好的。可是，我一定要請大家注意，作爲詞，它的平仄韻律押韻都是非常重要的，不寫詞則已，寫詞的時候，先要找一本詞譜、詞律的書，把平仄熟悉了。因爲音節音調是非常重要的。如果用演話劇的聲調，這樣誇張造作地來讀誦，那就失去了古典詩詞的風格，失去了古典詩歌原來的感動人的力量。我說這話的緣故，因爲我順便還要解答有關蘇東坡的一個問題。就是有很多人說蘇東坡的詞不合詞的格律，於是有很多人假借這個說法，說蘇東坡的詞都不見得完全合律，我有點不合律，那有什麼關係呢？對此，我們要分別來看待。蘇東坡的詞不是不合律的。我在〈論蘇軾詞〉（《中國社會科學》一九八五年第二期）一文中，曾討論了這個問題，蘇東坡詞絕不是不合律的。「故壘西邊，人道是、三國周郎赤壁。」有人在「故壘西邊」停下來，這是用現代的文法來看。但是，在詞調的格律上，這個句法不是如此的，是「故壘西邊人道是，三國周郎赤壁」。它要有一種頓挫的美。有的時候這話不是這樣說出來的，像李後主「自是人生長恨水長東」，長句是連下來的。

「亂石崩雲」，有的版本是「亂石穿空」，這沒有很大的關係。至於這首詞換頭之處的「遙想公瑾當年，小喬初嫁了，雄姿英發」幾句斷句的問題，我在那篇文章中有較詳的討論。可以請大家參看。現在因時間關係，就不仔細說明了。

總之，凡是韻文，都有頓挫和節奏。有的時候頓挫節奏和文法上的結構是合一的，像李後主的一些詞。可是，有些時候頓挫上的停頓跟文法上的停頓不需要完全合一，讀的時候我們要掌握韻律上的節奏，講的時候按文法上的結構講。還不止是讀詞的時候應該如此地讀，詩裡邊有的句子也應該如此讀的。比如歐陽修有兩句詩：

黃栗留鳴桑椹美，紫櫻桃熟麥風涼。

——〈再至汝陰三絕〉

如果按照文法，「黃栗留」應連在一起，這是黃鶯鳥的別稱。鳴，動詞。桑椹，名詞。美，形容詞。「紫櫻桃」，名詞。熟，形容詞。麥風，名詞。涼，是形容麥風的。按照文法應讀：

黃栗留——鳴——桑椹——美，紫櫻桃——熟——麥風——涼。

但是我們讀詩的頓挫不這樣讀，應是：

黃栗——留鳴——桑椹美，紫櫻——桃熟——麥風——涼。

所以，讀詩詞，要注意它的韻律節奏。而蘇東坡的詞，很多的人把他韻律節奏的標點點錯了。例如「多情應笑，我早生華髮」二句，應在「笑」字後停，不是在「我」字後停。

蘇東坡詞奇妙的一點是，他本來經過了烏臺詩案，是「魂飛湯火命如鷄」幾乎被處死的，經過這樣的憂患被貶謫到黃州來。他內心有他的憂患和悲慨，可是人家寫出來多麼開闊博大的詞，他把自己的悲慨不但是融合在開闊博大的景色之中，而且是融合在古往今來的歷史之中了。這是蘇東坡能造成他曠逸的襟懷的另一個原因。就是說，除了《莊子》的道家的修養以外，他還有一種歷史上的通觀。他把他自己放在整個大歷史背景之中，不是我一個人的盛衰成敗榮辱，而是古往今來有多少盛衰成敗榮辱。他常常把自己放在歷史的大背景之中。不但在這一首詞前面寫的是歷史人物，後邊寫的是他自己。另外他的一首〈永遇樂〉，也是一種歷史觀的。我們先念一遍，先從聲音的概念體會這首詞，就會感到〈念奴嬌〉(大江東去)寫的眞是博大開闊。可是，〈永遇樂〉的開頭寫的那眞是委婉優美：

> 明月如霜，好風如水，清景無限。曲港跳魚，圓荷瀉露，寂寞無人見。忱如三鼓，鏗然一葉，黯黯夢雲驚斷。夜茫茫、重尋無處，覺來小園行遍。天涯倦客，山中歸路，望斷故園心眼。燕子樓空，佳人何在，空鎖樓中燕。古今如夢，何曾夢覺，但有舊歡新怨。異時對、黃樓夜景，爲余浩嘆。
>
> ——〈永遇樂·彭城夜宿燕子樓，夢盼盼，因作此詞。〉

把自己放在古今如夢之中，放在歷史的浪淘盡、千古風流人物之中。這種修養還不只是學古典文學的好處，也是學歷史的好處啊！

歷史是非常重要的一門學問，鑒往知來，所以司馬光寫的史書才叫《資治通鑑》。而我一九八六年回到自己的祖國，在上海復旦聽到的，在天津南開聽到的，都說現在學中文的學生越來越少了，就是學中文，也是對於現代文學感興趣的比較多，對於古典文學感興趣的越來越少了；又說學歷史的比學文學的更少了。這是可悲哀的一件事情！一個國家，一個民族，一定要清清楚楚認識自己國家民族的文化和歷史。儘管它有不好的地方你要揚棄，但首先你要對它有了解。那天有一位同學來問我，說葉先生你爲什麼能把西方的學說都結合到中國古典文學中來。他說我也看了許多西方現象學的著作，怎麼結合不起來呀？我說，因爲你沒有一個根源，你無從結合。儘管你看的再多，它們都是支離破碎的，都是散漫的，你沒有一個中心把它們貫串起來。這是非常重要的一點。而作爲一個人，也應該有一種歷史的觀點，才不致把小我的利害計算的很多，也才不會把小我的憂患看的那麼沉重，因爲有古今許多歷史人物和你在一起擔負了這些盛衰興亡的悲慨。這正是蘇東坡能夠有他曠達的一面的原因之一。

我們現在看他的〈念奴嬌〉(大江東去)。同樣寫大江，李後主寫什麼？「問君能有幾多愁，恰以一江春水向東流」，「自是人生長恨水長東」。他寫的只是悲哀的一面，沒有反省和超脫的一面。蘇東坡則不然，「大江東去，浪淘盡、千古風流人物。」一是悲哀，是感慨之中有一種通脫，通古今而觀之的氣度。通古今而觀之，這是作人的非常重要的一項要培養成的眼光。表面上寫的這樣的超脫，這樣的開闊，這樣的博大，不但是通古今而觀之，而且把自己揉合在古今之中了。所有的古今才志之士，他們的成功和他們的失敗，「浪淘盡、千古風流人物」。所以，蘇東坡才能夠在做事情的時候，無論是在憂患之中，無論是在朝廷之中，還是貶謫在外地州縣之中，他處處爲人民做了很多的事情。可是，他也知道，我蘇東坡是畢竟要過去的。「浪淘盡、千古風流人物」。

「故壘西邊人道是，三國周郎赤壁」。蘇東坡還有他很妙的一點。我們剛才說了很多他通達、達觀的好處。他的通達、達觀如果說有一點缺點的話，就是有的時候，他這個人遇事不十分認眞，就放過去了。這要分成兩面來看。他有他認眞的一面，也有他放過去的一面。蘇東坡二十二歲參加科舉考試的時候，就表現了這個特色。當時歐陽修作主考官，出的題目是〈刑賞忠厚之至論〉，說無論是刑罰，無論是獎賞，都要忠厚之至，這是歐陽修自己的體會。因爲他父親當初審判案件的時候就曾說，這個人若要判死罪，我要再三替他考慮。如果能夠減輕，我盡量把他減輕，盡量不輕易把他處死（見於歐陽修〈瀧岡阡表〉）。無論是刑，無論是賞，都要忠厚之至。不要冒昧，不要輕率。所以歐陽修出的考題是〈刑賞忠厚之至論〉。蘇東坡在考試的論文上說，堯的時候臯陶爲士，作司法官。有一個人犯罪，臯陶說殺之者三，堯說赦之者三。歐陽修欣賞他這篇文章，要把他取錄第一。但歐陽修誤以爲這篇文章可能是自己的學生曾鞏寫的，不好放在第一，就放在第二了。可是他很欣賞這篇文章，說「吾當辟此人出一頭地」。這是北宋有一些人的好處，荐拔人才。但歐陽修不知這典故的出處，當蘇東坡謝主考官時，他們見了面了，歐陽修就問他典故出於何書，蘇東坡說：「想當然爾！」這是蘇東坡很妙的地方。他說我想以堯爲人的仁厚來說，以臯陶的執法嚴格來說，應該如此。「赤壁」在這首詞裡，也是蘇東坡想當然爾。因爲蘇東坡所寫的赤壁，並不是周瑜破曹兵的赤壁。赤壁有四處：一個是周瑜破曹的赤壁，在湖北嘉魚縣；一個是蘇東坡所遊的「赤壁懷古」的赤壁，在黃岡；另兩個，一在武昌，一在漢陽。但是，你要知道，做爲文學家，有的時候不要太認眞。——我再跑一個野馬，但是我所講的是欣賞和創造文學的原理和原則。——杜甫曾經寫過兩句詩，他說有兩座對立的蒼崖，是「猛虎立我前，蒼崖吼時裂」(〈北征〉)，是當猛虎大吼一聲：蒼崖就斷裂了。是說那蒼崖斷裂，截然分開的樣子，好像是突然分開的，「猛虎吼聲裂」。金聖嘆批杜甫這句詩就曾說：「詩人之眼，上觀千年，下觀千年，杜甫行至此處，就分明見有一虎，讀者要問虎在何處，哀哉小儒！」所以，詩人有他可以想像發揮的所在。蘇東坡這裡是借古人的酒杯，來澆自己的塊壘，正如晏殊假借歌者口吻來抒寫自己內心的悲慨。蘇東坡並不是不知道這個赤壁不是破曹兵的赤壁，他知道。所以，你看他的詞句用的很好，

「故壘西邊」，有殘餘的戰壘，在戰壘的西邊，「人道是，三國周郎赤壁」。我沒有說這一定就是破曹的赤壁，是當地這麼流傳，說這就是周瑜破曹兵的赤壁了。再看他的結構：「大江東去，浪淘盡、千古風流人物」，是個大的場景。「故壘西邊人道是，三國周郎赤壁」收縮，像拍電影照一個故壘，不但集中到一個小的景物，而且有一個人物在裡邊出現了。然後，再放開鏡頭寫景物，「亂石崩雲，驚濤裂岸，捲起千堆雪」，大江波濤洶湧的樣子。用的字是「驚濤」，是「亂石」，是「崩雲」，是「裂岸」，非常有力。

「江山如畫，一時多少豪傑」，這麼美的江山，當時有多少豪傑！當時有名的周瑜周郎，三十四歲。諸葛亮借東風，在戲台上看來比周瑜老，其實那時諸葛亮只有二十八歲。曹操當年是五十四歲。當時主力是東吳軍，諸葛亮只是來協助他們。蘇東坡把江山與古今歷史結合起來，突出了一個「三國周郎」，而他眞的要說的是什麼？你往下去看——

「遙想公瑾當年，小喬初嫁了，雄姿英發。羽扇綸巾談笑處，檣櫓灰飛煙滅。」寫周瑜當年儒將風流的姿態是「羽扇綸巾」，按現在我們的印象，以爲諸葛亮才是拿著一把羽毛扇。其實，拿著羽毛扇在魏晉之間而言，一些儒將風流的人常常都是如此的。就是說，指揮作戰的帶兵的將軍，不只是勇武的將軍而已，而且是讀書的儒將。《晉書·顧榮傳》記載他討伐叛軍陳敏的時候，就是以羽扇指揮軍隊的。還有《晉書·謝萬傳》記載謝萬「著白綸巾」。綸巾是一種絲巾。「遙想公瑾當年，……」二三十歲的周公瑾，小喬初嫁了。周公瑾拿著羽扇，戴著綸巾，在談笑之中，就把強大的號稱幾十萬的曹軍，火燒戰船，灰飛煙滅了。這是說到周公瑾當年的功業。可是，你要體會蘇東坡詞中的複雜的情緒。周公瑾這麼大的功業。你回想全詞開頭所說「大江東去，浪淘盡、千古風流人物」，就是當年的周公瑾，也是浪淘盡、千古風流人物了。這是一層意思。但是不只如此。

再看「故國神遊，多情應笑、我早生華髮」，這兩句詞有過不同的解釋，「故國」指誰？「多情」指誰？台灣鄭騫先生講詞講得很好，可是對於這句的解釋，我不大同意。他說前面寫的周公瑾是小喬初嫁了，小喬是他的妻子，所以這裡的「多情」指蘇東坡的夫人。蘇東坡第一位夫人姓王，後來死了。蘇東坡後來寫了〈江城子〉，「十年生死兩茫茫，不思量，自難忘」的詞來悼念她。故國，指蘇東坡的故鄉。是說如果死去的妻子魂魄歸來，那多情的妻子就會笑他。說小喬初嫁的時候，周瑜這麼年輕，就有了這麼大的功業。你蘇東坡將近五十歲了，一事無成，幾乎死在柏臺監獄裡，現在被遷謫到黃州，衣食溫飽都很困難，所以「多情應笑、我早生華髮」。可是，我以爲不是的。這首詞題目是赤壁懷古。故國，呼應詞題，應指赤壁，是三國時的孫吳，指如果周瑜的魂魄來遊故國。他前邊一直寫的是赤壁，是周瑜，所以，我以爲故國說的是吳；神遊說的是周瑜的魂魄「故國神遊」。

我今天憑弔你周公瑾，假如周公瑾死而有知，回到你當年的赤壁來。多情應笑，不一定自己的妻子，才對自己多情。多情，是說周公瑾如果有情的話，他就會笑，笑我蘇東坡。「人非草木，孰能無情」，「情之所鍾，正在我輩。」說的是神遊赤壁的周瑜，他應該也多情，笑我蘇軾早生華髮。而且我今天被遷謫到黃州來了。

所以，他詞裡邊有他政治理想落空的悲哀。但是蘇東坡的悲哀，從來不像李後主那樣沉溺在其中的。他寫的背景這樣開闊，寫的歷史這樣悠久，融會在整個江山歷史之中。他裡邊有我一事無成跟周公瑾的對比。可是，周公瑾又如何？不是也「浪淘盡，千古風流人物」了嗎！所以，他有曠逸的襟懷，就是說，我雖然不能比周公瑾成功，但是周公瑾也「浪淘盡、千古風流人物」了。人要有通達的曠逸的襟懷，他說「人生如夢，一樽還酹江月。」。我就拿了一杯酒，把酒灑在江心之中，灑給江心之中的一輪明月。「江上之清風，山間之明月」，「人生如夢，一樽還酹江月」。李太白也有詩說：「永結無情遊，相期邈雲漢！」（〈月下獨酌〉）這是李太白的飛揚之處，是他在寂寞悲哀之中的飛揚。李白是不甘沉落的一個人，是一直要飛起來的。李太白這首詩開端寫的是「花間一壺酒」，但是我「獨坐無相親」，沒有人陪伴我喝酒。他不甘沉落，下邊就說我「舉杯邀明月，對影成三人」。這就是李太白，要在寂寞悲哀之中飛起來。我沒有伴侶，但是，我「舉杯邀明月，對影成三人」。「我歌月徘徊，我舞影零亂。醒時同交歡，醉後各分散」，我李太白還是孤獨的。可是我「永結無情遊，相期邈雲漢」！我要把我的精神，我的感情寄託在那無情的明月之上，相期在邈遠的雲漢之間！這是李太白。李太白就是寫閨中的相思都說：「卻下水晶簾，玲瓏望秋月。」你要看到中國古代詩人的真正的精神面貌的根本的質素的所在。所以，蘇東坡說，「人生如夢，一樽還酹江月！」他自己在悲慨之中的一種超脫，一種跟高遠的天地，跟江水與明月的一種結合。這是他很有特色的一首詞。

我們再看一首他在黃州寫的小詞〈滿庭芳〉。剛才那首寫得很飛揚，很跳蕩，線索就是自己跟周瑜的對比。他的神情蹤跡都不是很明顯的，是跳蕩飛揚的，是不易掌握的。可是〈滿庭芳〉詞，其中感情的轉變是比較容易看出來的，比較有一個線索可以追尋的。他在黃州連頭帶尾住了有五年之久，從元豐二年到元豐七年（一〇七九～一〇八四）。他要離開黃州去汝州，你看他寫的〈滿庭芳〉詞從悲苦之中是怎樣掙扎解脫出來的：

歸去來兮，吾歸何處，萬里家在岷峨。百年強半，來日苦無多。坐見黃州再閏，兒童盡、楚語吳歌。山中友，鷄豚社酒，相勸老東坡。云何，當此去，人生底事，來往如梭。待閑看秋風，洛水清波。好在堂前細柳，應念我、莫剪柔柯。

仍傳語，江南父老，時與曬漁蓑。

——〈滿庭芳．元豐七年四月一日，余將去黃移汝，留別雪堂鄰里二三君子，會李仲覽自江東來別，遂書以遺之。〉

開端寫的非常悲哀，我蘇東坡想要回到故鄉眉山去。可是一旦仕宦了，而且貶官了，身不由己。那時蘇東坡四十八歲了，已經是百年強半，未來還有多少日子？已經不多了。我謫居黃州經過了五年兩次閏月，我的小孩子說了一口的黃州話。這不是我的故鄉，我懷念我的故鄉，歸去來兮。但黃州也有黃州可愛的地方，雖不是家鄉眉山，可是我也愛黃州的江山，我也愛黃州的人民，我也愛黃州的鄰里。這黃州山中的朋友，每當春社秋社的節日，他們殺了鷄，殺了猪，釀了酒，相勸老東坡，請我和他們一同過節。我也心甘情願在這裡終老了。可是詔書下來要移往汝州，爲什麼我當離此而他去？柳永說的「驅驅行役，苒苒光陰，蠅頭利祿，蝸角功名，畢竟成何事，漫相高」。可是柳永只是悲哀。而蘇東坡則不然，他說這裡也不能留，我還要走，人生底事，來往如梭。他說去汝州，要奔波途路，但我想汝州一定也有汝州的好處。這真的是蘇東坡！他說「待閒看秋風，洛水清波」，汝州的洛水一定也是很美的。但是我捨不得黃州，「好在堂前細柳」，你們懷念我老東坡的時候，你們就不要傷害我所種的這棵柳樹，不要剪那柳樹柔軟的枝柯（這裡他用了《詩經・甘棠》「蔽芾甘棠，勿翦勿伐，召伯所發」的詩意）。當時有一個朋友來看他。你不要忘記，蘇東坡曾通判杭州，獲罪是在湖州，都是江南的地方。蘇東坡寫這首詞，就是送給一個從江南來看他的姓李的朋友，他說我懷念故鄉，也愛黃州。我還沒到汝州，我想我也會喜愛汝州。而我曾經在杭州、湖州生活過，我何嘗不懷念。他最後對姓李的朋友說，希望你帶一個話到杭州、湖州，我希望我曾經停留過的地方，無論是杭州，無論是湖州，你告訴當地父老，舊日的親友，舊日我治理過的人民百姓，希望他們生活安定快樂，「時與曬漁蓑」。

你看蘇東坡，他把他的悲慨和他的曠達這麼美好的結合在一起了。他一方面對自己的苦難能夠放達超脫，而一方面是如此的多情，他對所有經過的地方，所有來往的人物念念不忘。要從這樣的多方面來認識蘇東坡。

現在來看我論蘇東坡的第二首絕句。我主要談的是夏敬觀（一八七五～一九五三）對於東坡詞的批評。我要拿蘇東坡一首詞來證實這個批評。夏敬觀將蘇東坡詞分爲兩類，他說：

東坡詞如春花散空，不著跡象，使柳枝歌之，正如天風海濤之曲，中多幽咽怨斷之音，此其上乘也。若夫激昂排宕、不可一世之概，陳無己所謂：「如教坊雷大使之舞，雖極天下之工，要非本色。」乃其第二乘也。

——《唐宋名家詞選》引〈吷庵手批東坡詞〉

他說蘇東坡有一種詞，如同春花散空。這類詞不像剛才講的〈滿庭芳〉，〈滿庭芳〉容易懂，但是那一首詞不是蘇東坡最高的詞。一定要注意這一點。我們要欣賞古人的詞，一定要欣賞他最好的作品。可是，最好的詞有時不容易懂，一般人所稱讚的，有的時候是他第二等的作品。〈滿庭芳〉也使大家感動了，但不是他最好的作品，他最好的作品是如春花散空，不著跡象的。夏敬觀說若使柳枝歌之，柳枝是在李商隱的詩中的一個人物。

李商隱寫過〈燕臺四首〉，也寫過題爲〈柳枝〉的詩。〈柳枝〉與〈燕臺四首〉有一點淵源的關係，我的論文《舊詩新演——李義山〈燕臺四首〉》(見《迦陵論詩叢稿》)也談到過〈柳枝〉。這是一個很美麗動人的故事。李商隱說柳枝是洛中女子，平常梳妝挽髻未及竟，從來不完全化好妝，家人擔心她嫁不出去了。她喜歡唱歌，常常唱天風海濤之曲，而中間有幽咽怨斷的聲音，在飛揚的天風海濤的歌曲之中，傳出來一種深幽的嗚咽的哀怨的使人腸斷的聲音。有一天，李商隱一個堂兄弟騎馬經過柳枝家門的附近，口中吟誦李商隱的詩〈燕臺四首〉。這是李商隱寫的非常奇妙的四首詩，非常現代化的四首詩，朦朧的四首詩。這四首詩寫的很美，柳枝一聽就注意了,問:「誰能有此?」「誰能爲是?」就是誰能有此情?誰能爲此詩?什麼人有這樣細緻幽微的美好的感情?什麼人能把這種細緻幽微的感情寫成這麼美好動人的詩篇?所以，柳枝就與李商隱的堂弟說，希望見作者一面，李商隱跟她見了一面。那一天她丫鬟畢妝，等待李商隱從她們前經過，風障一袖，約定過三天修禊時水邊再相見。可是，李商隱有事，就先離開了，沒有再能見面。

總之，夏敬觀以爲蘇東坡有一類詞，是天風海濤之曲，而中多幽咽怨斷之音的，那是他最好的詞。至於蘇東坡有一些豪放的激盪的詞，夏敬觀以爲乃其第二乘也。這我們就要講到中國詞的發展與對於蘇東坡詞的評價的問題了。

蘇東坡的詞擺脫綢繆婉轉之態，舉首高歌，寫了浩氣逸懷，這對於詞是很大的開拓。可是，在蘇東坡的當時，很多人不承認他這種風格，說他好像是教坊雷大使之舞，雖然跳的很好，極天下之工，要非本色。雷大使是男的，跳的雖好，但不是舞的本色。因爲詞自五代《花間集》以來，都是寫閨房兒女的，而蘇東坡所寫的是「大江東去」之類的詞，因此被認爲不是本色。從北宋到南宋，一直到經過國破家亡的李清照，她仍說蘇東坡的詞是「句讀不葺之詩耳」(《苕溪漁隱叢話》)。我也說過，蘇東坡的詞是詞的發展史上把詞詩化了的一個高峰。可是，詞畢竟是詞，蘇東坡跟辛棄疾的最好的詞，不管他寫了多少浩氣逸懷，不管他寫了多少豪傑的壯志，他們最好的詞，都應該有一種曲折幽微的美，要把浩氣逸懷或豪傑的志意結合了詞的曲折幽微的特點，這才是他們的第一等的作品。〈念奴嬌〉赤壁懷古有一點點近似，不過豪放的地方比較多，幽微的地方還是少。雖然有飛揚跳蕩的錯綜，而不像〈滿庭芳〉離黃去汝這樣的踪跡顯明，但畢竟幽微隱約之處少，而開濶發揚之處多。我們現在就要看一看眞的像夏敬觀所說的如春花散空，不著跡象，如天風海濤之曲，中多幽咽怨斷之音的蘇東坡的詞：

有情風萬里捲潮來，無情送潮歸。問錢塘江上，西興浦口，幾度斜暉？不用思量今古，俯仰昔人非。誰似東坡老，白首忘機。

記取西湖西畔，正春山好處，空翠煙霏。算詩人相得，如我與君稀。約它年，東還海道，願謝公雅志莫相違。西州路，不應回首，爲我沾衣。

——〈八聲甘州・寄參寥子〉

蘇東坡在新黨當政時曾被遷貶，下過烏臺獄，幾乎被處死，被遷謫到黃州。後來，新黨失敗了，舊黨上臺，蘇東坡被召回到朝廷，他與舊黨司馬光雖是很好的朋友，可是，在論政之間，他不苟且隨聲附和。這正是由於蘇東坡有曠達的一面，也有他嚴正的一面。一個人一定應該如此，不是說不分黑白，不關痛癢，也不是什麼都認眞起來跟人家斤斤計較，該放過去的放過去，該持守住的持守住，這是蘇東坡。

蘇東坡後來寫過這樣一封信：

> 昔之君子，惟荊是師。今之君子，惟溫是隨。所隨不同，其隨一也。老弟與溫相知至深，始終無間，然多不隨耳。致此煩言，蓋始於此。然進退得喪齊之久矣，皆不足道。
>
> ——〈與楊元素書〉

他說從前那些做官的人，大家都異口同聲尊崇王荊公(王安石)，現在這些做官的人，又異口同聲地附合司馬光。他們所追隨的雖然不一樣，當初是王安石，現在是司馬光，但他們的依附苟且，隨聲附合，拍馬逢迎沒有改變。和司馬溫公我們兩個是好朋友，中間沒有什麼隔閡，可是，我是不肯盲從的，不苟且附和。所以受到很多人的攻擊、議論。但是，他們無論對我怎麼樣，我不在乎，對於進退、功名利祿的得失，我早就等量齊觀了。蘇軾還寫有一首〈定風波〉，我們看了這首小詞，再返回來看〈八聲甘州〉。

> 三月七日，沙湖道中遇雨，雨具先去，同行皆狼狽，余獨不覺。已而遂晴，故

作此詞。

莫聽穿林打葉聲，何妨吟嘯且徐行。竹杖芒鞋輕勝馬，誰怕？一蓑煙雨任平生。料峭春風吹酒醒，微冷，山頭斜照却相迎。回首向來蕭瑟處，歸去，也無風雨也無晴。

——〈定風波〉

這首詞是在黃州作的。說的很好，用字很好。穿、打，有力量，不是毛毛細雨，是大雨，聲音也大。蘇東坡說，如果你是有修養的人，莫聽穿林打葉聲，這正是中國古人所說「泰山崩於前而色不變」。有些人不是被雨打敗了，是自己把自己嚇倒了。「何妨吟嘯且徐行」，這眞是通達的看法。衣服打濕了，却沒有東竄西跑，我唱著歌，吟著詩(關於「嘯」請參看《文選·嘯賦》)，慢慢向前走，沒有停下來。有竹杖芒鞋比騎馬還輕快，我不怕外邊一切風雨的變化，我是準備著「一蓑煙雨任平生」的，準備衝冒著風雨過我這一生。寒冷的春風把酒吹醒，雨後一陣風來，覺得有一點冷，而山頭却現出來一輪西沉的斜日的光亮迎面照射過來。回頭看一下剛才走過的道路，我現在回去了，「也無風雨也無晴」。因爲風雨沒有改變我蘇東坡，我回頭看我走過的路，雖然經過一段風雨的蕭瑟的遭遇，但是，對我而言，「也無風雨也無晴」。

這就是蘇東坡說的「進退得喪齊之久矣，皆不足道」。再有打擊我也不怕。風雨陰晴得失，對我是一樣的，這是他的一種曠達的態度。他既然與舊黨的人論政不合，於是出官到杭州。他有一個好朋友是和尚，就是參寥子。後來蘇東坡又被召回汴京，這首〈八聲甘州〉就是離杭回汴京時寫的。回到朝廷以後的結果如何，將來的得失禍福如何，不可逆知。你看他這首詞：

「有情風萬里捲潮來，無情送潮歸。」寫的眞是很好，有超越的一面，也有悲慨的一面。那多情的風捲起錢塘江潮湧來，又無情的送潮歸去，宇宙萬物都是如此的，潮去潮來。在寫潮水之中已經寓含了悲慨。

「問錢塘江上，西興浦口，幾度斜暉？」這是蘇東坡的通古今而觀之的眼光。錢塘江上，西興浦口，有多少次的潮去潮回，有多少次的日昇日落。

「不用思量今古，俯仰昔人非。」我們不用說今古的變化，就是宋朝黨爭之中，有多少人起來又有多少人倒下去了。

「誰似東坡老，白首忘機。」誰像我東坡一生一世，現在年歲已經老大了，而我把這一切都置之度外了。皆不足道，白首忘機。忘機見於《列子・黃帝》，說海上有一個人喜歡鷗鳥，每天坐船到海上，鷗鳥下來跟他一起遊玩，在他手中吃食。一天他父親對他說：「吾聞鷗鳥皆從汝遊，汝取來吾玩之。」他就存了捉鳥的心，這鷗鳥就飛而不下，因爲那個人存了「機心」，就是別人要捉它的機心。而「忘機」，則是說把得失榮辱的機智巧詐之心都忘記了。

前半首，先不用說錢塘江萬里捲潮來的氣象開濶，從李後主的氣象，到柳永的氣象，到蘇東坡的氣象，是小詞的開拓。而氣象的濶大之中，也隱含著他的悲慨而卻又出之以曠逸。後邊你看他的轉折。

「記取西湖西畔，正春山好處，空翠煙霏。」他說我現在難以忘懷的是我在西湖跟你在一起的生活，當春天在美麗的春山之中，在空濛的晴翠的山巒煙靄的霏微之中。寫的多麼美！眞是韶秀！

「算詩人相得，如我與君稀。」在這麼好的西湖，這麼美的風景之中，我碰見你這樣一個知音能詩的好朋友，像我跟你這段遇合，是千古難求的。可是現在我要離開你了，我也要離開那春山好處的西湖了，去到朝廷之中，是禍是福，不可逆知。「約他年、東還海道，願謝公雅志莫相違」，謝公，晉朝的謝安，當年隱居在會稽東山，朝廷請他出山，做到宰相，可是後來受到朝廷的猜忌，出官到新城去。去的時候，謝安造了泛海之裝，他老家在會稽東山，他說將來我要隱居回到會稽東山，要從海道回到故鄉去。可是，不久謝安生病了，被人擡回時，是從西州門擡回的。謝安死後，他的外甥羊曇非常哀痛，從此不從西州門經過。蘇東坡這裡寫的是很悲哀的。他說我跟你訂一個後約，有一天我要離開汴京，將從海道回到杭州來，像謝安當年的這個志願不要違背。希望將來我們能如願以償。

「西州路，不應回首，爲我沾衣。」希望我不要死在那一邊，將來你有一天如果經過西州路的時候，不應回首，爲我沾衣。不會像羊曇一樣，落到這樣悲哀的結果。送我走以後，我就死了，你永遠不會見到我了，你再經過首都的西州路，爲我流下淚來。我希望我們不會落到這樣的下場。可是，後來蘇東坡被貶到惠州，被貶到海南。據說參寥子曾經不遠千里追隨尋訪蘇東坡。

像這樣的詞，眞是天風海濤之曲，中多幽咽怨斷之音。前邊寫的多麼開闊，多麼博大，眞是天風海濤。「有情風萬里捲潮來」，那眞是天風！眞是海濤！而中間寫的政治上的鬥爭，這種禍福，這種憂患，寫得如此深刻的悲哀。中多幽咽怨斷之音。認識蘇東坡，不要只看他淺顯的那些個豪放的詞，你要看他天風海濤之曲與幽咽怨斷之音兩種風格相揉合的作品。這才是他眞正的最高成就的境界。

我的第三首論詞絕句是說，蘇東坡的成就是非常廣泛的。他也寫一些詼諧遊戲的作品，也寫一些農村的通俗的作品。「捋青搗麨」，他用俗語寫的很好。「捋青搗麨」是出於蘇東坡的一首〈浣溪沙〉，是他在密州祈雨道中作的。他說「捋青搗麨暖饑腸，問言豆葉幾時黃」，寫的完全是鄉間風物，也寫得很好。「曲港圓荷」出於〈永遇樂〉(明月如霜)，也寫得很好，工整清麗。

關於他的格律，來不及仔細講了。〈念奴嬌〉「遙想公瑾當年，小喬初嫁了」二句，與別人的格律不同。我只好請大家看我的〈論蘇軾詞〉了，不在這裡講了。

現在我們看另外一個作者——秦觀。

我也寫過論秦觀詞的絕句：

花外斜暉柳外樓，寶簾閑掛小銀鈎。正緣平淡人難及，一點詞心屬少游。

曾誇豪雋少年雄，匹馬平羌仰令公。何意一經遷謫後，深愁只解怨飛紅。

茫茫迷霧失樓臺，不見桃源亦可哀。郴水郴山斷腸句，萬人難贖痛斯才。

我們講蘇東坡詞是詩化的高峰，可是蘇東坡的成就沒有被當時的人所共同承認。他的成就很了不起，但當時一般人的議論，一直到南宋李清照都認爲他不是詞家的正宗。當時寫詞，從《花間》以來，一直以柔婉爲正宗。蘇東坡的開拓是很了不起的，但是當時的人沒有追隨上來。天才，常常是比一般人走得快一點。秦少游是他的好朋友，比他還年輕一點，但秦少游的詞不是詩人之詞，實在是詞人之詞。

我們現在講的這些詞，主要都是代表每個作者的特色，因爲時間來不及做全面介紹，只好選擇最具特色的來講了。

秦少游的特色是什麼？我說他是詞人之詞。馮煦評論少游詞說：

> 少游詞寄慨身世，閒雅有情思，酒邊花下，一往而深，而怨悱不亂，悄悄乎得小雅之遺。後主而後，一人而已。

又說：

> 他人之詞，詞才也。少游詞心也。得之於內，不可以傳。
>
> ——《蒿庵論詞》

蘇東坡的詞把詞變成詩了，而秦少游的詞把它又拉回到詞來了。什麼叫詞人之詞？秦少游所寫的常是那種最柔婉的、最幽微的一種感受。我們講《花間集》就講過了，當我們從《花間》講下來的時候，我們曾經舉溫庭筠的一些寫兒女之情的小詞，講到了張惠言的屈子〈離騷〉的聯想。從韋莊的小詞，講到他的故國之思。馮延巳、晏殊、歐陽修，我們講到他們的性格與懷抱，學識與修養。現在你看秦少游有一類詞，就是專門只表現那柔婉幽微的一種感受。他不必然有寄託，不必然有什麼理想，就是一種很敏銳的感覺。這是秦觀詞的特色。

可是，馮煦《蒿庵論詞》也說了，秦少游的詞還寄慨身世。所以，要把秦少游的詞分成兩類來看：一類是比較早期的詞，表現了一種柔婉幽微的感受；一類是他經過政治挫傷以後，所寫的寄慨身世的詞。我們先看第一類的詞：

漠漠輕寒上小樓，曉陰無賴似窮秋，淡煙流水畫屏幽。
自在飛花輕似夢，無邊絲雨細如愁，寶簾閑掛小銀鈎。

——〈浣溪沙〉

這詞眞是很妙！裡邊要說的究竟是什麼？找不到什麼比喻，找不到什麼寄託，也沒有什麼具體的情事。沒有像韋莊的一個愛情的故事，也沒有像溫庭筠的語碼可以引起寄託的聯想，也沒有流露出來像晏殊、歐陽修的懷抱和修養，就是一種敏銳的詞人的感覺。他所用的字，小樓，輕寒，淡煙，畫屏幽，輕似夢，細如愁，寶簾閒掛小銀鈎，都是輕柔的叙寫，一個沉重的字都沒有。

漠漠，一方面是四周的廣漠的感覺，一方面是漠然的、寒冷的、不相關的感覺。漠漠輕寒，那種無情的廣漠的輕寒。上小樓，這句也有多義。一個是在漠漠輕寒之中，這個人上了小樓？因爲在中國詩詞裡主詞可以不出現。所以，可以是詞人在漠漠輕寒之中登上了小樓。可是，就本句的語序來說，這句的主詞就是漠漠的輕寒，是寒氣來到了小樓之上。這兩個意思，都可以存在，我們不用故意去分別。

「曉陰無賴似窮秋」。他說今天早晨是陰天，無賴，是對它無可奈何，陰沉沉的一點放晴的意思都沒有。春天的陰天，這種陰沉，好像那蕭索的秋天一樣。

「淡煙流水畫屏幽」。屏風上畫著淡煙流水的風景，而不是急流飛瀑，景色是這樣的淸幽。

「自在飛花輕似夢，無邊絲雨細如愁」，這是秦少游的另外一個好處，就是他常常把他的情感和外界景物融合起來寫。一般人常常是把抽象的感情比作具象的景物，秦少游有的時候也作這樣的比方。例如他有一首〈減字木蘭花〉詞，說：「欲見回腸，斷盡金爐小篆香。」你要想見到我內心的千迴百轉的感情，我是斷盡的金爐小篆香。回腸你是看不見的，千迴百轉的感情你如何看得見？但是，我的千回百轉斷盡的回腸，就像是斷盡的金爐中的小篆香。你看見那金銅香爐裡的篆香嗎？爐，何等熱烈燃燒；金，何等珍重寶貴；小篆，何等柔細纏綿。香，盤成篆字，而且常常是心字的香。小，細的。篆，委曲的，像篆字委曲的。香，何等芬芳。這樣珍重寶貴，這樣熱烈燃燒，這樣纖細的委曲的芬芳的感情，斷盡，一寸一寸的燒斷了。你看到我千迴百轉的悲哀了嗎？「欲見回腸，斷盡金爐小篆香」。他把抽象的感情擬比爲具體的形象，擬比的好，可是這首〈浣溪沙〉不是如此，他是把具體的形象，反而比作了抽象的感情。「自在飛花輕似夢」，因爲風也不大，雨也不大，一切都很輕柔，那個輕的花片落下來在空中飛舞。馮正中說：「梅落繁枝千萬片，猶自多情，學雪隨風轉。」（〈鵲踏枝〉）同樣的落花，同樣在空中飛舞，從馮正中看來，是「猶自多情，學雪隨風轉」。從秦少游看來，是自在飛花，飄揚的沒有拘束的，這樣輕柔的飛揚，像我的夢境一樣輕柔的飛揚。

「無邊絲雨細如愁」，絲雨，牛毛一樣的細雨，這樣無邊的纖細的雨絲，好像是我那種輕柔纖細的哀愁。這是爲什麼而哀愁？爲了像李後主的破國亡家而哀愁嗎？不是。秦少游所寫的是說不上來的一種閒愁，「無邊絲雨細如愁」。

這首詞可以說整個的沒有正式地寫感情，都是寫外在的景物。有的是室內的景物，有的是室外的景物。只有「自在飛花」兩句透露了一點感情的跡象，寫的是花，但是，如果不是有輕似夢的感受的人，能夠寫出「自在飛花輕似夢」的句子嗎？如果不是有纖細的愁思的人，能寫出「無邊絲雨細如愁」的句子嗎？

秦少游還寫過一首〈八六子〉，他怎樣寫一個女子的美麗呢？他說：「夜月一簾幽夢，春風十里柔情。」每個人寫女子也不同。像歐陽炯說：「二八花鈿，胸前如雪臉如蓮。」多麼庸俗的描寫。秦觀說這女子是內在的美，是「夜月一簾幽夢，春風十里柔情」。他寫「自在飛花輕似夢」，如果不是有輕似夢感覺的人，怎能寫出「自在飛花輕似夢」的句子？他說「自在飛花輕似夢，無邊絲雨細如愁，寶簾閒掛小銀鈎」。寶簾，是有美麗裝飾的簾子，閒閒地掛起來，在一個細小的銀鈎之上。簾子是閒掛在小銀鈎上的，所以看到自在飛花輕似夢，無邊絲雨細如愁。屋內有寶簾，有小銀鈎，有淡煙流水的畫屏幽。外邊是輕似夢的飛花，細如愁的絲雨，你不用說他有寄託，有比興，他也沒有破國亡家之痛，什麼都沒有，就是那纖細幽微的詩人的感覺，而特別是詞人的感覺，所以才會體會得這麼細緻幽微。

這是秦少游的詞心的本質。可是，就是這樣的本質，當他受到挫傷以後，表現了怎樣的反應呢？我們看一看他晚年所寫的寄慨身世的兩首詞。

秦少游傳記記載說他少年豪俊，有大志，喜讀兵家之書。他曾寫過〈郭子儀單騎見虜賦〉。秦少游所仰慕的是政治功業上有成就的，讚美郭子儀這樣敢於單騎見虜的人物。但是，很可惜，秦少游的豪氣只是一時的，是禁不住挫折的，是禁不住打擊的，這是他與蘇東坡的極大的差別。他是蘇東坡的好朋友，蘇東坡讀了他早年的策論所寫的政治軍事上的見解議論，非常欣賞他。而後來秦少游只因一次科考落第就頹廢了，就閉門在家中作了〈掩關銘〉，生了一場大病幾乎死去。蘇東坡鼓勵他再次參加考試，考中了。後來恰好新黨失敗了，舊黨上台了，蘇東坡、黃庭堅這些個人在朝了，就推荐秦少游到朝廷之中任職。他們幾個好朋友一起在當時的首都汴京，這是他們最美好的日子。

可是，政海波瀾，不久，這三個人都相繼被貶謫。秦少游謫處州，作了下面這首詞：

水邊沙外，城郭春寒退，花影亂，鶯聲碎。飄零疏酒盞，離別寬衣帶。人不見，碧雲暮合空相對。

憶昔西池會：鵷鷺同飛蓋。攜手處，今誰在？日邊清夢斷，鏡裡朱顏改。春去也，飛紅萬點愁如海。

——〈千秋歲〉

這要是蘇東坡、歐陽修，他們一定不會如此沉陷在哀愁中。歐陽修貶到滁州，他說：「環滁皆山也。其西南諸峰，林壑尤美，……」（〈醉翁亭記〉）有四時的美景可以欣賞！而秦觀貶謫到處州，浙江的金華，有「花影亂，鶯聲碎」的美景。你看水邊沙外，多麼美好的地方，城郭的春寒剛剛消退，正是三春美景到來的時節，花影的撩亂，鶯聲的細碎，多麼美！可是，他的筆一轉，就寫了「飄零疏酒盞，離別寬衣帶」的句子。所以，自其可欣賞者而觀之，萬物莫不可欣賞。自其可悲哀者而觀之，萬物莫不可悲哀。秦少游跟蘇東坡、歐陽修不同。他所想的是好朋友蘇東坡、黃山谷全分離了，沒有人一起喝酒了，都被貶謫了。離別後憔悴消瘦了。「人不見，碧雲暮合空相對」。我所懷念的人都不在我的身邊，當那碧雲的長空，蒼然的暮色四合的時候，我白白的對著那天空的暮雲。古詩有：「日暮碧雲合，佳人殊未來」的句子，所以他用了「碧雲」兩個字。

秦觀說「憶昔西池會」，他懷念在汴京的聚會，「鵷鷺同飛蓋」，鵷鳥和鷺鳥飛行有序，象徵朝官的排列，指他和蘇軾、黃庭堅在一起的時候。我們當年携手的地方，而今誰在？都被貶出來了。

「日邊清夢斷，鏡裡朱顏改。」李白詩：「閒來垂釣坐溪上，忽復乘舟夢日邊。」(〈行路難〉)夢見乘船經過日月的旁邊。是說當年伊尹作夢在日邊經過，後來被商湯所任用。所以，「日邊清夢斷」，是說他們仕宦的政治理想，完全斷滅了，而人也衰老憔悴了。

「春去也，飛紅萬點愁如海。」那些美好的日子永遠也不會回來了。當時這首詞曾傳誦一時，很多人和了這首詞。說他寫了「飛紅萬點愁如海」的句子，能夠長久的活下來嗎？

秦少游與蘇東坡、黃山谷相較，他是三人中年歲最小的一個，可是，卻是死去最早的一個，因爲他禁不住挫傷，禁不住打擊。所以我寫了論秦觀詞的第二首絕句(曾誇豪儁少年雄)。

這首詞還不是最悲哀的一首。另有一首〈踏莎行〉才是他最悲哀的，也是在詞裡有所開拓的一首。他從悲哀裡邊開拓出去的一種意境，是他獨特的成就。

第十講 秦觀(下) 周邦彥

我們昨天看了秦觀兩首詞。我說秦觀這個詞人，天性有一種非常敏銳的感受的能力。我們曾經舉了他一些小詞作例證，像〈浣溪沙〉(漠漠輕寒上小樓)。其實不只這一首小詞，我們教材上選的其他的秦觀的詞作，也可以看出他這種敏銳的心靈感受的特色。今天簡單的念一首，也許來不及講，就是〈畫堂春〉。像溫、韋、馮、李、晏殊、歐陽修，他們的詞裡邊有一種比興，或有一種寄託，或者表現了作者的修養懷抱。但是，秦觀有一些詞，就只是表現了他敏銳善感的心靈。像這首〈畫堂春〉，我們念一遍：

落紅鋪徑水平池，弄晴小雨霏霏，杏園憔悴杜鵑啼，無奈春歸。柳外畫樓獨上，
憑欄手撚花枝，放花無語對斜暉，此恨誰知。

——〈畫堂春〉

他的這首詞寫的非常輕柔，非常婉轉。沒有像李後主「林花謝了春紅，太匆匆」那種奔放和沉痛。

這詞的後半首是很難講的。「柳外畫樓獨上」，寫一個背景，有春天的柳樹。登上畫樓，他倚在樓欄干上，手捻著樓外的花枝。這個，一般人還能寫出來。最妙的是他寫「放花無語對斜暉」一句。他有很多細緻的感情沒有說出來。當他憑欄手捻花枝的時候，是什麼樣的感情？他沒有像李後主一下子就說「林花謝了春紅，太匆匆」。他手捻花枝，那種對花的珍重愛惜，那種親切的感情。他說折花了嗎？他說摘花了嗎？沒有。與秦少游的這種抒寫的對比之中，你就知道有些人折花、看花，表面上看起來也是愛花。可是，跟秦少游所寫的那種珍重愛惜是不同的。你把花折下來，摘下來插在自己的頭上，插在自己的瓶中，那也是愛惜。但是，秦少游不是這樣寫，他說「憑欄手捻花枝」，多少珍重愛惜都沒有說，只寫了一個手捻花枝的動作。

更妙的是，「放花無語對斜暉」一句，眞是難以解說的。花枝上的花是可愛的，是值得珍重的。把花放開了，看到落日的餘暉，一天要消逝了，這春天也要消逝了，花朵明天可能就零落了。可是，所有的感情他都沒有說。他只說了「此恨誰知」四個字，只是一種對於春天的消逝，對於花的愛賞的難以言說的惆悵哀傷。他說有什麼人能夠了解？連他自己都很難具體說出來的！這是非常細緻、非常幽微的一種感情。就是有這樣心靈的人，他有過什麼遭遇？當北宋的時候，西北有夏、遼的邊患，他青年的時候，曾經是豪俊有大志，喜讀兵書，可是禁受不住挫折。他的本質就是他銳感的心靈，他的豪俊，他的英發，他的喜讀兵書，也是由於他有銳感的心靈，對於當時國事的關心。而當他受到挫折以後，貶謫到處州，就寫了「春去也，飛紅萬點愁如海」的句子。何況他在處州也沒有留下來，在政治的鬥爭之中，敵對黨人對政敵的打擊，唯恐其不敗，要抓住他們的把柄，再次攻擊。

秦少游到處州後，本想像蘇東坡一樣，學道自解，這是中國讀書人所要求的修養，達要有兼善天下的志意，窮要有獨善其身的修養，而他們的修養常常是佛道兩家的思想的揉和。秦少游貶官處州後，本來也曾與當地僧人往來，曾有詩句說「因緣移病依香火，寫得彌陀七萬言」（〈題法海平闍黎〉）。這本是他希望有以自處的自我解慰。可是，周圍環伺的敵黨的人要抓住他的把柄，因此，秦觀遭到了第二次貶謫，罪名是謁告寫佛書。謁告，就是因病請假。他爲了修養性情，病假中抄寫佛經。這謁告寫佛書就成了他的罪名，被貶到更遠的湖南郴州，比處州荒僻遙遠多了。

秦少游在去郴州路上就寫了幾首感傷的詩歌，他說：

哀歌巫女隔祠叢，饑鼠相追壞壁中。北客思家渾不寐，荒山一夜雨吹風。

——〈題郴陽道中一古寺壁〉

當他被貶到處州時，感慨的是「日邊清夢斷，鏡裡朱顏改」，是不能夠再回到首都去了。那個時候的悲慨，是他關心國家的政治理想不能實現了。可是，現在他所寫的不只是那樣的悲哀了，寫的是巫女在祠叢中的悲歌，饑鼠在壞壁中的追逐。從北方遷貶到這裡，懷念家鄉，整夜地不能成眠，不僅聽到巫女的悲歌，饑鼠的追逐，整個晚上還聽盡了荒山的風雨之聲。這是一個流落遷貶的人，對於自己生命的未來的一種沒有保障的憂傷和恐懼。所以，後來他在郴州寫了一首非常悲哀的小詞：

霧失樓臺，月迷津渡，桃源望斷無尋處。可堪孤館閉春寒，杜鵑聲裡斜陽暮。
驛寄梅花，魚傳尺素，砌成此恨無重數。郴江幸自繞郴山，爲誰流下瀟湘去？

——〈踏莎行·郴州旅舍〉

這首詞可注意的還不僅是說它內容的情意寫得哀傷悲慨，而是說在藝術表現的手法上，在中國詞的發展史之中，有了更進一步的一個特殊的值得注意的成就，什麼值得注意的成就呢？

我們以前已經注意到了，凡是詩詞這一類的美文，總是要注意形象與情意的結合。情中生景，景中生情，才能給讀者更直接更鮮明的一種感動興發的力量，本來秦少游就是很善於把形象與情意相結合的。「自在飛花輕似夢，無邊絲雨細如愁」，把具體的大自然景物的形象，比做抽象的感情，比得好！「欲見迴腸，斷盡金爐小篆香」，把抽象的情意比做具體的形象，也比得好！這一類的詞，形象與情意雖然結合得很好，但是，不管是形象，不管是情意，都還是比較現實的，是屬於一種「比」的作法。以此例彼，以這個形象，比那個情意。所比的都是現實的情意，也是現實的形象。「斷盡金爐小篆香」是現實的形象。那自在的飛花，無邊的絲雨，也是現實的形象。而這首詞的「霧失樓臺，月迷津渡」這兩個形象，我以爲並不是現實的形象，而是進入了一種有象徵意味的形象了。因爲他寫的「霧失樓臺，月迷津渡」不是現實的景物的形象。爲什麼？我們要從這首詞的整體看，你就知道什麼才是它眞正現實的景象。

「可堪孤館閉春寒，杜鵑聲裡斜陽暮」。他是在郴州的一個客舍之中。他說我怎麼能忍受這種淒涼的滋味：孤館閉鎖在春天的料峭的寒意之中，聽了一天杜鵑鳥的啼聲——不如歸去，不如歸去！

秦少游的感情很敏銳，又很深摯。從他的詩文看起來，在他貶謫的途中，他的家人妻子沒有伴隨著他。他是一個人被遷貶在外的，所以他說「可堪孤館閉春寒，杜鵑聲裡斜陽暮」。那一天才能回到家人妻子的身邊去團聚呢？所以，這兩句才是寫實的情景。而前面的「霧失樓臺，月迷津渡，桃源望斷無尋處」，則是整個寫他內心的心靈之中的一種感覺，一種整個內心之中的幻滅的感覺，並不是現實的景物。

「霧失樓臺，月迷津渡」樓臺是一種崇高的，一種高大的，一種目標鮮明的建築物。也許在秦少游少年的時候，當他豪雋有大志，喜讀兵家書之時，心目中有一個高遠的理想和目標，好像是一個樓台一樣。可是，經過這麼多的挫傷，是「霧失樓臺」，在雲霧的遮蔽之中，這個樓臺是迷失了，再也看不見了。「月迷津渡」，津渡，是一個出路，一個出口，是登船上路的碼頭。在夜月的迷濛之中，這津渡也迷失找不到了。這兩句裡說霧、說月，與他後面寫的「杜鵑聲裡斜陽暮」的現實情景是不符合的。這是爲什麼我們知道這兩句所寫的不是現實的情景，而是他內心之中的一種破滅的感覺。而把這種內心破滅的感覺，用這種假想的，不是現實所有的形象表現出來，就使得它有了一種象徵的意味。「霧失樓臺，月迷津渡」，整個給人一種破滅的感覺。

可是，爲什麼秦少游要用「霧失樓臺，月迷津渡」的形象來表現他內心之中一切的理想和志意的破滅的感覺呢？這中間也有一個聯想的線索。我們講過在詩歌裡邊，你要注意到他所選擇的語言，在符號學裡邊說這都是一些個符號。這些語言符號，根據西方語言學和符號學的說法，它有聯想軸上的作用。我們要推求它的源頭，他爲什麼用「霧失樓臺，月迷津渡」來寫他的破滅的感覺？第三句透露了這聯想的線索——是「桃源望斷無尋處」。使他引起這樣聯想的，主要實在是「桃源」二字。因爲他被貶在郴州，郴州是在湖南，而陶淵明所寫的〈桃花源記〉說：「晉太原中，武陵人捕魚爲業，……」武陵也是在湖南。秦少游被貶在湖南，所以，他由此而聯想到了桃源，「桃源望斷無尋處」。至於陶淵明所寫的桃源，是不是現實所有的？有人說那是因爲晉朝的那個時代，常常有戰亂，所以，有一些人有一些塢堡的建築，不與外界往來。現實中確有像這樣的地方，然而，在陶淵明的〈桃花源記〉所寫的，不管他的取材是不是來自當時塢堡的社會現實，而當陶淵明寫的時候，就已經有了象徵的意味了。在〈桃花源記〉中有一些句子，不是那些形容描寫的辭句，像「芳草鮮美，落英繽紛」，大家所看到的那些美好的句子，而是大家所不注意的，在一種很輕淡的敍述之間，表現了陶淵明這篇文章的象徵的意味，和陶淵明的沉痛的悲哀。陶淵明在晉朝的戰亂之中，假如你了解當時歷史上的眞正背景，你就知道陶淵明對於東晉的戰亂的感慨和哀傷。他想像我們人類爲什麼永遠在戰亂之中？爲什麼世界上有這麼聰明的人類，到現代人們甚至可以到太空去了，可爲什麼人類自己製造了這麼多的戰亂，製造了這麼多的苦難？所以，當時的陶淵明他想像希望有沒有這麼一個安樂的地方，「黃髮垂髫，並怡然自樂」的世界。這是陶淵明想像之中的烏托邦。而陶淵明的悲哀不止於此，他說這個漁人雖然在離開桃源回來的路上做了記號，可是，第二次去時，他找不到了。後來，「南陽劉子驥，高尚士也，聞之，欣然規往。未果，尋病終，後遂無問津者。」表面看起來，〈桃花源記〉就是一個小故事。「後遂無問津者」不過是結尾的一句話而已，但是，我以為陶淵明所寫的是非常悲哀感慨的一件事情。當初還有人想要追尋這麼一個美好的世界，後來就連想要追尋、抱著這樣理想的追尋的人都沒有了。桃源是這樣的一個曾出現在理想而終於幻滅了的象喻，秦少游被貶到郴州，想到了桃源的故事，才說，「桃源望斷無尋處」。而由「桃源望斷無尋處」的聯想，想到「霧失樓臺，月迷津渡」，是整個一個美好的理想的破滅。而他現實的生活則是「可堪孤館閉春寒，杜鵑聲裡斜陽暮」。

下半首，「驛寄梅花，魚傳尺素，砌成此恨無重數」。他說我懷念我的家人親友，想托驛使帶去一封家信。杜甫曾說：「烽火連三月，家書抵萬金」，可見離人對家書的重視。秦觀說我想通過驛站的驛使，給我所懷念的人寄去一枝梅花，這寄梅花是有一個故事的。《太平御覽》上記載說，江南有一個人叫陸凱，春天的時候要折一枝梅花寄給北方的朋友，說：「折梅逢驛使，寄與隴頭人。江南無所有，聊贈一枝春。」這是「驛寄梅花」的典故。至於「魚傳尺素」則是出於一首古樂府詩。〈飲馬長城窟行〉有句云：「客從遠方來，遺我雙鯉魚。呼童烹鯉魚，中有尺素書。」這首詩相傳是蔡邕所寫的，說是遠方來客送我一雙鯉魚。我叫童僕烹煮鯉魚，發現魚腹之中有一尺見方的白色素帛的書信。說魚腹之中有書信，這由來已久，中國常常說天上的鴻雁可以傳書，水中的鯉魚也可以傳書。當然這裡邊都是有故事的。魚之可以傳書，有兩個原因使人有這個聯想。據清代考證學家考證，說古代的信函，函就是一個信封，把書信放在裡邊。在更早的時代還沒有紙的時候，所謂信函就是用兩片魚形的木板，把帛書放在魚腹之中，魚尾處可以打開，這就是古代的書信的函。說「呼兒烹鯉魚」，就是把書信取出，「中有尺素書」。後邊還說「長跪讀素書，書中竟如何，上言加餐食，下言長相憶」。因爲古人是席地跪坐，長跪捧讀，是伸直了腰跪著讀。遠人給我珍重送來的這封書信說的是什麼？說前面寫的是勸我努力加餐，保重身體，後邊說的是長相憶，不管天長地遠，我對你的相思懷念永遠不改變。所以秦觀說「驛寄梅花，魚傳尺素」。多少月才能接到一封家書，家人勸我加餐食，家人對我訴說他們的長相憶。

說「魚傳尺素」，一則固然是由於古人有這種魚形的信函。另外，據《史記·陳涉列傳》記載，當陳涉、吳廣在秦朝的時候，他們要起兵推翻暴秦統治時，製作了一個預言，把一方尺素寫了「大楚興，陳勝王」六個字，塞在魚腹內，混在其他魚中。當大家要煮這個魚的時候，這塊尺素就出現了。於是陳勝、吳廣就製造一個起兵的輿論。所以，魚傳書有故事，有史實。

「魚傳尺素」所表現的感情是「上言加餐食，下言長相憶」。而秦少游還不僅用了兩個典故，說「驛寄梅花，魚傳尺素」而已，還要看他用的字，是「砌成此恨無重數」。秦少游常常用他敏銳的感覺，掌握住一個最恰當的字。有時他掌握那些輕柔的字，如〈浣溪紗〉(漠漠輕寒)一首。可是，當他的內心有了極沉重的悲苦的時候，他也可以使用出來極沉重的字。所以我屢次談到，還引過西方現象學的學者，像 Hills Miller，或者 Kate Hamburger 的話說過，任何一個作者，都有自己的一種風格，像 Hills Miller，他就曾用過他的學說理論研究狄更斯(Dickens)的小說。不管他的小說內容有多少不同，他要從各種不同的故事，不同的情節，不同的風格之中，找到狄更斯這一個作者的本源。他眞正的本質的根源，他眞正的心靈感情的本質，他的意識的活動的根源的所在。所以，Kate Hamburger 也說，一首抒情的詩歌，不管所寫的情事是什麼，但是他眞正的感情的質量，也就是感情的品質和感情的數量，是代表這個作者的品格和質量的。

昨天有的朋友問我，是否曾看到那些鄙薄中國古典詩歌的文章，問我有什麼看法？我昨天說了，那是淺薄的人只懂得淺薄的東西，他沒有體會了解的能力。他不見宗廟之美，百官之富，因爲他不得其門而入。這個我覺得如果只是如此，還算是情有可原。一個人力有所不及，事有所不逮，因爲他眞正的沒有了解，這可以原諒。可是，有些人是不可原諒的，他們不是因爲他自己的淺陋，對於高深精美的不能了解，而是他要故意誹謗那些美好的東西，他是有心要誹謗那些美好的東西。爲了什麼？爲了譁衆取寵，爲了博得自己一時的虛浮的名譽。世界上是有這樣的人的。就是說，人的心靈本質，你去看一看，那些誹謗我們中國美好的民族文化的人，我們先不用說怎樣與他辯論，你只看一看他所寫的文字，那種庸俗，那種淺薄，那種惡劣。不管他說的是什麼，你已經可以知道他的心靈品質是什麼了。

所以，一個作者，不管你寫的是詩歌，或是研究學術的論文，都一樣可以看到一個人的內心的品德和修養，他的心靈的品質的質量究竟是什麼。我們不管是讀學術論文，不管是讀詩歌，我們都應認識那最美好的東西，這才是最可寶貴的一點。

所以，不管秦少游所寫的是輕柔的這種詞，或者是寫的沉痛的這種詞，他的那種敏銳的感受的能力是不改變的。他所掌握的，他所使用的文字，要說自在的飛花，就用「輕似夢」來敍寫；要說沉重的悲恨，就用一個「砌」字來敍寫，這個砌字用的多麼有力量！李後主所寫的恨，「自是人生長恨水長東」，是滔滔滾滾的這樣流去的恨。而秦少游所寫的恨，他說我的恨，是一塊一塊的堅固的磚石砌起來的——那眞是沉重！「砌成此恨無重數」，是重重疊疊的悲恨，數不清，說不盡的這種悲恨。這個「砌」字用的多麼好。

我們說了，秦少游這首小詞，前片的開始三句的象徵是好的，孤館閉春寒的寫實也是好的。王國維說：

> 少游詞境最爲淒婉。至「可堪孤館閉春寒，杜鵑聲裡斜陽暮」則變而爲淒厲矣。
>
> ——《人間詞話》

秦少游詞境是最淒涼哀婉的。就如同我們以前提到的他的〈畫堂春〉：「柳外畫樓獨上，憑欄手捻花枝，放花無語對斜暉，此恨誰知。」多麼宛轉，多麼輕柔，多麼淒涼的感覺！王國維說，秦少游一般的詞是淒婉的，可是當他寫到「可堪孤館閉春寒，杜鵑聲裡斜陽暮」的時候，則變而爲淒厲了，就不只是那種淒涼哀婉了。是淒厲，是強烈而慘痛的悲哀。所以，這「可堪孤館」兩句寫現實也寫的很好。

〈踏莎行〉（霧失樓臺）可以說整體都是很好的。王國維欣賞的是「可堪孤館閉春寒，杜鵑聲裡斜陽暮」二句。可是，秦少游最好的朋友蘇軾，最欣賞的却是「郴江幸自繞郴山，爲誰流下瀟湘去」二句。說當時蘇軾在他一把扇子上寫了這兩句詞，而且嘆息說：「少游已矣，雖萬人何贖。」（《苕溪漁隱叢話·前集》）已矣，沒有了。是說秦少游這樣一個有才華，有志意，有理想的人死去了。這樣一個人死去了，眞的是可惜。就是現在眼前有一萬個人，也抵不了秦少游這樣的一個人了。贖，救贖，挽回來的意思，出於《詩經·秦風·黃鳥》，說的是秦穆公死，用了三個最有才幹的人殉葬。國人作了〈黃鳥〉詩，說「如可贖兮，人百其身」！這三個有才能的人，如果能夠挽回他們的生命，我們願意以一百個自己的生命換取他們中的 一個人。蘇東坡欣賞秦少游這首詞的最後兩句。可是王國維却說：「東坡賞其後二語，猶爲皮相。」《人間詞話》說這是外表的看法，蘇東坡不懂得這首詞的好處。我以爲王國維錯了，是王國維既不懂得蘇東坡，也沒有體會出秦少游的眞正的悲哀。王國維《人間詞話》的好處，他最能夠欣賞的，評論的最恰當的，是南唐的詞人馮延巳的詞，和中主、後主的詞。晏殊、歐陽修的詞他評論的也好。王國維欣賞的途徑是直接的感發，所以，他的《人間詞話》主張不隔，不能夠有隔膜，那個感發是要直接表現出來的。「林花謝了春紅，太匆匆」。「梅落繁枝千萬片，猶自多情，學雪隨風轉」。他欣賞這一類的詞。而他欣賞秦少游的這兩句詞，「可堪孤館閉春寒，杜鵑聲裡斜陽暮」。那也是秦少游這首詞中比較寫實的，是眞實的感情。可是，「郴江幸自繞郴山」，比較不容易欣賞。不但是王國維不大容易欣賞這兩句詞，我也跟一些朋友談過，他們也不大體會「郴江幸自繞郴山」這兩句話有什麼好處。

有的時候，在詩詞之中，是「無理之語」，卻是「至情之辭」。這二句詞說起來就是很沒有理性的話，因爲他問的是「郴江幸自繞郴山，爲誰流下瀟湘去？」我察考過郴江和郴山的關係，郴江發源於郴山，而它的下游果然流到瀟湘水中去的。這是地理上的現實。秦少游問的是無理，他說郴江從郴山發源，就應該永遠留在郴山，它爲什麼居然要流到瀟湘的水中去呢？這是無理的提問。天地是自然如此的，天地與山川本來就如此，郴江在郴山發源，一定要流下去的。而這無理之語，就使我想到《楚辭・天問》，對天地宇宙提出一系列問題。爲什麼宇宙之間有這種現象？那是對於天地的一個終始的究詰的詢問。這是深悲沉恨的人才會發出這樣對天地終始的究詰。「人間從到海，天上莫爲河。」（李商隱詩〈西溪〉）爲什麼人間的江水要東流到海？爲什麼天上的牛郎織女要阻隔著一條銀河？李商隱說：「何日桑田俱變了，不敎伊水向東流。」（〈寄遠〉）爲什麼「人生長恨水長東」？爲什麼水要長東？爲什麼人要長恨？哪一天把世界的不平都塡平了？把世界塡平，使那伊水不再東流，人生不再長恨。「何日桑田俱變了，不敎伊水向東流」，正是這無理之語，卻是至情之辭。正是那生活遭遇到極大的憂患挫傷苦難的人，才對天地之間的不平發出來這樣的究詰。所以，秦少游說郴江就應該留在郴山。有這樣美好志意的人，應該成就他美好的志意。我們爲什麼不能挽回那水的東流呢？爲什麼不能使美好的東西永遠留下來呢？「郴江幸自繞郴山，爲誰流下瀟湘去」，這是非常沉痛的兩句詞，是非常好的兩句詞。

秦少游這一首詞，我認爲在詞的發展歷史上而言，頭三句開頭的象徵，跟後二句的結尾，有類似〈天問〉的深悲沉恨的問語，寫的這樣的沉痛，這是他的過人的成就，是詞裡的一個進展。而一般說來，這種進展，後來繼承的人並不是很多。沒有秦少游的深悲沉恨的人，不容易寫出來「郴江幸自繞郴山」的深悲沉恨的句子。而沒有那種心靈上的想像，不能跟假想的形象結合的人，不容易寫出像前三句這樣有象徵意味的句子。一般人所停留的是現實的感情，跟現實的形象的比喻。這是秦少游詞值得注意的成就。但是已矣少游，我們沒有辦法，秦少游畢竟抱恨而死了。

我們把秦少游講完了，現在要看另一個作者——周邦彥。

周邦彥是北宋晚期的一個重要作者，是北宋的集大成的一個作者。因爲後邊這幾個詞人的作品很多，詞調也很長，我們時間不夠了，所以近來我常常把我的論詞絕句寫出來，就是掌握幾個重點。我論周邦彥詞的絕句是：

顧曲周郎賦筆新，慣於勾勒見清眞。不矜感發矜思力，結北開南是此人。

當年轉益亦多師，博大精工世所知。更喜謀篇能拓境，傳奇妙寫入新詞。

早年州里稱疏雋，晚歲人看似木雞。多少元豐元祐慨，烏紗潮濺露端倪。

周邦彥是個結北開南的人物，他是集結了北宋的大成，而開拓了南宋的先聲的人物。他所開拓的先聲是什麼?很可惜,沒有時間講南宋的詞人了。我要借這個機會簡單的說一下,周邦彥開拓出來的一種作風,對於南宋有很大的影響,就是前面絕句說的「不矜感發矜思力」。我們雖然已經講了北宋的這麼多作者,從唐五代以來說吧,從溫、韋、馮、李、晏殊、歐陽修,一直到柳永、蘇東坡、秦少游,我們已經看到了,他們每個人都有不同的風格,每個人的心靈本質都是不相同的。有這麼多不同的作者和作品,可是你要注意到,所有的截至今天所講的秦少游爲止,他們的好處大都是屬於以感發取勝的這一個類型的。其中只有溫庭筠是比較不重直接感發的一個作者,不過溫詞都是小令,所以也就比較看不到什麼思力的安排,而是以名物予人以美感之聯想取勝的。自柳永而後雖然長調漸多,但柳永的「對瀟瀟暮雨灑江天,一番洗清秋」等詞仍是以感發爲主的。蘇東坡所寫的「有情風萬里捲潮來,無情送潮歸」,也是直接的感發。所以,從唐五代,一直到秦少游「驛寄梅花,魚傳尺素」,帶給讀者的大都有一種直接感動人心的力量,更不用說李後主的「林花謝了春紅」了。所有這些詞的好處,都是帶著一種直接的感動人心的力量。這本來是屬於我們中國詩歌的一個悠久的傳統。從《詩經》開始就是以這樣直接的,不隔膜的方式寫作的。「關關雎鳩,在河之洲;窈窕淑女,君子好逑。」非常直接的給人一種興發和感動。

可是,從周邦彥開始,有了一點轉變,他不是以感發取勝了,變成了以思力取勝了。這種以思力取勝的作風，在南宋成了一種風氣。當然也有例外的作者，辛棄疾就是一個最大的例外。辛棄疾是詞人裡邊最了不起的一個作者。因爲其他的詞人，蘇東坡甚至秦少游都可以包括在內，他們都是以餘力來爲詞的。他們寫的散文、詩歌，都有很多而且很好的成就。而辛棄疾是專力爲詞的，他的詞寫的最多，而且寫的最好。辛棄疾的詞才眞正是相當於杜甫的詩，相當於屈原的〈離騷〉，是他平生，他的生活，他的理想，他的志意抱負的實踐。他是眞正的把他的志意抱負寫到他的詞裡邊去的。蘇東坡、歐陽修可以在小詞裡邊無意之中流露出他們的性格跟修養。但是，辛棄疾是把他本體的志意，他眞正的志意的本體寫到詞裡邊去的。我們沒時間講辛棄疾，但是我有一篇《論辛棄疾詞》的文章（山東大學《文史哲》一九八七年第一期），朋友們可以參看。

除了辛棄疾這一位偉大的不被南宋詞風所籠罩的傑出的作者以外，其他南宋的特別是南宋中後期的作者，像姜白石、史達祖、吳文英、王沂孫，甚至像周密、張炎，他們都是在周邦彥的以思力取勝的影響之下的。就是說，他們寫的時候，不再以表現直接的感發取勝，他們的詞，特別是他們的長調（南宋時是長調流行，五代和北宋初期是小令比較多），是用思索安排去進行寫作的。你說柳永不是也寫長調嗎？但柳永的思索安排是比較平順而且直接的。我們已經看過柳永的幾首詞了。「對瀟瀟暮雨灑江天」是個長調，但卻充滿興發和感動。他的

《鳳歸雲》「向深秋、雨餘爽氣肅西郊。陌上夜闌，襟袖起涼飆。……」多麼直接。「驅驅行役，苒苒光陰」，多麼直接。柳永雖然寫長調，但柳永的鋪排是比較平順的，比較自然而且直接的。

可是，周邦彥不是的。周邦彥是用思索安排來寫作了。而當詞人的寫作的類型途徑改變了，我們欣賞評論的人就不能老用從前的尺寸衡量他了。夫尺有所短，寸有所長，你不能用裁判排球的規則來裁判籃球、足球。王國維的一個最大的遺憾，就是不能欣賞南宋的詞。他的《人間詞話》，就是只能欣賞他那一類型的，用他那一個途徑去探索的，因此對於南唐和北宋初期的晏、歐，他評說的非常好，非常有心得。那眞是能把小詞裡邊的要眇幽微的美，那種感發的聯想發揮出來。可是，他一碰到像周邦彥，像吳文英，像王沂孫、姜白石、張炎這些詞人，那就英雄無用武之地了。他沒有找到入門的途徑怎樣走進去，就不知道如何衡量了。所以，《人間詞話》對於南宋詞人一般都是貶抑的。說這些人隔膜了，不眞切了，都是貶低。雖然王國維在年歲比較大以後，曾經寫了《清眞先生遺事》，考證周邦彥的生平，也曾從工力及聲調方面讚美周邦彥的詞，但在《人間詞話》中，他對周邦彥的詞都是貶低的，他曾說：

> 美成深遠之致，不及歐秦；唯言情體物，窮極工巧，故不失爲第一流之作者。但恨創調之才多，創意之才少耳。

——《人間詞話》

他說周邦彥詞的幽深高遠的意境，是趕不上歐陽修、秦少游的，不能給我們感發和深遠的聯想。可是，他在寫感情的時候，描摹物態的時候，思考安排造作修飾得很精巧，「言情體物，窮極工巧」，不失爲第一流作者。他的好處在他的藝術技巧，而不在內容的情意的境界。又認爲周邦彥創詞調的才能比較多，而創意境的才能比較少。我們知道，在詞的發展史上，前後幾個對詞有重要影響的人，都是比較有音樂修養的人，那是必然如此的。因爲詞本來就是配合音樂歌唱的歌詞，所以像溫庭筠、柳永、周邦彥都是精通音樂的人。而尤其是周邦彥，更創制了一些值得注意的調子。張炎在其《詞源》中就曾敍述及此。張炎是南宋後期的一個作者，懂音樂，家學淵源，家裡很多人講究填詞和唱詞。據張炎所記：

> 崇寧立大晟府，命周美成諸人討論古音，審定古調。……又復增演慢曲引近，或移宮換羽爲三犯四犯之曲。……其曲遂繁。
>
> ——《詞源》

你現在就注意到了，音樂與歌詞的結合，曾有不同方式的演進。柳永的時候開始大量使用詞長調，他是採取民間的俗曲，市井之間樂工歌女所唱的俗曲的曲調。而周邦彥對於詞的音樂的開拓，則是國家管理音樂的大晟府，讓周美成這些個人討論古音，審定古調，還增演慢曲引近。慢曲是比較長的曲調，引近是曲裡邊介乎慢詞跟小令之間的中等長度的一些曲調。而且改寫音調，移宮換羽，把不同調的曲子改組成爲一支曲子，爲三犯四犯之曲。把三個調子組在一起稱三犯，把四個不同調子組在一起稱四犯。像周邦彥塡的〈玲瓏四犯〉，是把四個不同的調子結合在一起了。還不只如此，他還寫過一個曲調，叫〈六醜〉。且看周邦彥的一首〈六醜〉：

正單衣試酒，悵客裡光陰虛擲。願春暫留，春歸如過翼，一去無跡。爲問花何在？夜來風雨，葬楚宮傾國。釵鈿墮處遺香澤，亂點桃蹊，輕翻柳陌。多情爲誰追惜？但蜂媒蝶使，時叩窗槅。

東園岑寂，漸朦朧暗碧。靜繞珍叢底，成嘆息。長條故惹行客，似牽衣待話，別情無極。殘英小，強簪巾幘；終不似，一朶釵頭顫裊，向人攲側。漂流處，莫趁潮汐；恐斷紅尚有相思字，何由見得。

——〈六醜·薔薇謝後作〉

據說〈六醜〉曾唱給當時宋朝皇帝徽宗聽。對周邦彥新創的這一曲調，皇帝也不懂，問曲調爲何叫六醜？左右都不知道。又問周邦彥，周邦彥說：「此曲犯六調，皆聲之美者，然絕難歌。」你看他的花樣有多麼多！此曲是六個不同的調子結合在一起的，而且都是最難歌唱的曲調。據說高陽氏者有子六人，才智極美，而形容比較醜，叫做六醜（見周密《浩然齋雅談》）。周邦彥說這個曲子犯六調，不容易唱而聲調很美，所以叫做〈六醜〉。我們不管他當時怎麼唱，周邦彥的唱法沒有傳下來。不過我們從這些記載也就可以知道了，他是喜歡增演慢曲的，喜歡作三犯、四犯，甚至於〈六醜〉，犯六調之美者，可見他曲調的繁雜了。

而現在就發生了另外一個問題。五代以來的這些小令，像我們所講的，如晏殊的〈浣溪沙〉「一曲新詞酒一杯，去年天氣舊亭臺」，每句的平仄都跟詩句差不多。七個字一句，仄仄平平仄仄平。仄平平仄仄平平。就算是長短不整齊的，像馮延巳的「梅落繁枝千萬片」（平仄平平平仄仄），「猶自多情，學雪隨風轉」（仄仄平平仄仄平平仄）。這些小令的詞，儘管有七個字、五個字的這種參差錯落的形式，但是它的平仄的韻律，仍是與詩的韻律相接近的。還有一點我要提出來，你有沒有注意到，我們中國的詩歌形式的演變，從《詩經》的四言，到〈離騷〉的騷體，〈九歌〉的楚歌體，到西漢的五言詩的產生，一直到後來經過魏晉南北朝的格律化，到唐朝的近體詩律詩絕句的興起，爲什麼我們的詩歌形式成了這樣的形式？這不是完全勉強加上去的格式，而是一種自然的演進。因爲中國的語言文字，它的特色是單形體、單音節。我們說「花」，一個音節，就完了。人家英文說 flower，有一個抑揚的節奏。我們這種單形體單音節的文字，要在詩歌這個美文裡邊形成一個韻律，四個字是最簡單而能造成韻律的一個基本的形式，不是那個時候周朝誰定了寫詩非寫四個字一句。所以，《詩經》裡也有長短不齊的其他的句法，但是大多數詩句自然就形成了四個字一句，這是我們的語言文字跟我們的身體生理的機能相配合的。四個字的句子，是最短而能夠有節奏的句式。「關關雎鳩，在河之洲；窈窕淑女，君子好逑」。是我們一個最簡單的韻律的形成。而後來五言詩、七言詩的出現，一直到今天的黃梅調，劉三姐所唱的山歌，基本上都是七個字一句，而且平平仄仄平平仄，仄仄平平仄仄平。連我們合轍押韻的流口轍，都是這個節奏的。這是我們本國語言文字的特色跟我們身體生理的機能結合起來所產生的一個自然的現象。

因此，吟誦在我們中國詩才是重要的。我們中國詩歌的傳統，帶著這麼強大的感發的力量，因爲我們是情感跟聲音結合在一起的，這樣感發的力量才自然的跑出來。我們不是一個個字拼拼湊湊的寫詩的，不是，是脫口而出，就是平平仄仄的。劉三姐脫口唱出山歌來，就是如此的。這是我們中國的過去詩歌所共有的特色。可是，你要知道，現在這個詞，它不是口語的吟誦了。吟詩，其實是適合於吟誦中國五七言的絕句和律詩，而像周邦彥所寫的〈玲瓏四犯〉、〈六醜〉之類的詞，它犯來犯去的，它那個平仄，不是平平仄仄、仄仄平平的韻律節奏了，有的時候是拗折的，與我們身體的口腔的發音需要有的時候不相合，這些拗折的地方，你念起來會覺得這聲音怎麼這麼奇怪呀？而凡是這樣的地方，寫作的時候就自然不能脫口而出，自然要思索安排。所以，周邦彥的詞就形成了一個以思索安排取勝的特色。

剛才講了周邦彥在中國詞的發展史上是一個非常值得注意的作者，他吸取了五代北宋以來的小令跟長調的各種的長處。因為時間不夠，我不能多作引證。他寫的小令有的也像晏殊、歐陽修的小令一樣美的，也有感發。可是，我們介紹一個作者，主要介紹他自己的特別的風格，他在詞的發展史上所走出去的、他所開拓的一部分，比如說，周邦彥有一些小詞寫的和北宋其他作者差不多的，像這樣的詞我們就不講它了。例如：

樓上晴天碧四垂，樓前芳草接天涯，勸君莫上最高梯。
新筍已成堂下竹，落花都上燕巢泥，忍聽林表杜鵑啼。
——〈浣溪沙〉

現在讀音都不大講究了，「涯」字有三種讀音，這裡讀如「移」(yí)(支韻)，另外也有時可讀如「牙」(yā)(麻韻)，或讀如「崖」(ai)(佳韻)。

我是怕大家誤會，因爲剛才我一直在說周邦彥的詞是注重思索安排的，與其他作者之重視感發的不同。我所提出來的是他的一個特別的成就，是他的特色，是他與大家不同的地方。他有時寫小令，也仍然是寫的像晏殊、歐陽修那種風格的小令。這是所以我要補充說明的。

我們接下來要談到他注重思索安排，是由於有幾個原因形成了他這種風格。一個原因是由於他自己的音樂才能。他喜歡把那些繁雜的難唱的曲調結合在一起，像〈玲瓏四犯〉、〈六醜〉之類的。這是使他的詞重視思索安排的一個原因。剛才我講了韻律跟詩詞寫作的關係，因爲聲律的格式如果跟口語的吟誦的聲音相近，自然噴湧而出，它就帶著直接的感發。你要是想半天斟酌用字，這個不妥當，那個也不妥當，不但講平上去入四聲，而且四聲都要分陰陽，陰平陽平，陰上陽上，陰去陽去，陰入陽入，每個字都要分這麼細緻的時候，就不是可以從口中的吟誦噴湧而出了，你一定要思索安排。周邦彥詞的聲調常常是拗折的，這也是使他注重思索安排的一個原因。

至於周邦彥注重思索安排的另一個原因，就是他有的時候是以賦筆爲詞，是以寫賦的筆法來寫詞的。而寫賦是要鋪張的，是要思索的，是要安排的。周邦彥寫賦，歷史上有記載。周邦彥是錢塘人，元豐二年（一〇七九）入京，在太學爲太學生。不久以後，寫了〈汴都賦〉。你要知道，在我們中國有個寫賦的傳統，而寫賦常常是寫都城的賦。像〈兩都賦〉、〈兩京賦〉、

〈三都賦〉，從漢朝就開始有很多人寫都城的賦了。所以，周邦彥就寫了〈汴都賦〉讚美當時北宋的京都汴京的繁華富庶。那時正是神宗任用王安石實行新法的時候，周邦彥就在〈汴都賦〉之中，同時歌頌了新法。周邦彥這個人也跟現在有一些青年人一樣有一個用心，希望早一點，用台灣年輕人的話來說，要早一點打出知名度，要早一點引起衆人的注意。現在有些青年用的手段有的時候就更加卑下了一點，譁衆取寵。像周邦彥那時用的方法，還比較不失詩人學者的風範，寫了一篇〈汴都賦〉，寫得很長，且多用古文奇字。神宗皇帝看到有歌頌讚美他的這麼長的一篇賦，很高興，所以就教他親近的侍臣在宮殿中誦讀。而周邦彥用的古文奇字，那些讀的人都不認識，就只好只讀偏旁，以此可知周邦彥這個人本來是喜歡作一些引人注意的事情的。果然神宗皇帝欣賞了他，由太學生任命了官職，成了太學正，一下子從學生變成領導了。他自錢塘入汴都太學時，應該是二十四歲，二十八歲時上了〈汴都賦〉，本來可以飛黃騰達，但是天有不測風雲，神宗死了，哲宗繼位，當時還年幼，於是由高太皇太后用事，就把所有的新法都廢除了，起用了舊黨。於是，周邦彥就在這個政海波瀾的變化之中，朝廷把他從汴京趕出去了，就到廬州去作教授。後來一度到過荊州，又到了江蘇的溧水。這些王國維《清眞先生遺事》都有記載。而經過這一次變故以後，周邦彥的爲人作風就改變了。所以，樓鑰說：

> 公壯年氣鋭，以布衣自結於明主，又當全盛之時，宜乎立取貴顯，而考其仕宦頗爲流落……蓋其學道退然，委順知命，人望之如木鷄，自以爲喜。
>
> ——《清眞先生文集・序》

他年輕時志意很昂揚，一個平民太學生，以他的〈汴都賦〉得到神宗的賞識。他應很快可以飛黃騰達，可是看一看他平生作官的經歷，都是淪落在外地的。這是因爲新舊黨爭的政海波瀾。樓鑰沒有提出這一點來，過去研究周邦彥的人也沒有把他一生的仕宦經歷，跟北宋的政治背景的新舊黨爭結合起來看。過去的人爲什麼沒有這樣的結合？我以爲有些值得注意的原因，這當然只是推想。一個是由於周邦彥雖然歌頌過新法，可是因爲他沒作什麼高官，在行政方面沒有什麼屬於新黨的事跡，於是被大家忽略了。第二個原因，是由於在中國舊傳統的讀書人之中，比較偏向舊黨，而不贊成新黨。像蘇洵寫〈辨奸論〉，攻擊王安石。總之，這些人想要讚美周邦彥，擡高他的地位，不願意把他說成是讚美新法的人。他與政黨的關係未被注意，就算他們注意到了，可是不願意這樣說，所以，過去沒有人提出這一點。近年香港有一個學者羅忼烈教授特別提出來，說周邦彥是擁護新法的。其實，天下有很多相似而不同的事情。像神宗時代周邦彥到汴京，寫了號稱萬言的〈汴都賦〉，蘇東坡也是在神宗的時代，前後上了兩份奏疏，號稱萬言書。兩個人一個上賦，一個上書，而二者截然不同。周邦彥所上的賦，都是歌頌讚美，並不見得眞正代表他政治上的理想，那是當時的風氣。蘇東坡所上的則確實是對於國家政治的關心，有他的政治的理想。這二者是截然不同的。而就因爲這一點，我常說詩歌裡邊有一個生命，而生命的品質、數量，生命的質量，往往因人而異。這就是周邦彥的詞，雖然在藝術上窮極工巧，但是他在境界上永遠達不到蘇軾的高度的緣故。因爲，本來他的生命就是局限於他自己的得失利害比較多，遇到挫折就變爲「學道退然」但求自保了。這是沒有辦法的一件事情。凡是一個偉大的作家，一定以他感發的生命的質量的深厚博大爲主要的因素。藝術的手法當然也重要，但是他眞正的本質的他的生命的厚薄大小深淺，才是決定他作品優劣高低的一個更重要的決定的因素。

我說，周邦彥是以自己私人得失利害爲主的，跟蘇東坡之以國家得失利害爲主是不同的。你看他後來一經過打擊了，他就學道退然，就委棄不再掙扎了，不再努力了，順服了天命，說「人望之如木鷄，自以爲喜」。你看他早年那種銳氣英發，而晚年則表現爲喜怒不形於色。那是因爲他經歷了政海的波瀾反覆以後，他的爲人態度就改變了。當他晚年，太皇太后高太后死了，哲宗自己當政了，就把舊黨都打出去了，新黨復用。於是，在這個風潮之中，周邦彥就又被召回了汴京。哲宗想到周邦彥寫過讚美新法的〈汴都賦〉，就要他重獻〈汴都賦〉。

這時本來周邦彥也可以在哲宗朝求富貴。可是，這時的周邦彥，看盡了在政治鬬爭之中的多少人的不幸的遭遇，就不再進取了，委順知命，望之如木鷄了。

這是周邦彥一生的簡單經歷。我們現在就要把他的平生經歷結合他藝術上的手法，如對音律的講求，和以寫賦的筆法寫詞等特色，來看一看他的詞。

他的詞在長調裡邊，除了他安排思索的寫作的方法，是與他的音樂性和寫賦的習慣有關係以外；我們還要說，他在安排思索之中，爲長調開拓了另外一種寫法。關於長調的寫法，柳永是平順的直接的去寫，周邦彥則變化出來很多的轉折，很多的跳接。他不再是直接的寫景跟抒情了，他的詞中間就造成了一種傳奇意味的故事性。我們現在要看他兩類詞：一類就是富於傳奇故事性的這種轉折跳接的寫法的安排的手法；另一類，就是反映他經過政海波瀾的詞。

我們先看他第一類的詞。我們教材上有他一首〈夜飛鵲〉，因時間的關係，我只是念一遍，把他的轉折說一說。

河橋送人處，涼夜何其。斜月遠墮餘輝。銅盤燭淚已流盡，霏霏涼露沾衣。相將散離會，探風前津鼓，樹杪參旗。花驄會意，縱揚鞭，亦自行遲。

迢遞路回清野，人語漸無聞，空帶愁歸。何意重經前地，遺鈿不見，斜徑都迷。兔葵燕麥，向殘陽、影與人齊。但徘徊班草，欷歔酹酒，極望天西。

——〈夜飛鵲・別情〉

一般人寫離別，就是眼前的離別。像歐陽修說的：「尊前擬把歸期說，未語春容先慘咽」，「離歌且莫翻新闋，一曲能教腸寸結」（〈玉樓春〉）。但是周邦彥不是。他是環繞著離別，寫出來一個時間錯綜的故事。

我們先從開頭來看。但這個開頭，等以後讀到下半首你才發現，他不是像柳永詞那樣順序寫的，柳永說：「扁舟一葉，乘興離江渚」（〈夜半樂〉）。我就出發了，我的船走了。但周邦彥不是順寫。他是倒插筆，倒敘。他說在一個河橋的旁邊送別，一個秋天的夜晚，「涼夜何其」。其，讀如基，出於《詩經》，就是夜慢慢地深了，已經到了幾更天了？西沉的斜月遠遠地向下沉落了，月光的餘暉慢慢地不見了。他們在離別的宴席上，曾經點燃了一支插在銅燭臺上的蠟燭。當長夜慢慢過去，天將破曉的時候，月亮西沉了，那銅盤上的蠟燭的蠟淚已流盡了。天破曉前的露水也沾濕了衣服。天要亮了，行人要走了，彼此道別，這離別的宴會就要散去了。我們順風探聽一下渡口開船的鼓有沒有敲起來，再看一看樹的枝梢上的參旗星到哪裡了？

什麼時刻了？

現在你知道了，他送人的地點是河橋，他要探聽的是風前的津鼓，可見本來這個行人是要坐船走的。如果是柳永，他就說「乘興離江渚。渡萬壑千岩，越溪深處」了〈夜半樂〉。但周邦彥不是，所以讓人不懂。後邊他就跳接了。他不再說船，反而說起馬來，「花驄會意」，黑白花的馬懂得人的意思，懂得人離別的悲愁，縱然我揚起馬鞭打它，它還是慢慢地走。你參看他前邊本來說的是船，可是後來卻突然說起馬來了。所以前人批評他：

> 美成詞有前後若不相蒙者。

又說：

> 美成詞操縱處有出人意表者。
>
> ——陳廷焯《白雨齋詞話》

說他前後不相連接，不相干。說他安排操縱一首詞，有的是出人意想之外的。還有人說：

> 清眞詞平寫處與屯田無異，至矯變處自開境界，其擇言之雅，造句之妙，非屯

田所及也。

——夏孫桐（據俞平伯《清眞詞釋》引）

說周邦彥突然改變的地方，自己開出一個境界。你就知道，這是周邦彥對詞的開拓，他忽然間有一個跳接，有一個轉折。這種跳接，這種轉折，這種變化，影響了南宋一些詞人。而那些詞人，後來被王國維這類的人批評爲晦澀不易懂，不通。那些詞人從周邦彥變化而出，比周邦彥更晦澀。爲什麼？因爲周邦彥詞裡邊還有一個故事，可是吳文英、王沂孫這些詞人，故事沒有了，就是感覺。感覺一跳就不得了了，不知從哪裡跳到哪裡去了。可是，也並不是絕對讀不通的，你如果掌握了他感覺和感情的進行，還是可以讀得通的。我的《迦陵論詞叢稿》裡，〈拆碎七寶樓臺——讀夢窗詞之現代觀〉，就是分析吳文英詞的。〈碧山詞析論——對一位南宋古典詞人的再評價〉就是分析王沂孫詞的。上週《文學遺產》雜誌編者拿走一篇，也是介紹王沂孫的。大家可以參看。

我們返回來再看周邦彥的詞。要乘船走的，是行者，遠行的人。騎花驄的是居者，留下來的人，是送行的人。這時行人已經走了，送人的騎馬回去了。你怎麼知道送行的人騎馬回去了？且看下句：「迢遞路回淸野，人語漸無聞，空帶愁歸。」這個人騎著馬走了很遠的路，已經離開河橋，走到一片淒清的曠野，那碼頭上送行的人聲都聽不見了。送行的人騎馬回來了，「空帶愁歸」。所以，這時已經是時地場所都變換了。

你以爲這就已經是在寫現在了嗎？不是。時間又跳了。他騎馬回來以後，又經過很久很久，不知多少日子了，這個人又回到河橋送別的地點了。「何意重經前地」，沒想到又重新來到送別的地方。「遺鈿不見，斜徑都迷」。那個女子頭上戴的花鈿，當時在歓宴之間可能有花鈿遺落在草叢之中了。不過，這並不見得眞的是有花鈿遺落在草叢之中，他用的是《史記·滑稽列傳》中的典故，淳于髠說大家宴會的時候，是這些女子們，前有墮珥，後有遺簪。說的是和這些女子聚會時的那種情景。周邦彥說，人不見了，遺鈿也找不到了。當初我們走過的那些小路都迷失看不見了，因爲現在的季節改變了。「兎葵燕麥，向殘陽、影與人齊。」地上長滿了兎葵燕麥，有的是野草，有的是莊稼。落日西斜的時候，兎葵燕麥的影子，向殘陽，拖得很長，人的影子也拖得很長。寫得非常寂寞淒涼。

「但徘徊班草，欷歔酹酒，極望天西。」這個離人早已分別了，經過不知多少天，甚至幾個月了。他又重經前地，徘徊在這裡。徘徊怎麼樣呢？是徘徊班草。古語說：「班荆道故」，是說兩個朋友路上遇見，馬上又要分別，就把草鋪一鋪，分一分，坐在草上話舊。他說我就徘徊在當初我們分手時席地分草而坐的地點，嘆息悲哀，拿著酒杯，沒有對象可以敬酒了，就把酒灑在草地上。極望天西，遠人不再回來了。

這是周邦彥的一類詞，是富有故事性的，而且是以轉折和跳接進行的一類詞。我們現在再看他一首比較有政治上悲慨的另一類詞：

> 晴嵐低楚甸，暖回雁翼，陣勢起平沙。驟驚春在眼，借問何時，委曲到山家？塗香暈色，盛粉飾、爭作妍華。千萬絲、陌頭楊柳，漸漸可藏鴉。
>
> 堪嗟。清江東注，畫舸西流，指長安日下。愁宴闌、風翻旗尾，潮濺烏紗。今宵正對初弦月，傍水驛、深艤蒹葭。沉恨處，時時自剔燈花。
>
> ——〈渡江雲〉

這首詞過去的讀者沒有看到他有什麼深意，評論這首詞的人，以爲他就是寫春天，寫在船上的一個宴會。但是，不是的。這個宴會是假的。「愁宴闌、風翻旗尾」，那是假的。沒有一個宴會。

這首詞是什麼時候寫的呢？他說「晴嵐低楚甸」。嵐，是山上的煙靄。天氣晴朗的時候，遠山有時好像是有一層淡藍色的煙靄迷濛的樣子。他說在晴天之下的遠山的煙嵐低低地籠罩在楚地的一片原野之上。楚甸說的是哪裡呢？原來舊黨用事之時，他曾被貶到廬州，後來到過荆州、溧水。可是，等到哲宗執政了，把當時讚美新政的人召回來，他也被召回汴京了。當他要回到汴京去的時候，羅忼烈先生以爲他曾經一度從溧水又重遊了舊地——荆州。可能就是這次行程，他本來是被召，應該要回京了，而在重遊荆州時寫的這首詞。

「晴嵐低楚甸，暖回雁翼，陣勢起平沙。」溫暖的季候又回來了。從哪裡看到了呢？大雁都張開翅膀，排列成一字或人字的陣勢，從一片平沙上飛起了。從大雁起平沙，看到這個季節的轉變，「暖回雁翼，陣勢起平沙」，就「驟驚春在眼」，驀然之間，驚喜地看到春天在眼中，春天就到了。柳樹，慢慢轉綠了；桃花，慢慢含苞了。「驟驚春在眼」，是外邊的春色。「借問何時，委曲到山家？」他說我請問，春天來了，不只是染綠了柳條，染紅了桃花，不只是雁翼的陣勢起平沙。他說，春光是什麼時候也委曲婉轉地來到山中的一家人家了，使山中人家也沾染了春色了。這個表面上看起來，都是寫的春光。可是看到後半首，看到「愁宴闌」那個飲宴的比喻你才知道，這裡所寫的春天的回來，正是代表政局的轉變，是新黨的重新得勢。這樣說，大家可能不相信。就是羅忼烈先生也沒有把這首詞講成有政治的託喻。但是這首詞其實才是最能證明他有政治託喻的一首詞。

他所說的雁的起飛，春光的在眼，都是寫新黨的人慢慢地又起來了。「借問何時，委曲到山家？」這個山家不是泛指，而是暗喻他自己。他說我一個不被注意的人居然也蒙召要回汴京去了。

所以，所有對於春天到來而欣喜的這些萬物，「塗香暈色，盛粉飾、爭作妍華」。那花就塗上了香氣，染上了顏色，就裝點了萬紫千紅，打扮起來，爭著要開出美麗的花朵。

「千萬絲、陌頭楊柳，漸漸可藏鴉」。當花開的時候，楊柳的枝條也綠了，那千萬絲的陌頭楊柳，已經有烏鴉可以藏身了。烏鴉一般認爲是不祥的，因爲中國的風俗習慣，認爲烏鴉的叫聲不好聽，把烏鴉當成不祥的鳥。陌頭楊柳，就在這美好的事物中間，隱藏著一個危險的信號。

「堪嗟」。眞是値得慨嘆。「清江東注，畫舸西流，指長安日下。」我爲什麼說這首詞有政治上的悲慨呢？他所用的字句，分明提出來的是長安。可是宋朝的首都是汴京。中國古代因爲長安是歷代的古都，常常說到首都都用長安來做替代。他說這麼美麗的春天，我要嘆息。爲什麼呢？他說江水是向東流的，「清江東注」，那是我回到故鄉錢塘的一條路。可是，「畫舸西流」，指的是「長安日下」。我的船不是載我回到故鄉，是指向了首都。日下正指首都。

而我還沒到首都，我已經預先煩惱了。「愁宴闌、風翻旗尾，潮濺烏紗」。所以，這首詞我說它有多義。「指長安日下」，這是指首都，是明顯的。烏紗，是烏紗帽。託喻也是很明顯的。這是一個語碼，是一個暗示的語碼。而且他說「風翻旗尾」，什麼是旗？旗，一個黨派的、一個軍隊的、一個標舉的旗號，一個標誌。他說我所憂愁的，現在好像是開一個很好的宴會，大家都是「陣勢起平沙」，都覺得是好了，都升上來了，回到首都，都去做官了。有一日安知這一個黨派不再倒下去嗎？我就預先憂愁有一天宴闌、風翻旗尾，把做爲標誌的旗吹翻了。「潮濺烏紗」，政海的波瀾的潮水就打濕了你的烏紗帽。你安知不再有一次政海波瀾？

「今宵正對初弦月，傍水驛、深艤蒹葭」。今天晚上我正對著初弦月，在水邊一個驛站的旁邊，艤船靠岸，我的小船晚上停泊在蒹葭的蘆葦深處。所以，這裡沒有宴會，沒有烏紗，是在被召回京的路上。「沉恨處，時時自剔燈花。」我內心懷著這麼多仕宦不得意的悲慨，新舊黨爭，不用說我自己，我看了多少政海波瀾了。所以，就「時時自剔燈花」，在沉思寂寞中有無窮內心的幽微的深隱的這種悲慨。

這首詞是他有寄託的比較明顯的一首詞。但是他也有眞正好的，把寄託蘊含在中間的，沒有這麼明白寫出來的。正如我們講蘇東坡的詞，我們說那一首〈滿庭芳〉：「歸去來兮，吾歸何處？」這個轉折很清楚，我們看到他的轉折，踪跡很明顯，但那不見得是蘇東坡的最好的詞。周邦彥這一首詞用來證明他有寄託，是最好的例證，因爲他有很多語碼。什麼「長安日下」了，什麼「旗尾」、「烏紗」了，可以證明他有寄託。但不是他最好的一首詞。

他最好的一首詞，把悲慨完全融會進去。你找不著這樣明顯的痕跡的。我只能告訴大家這首詞值得看，但是今天來不及講了，就是：

柳陰直，煙裡絲絲弄碧。隋堤上、曾見幾番，拂水飄綿送行色。登臨望故國，誰識京華倦客？長亭路，年去歲來，應折柔條過千尺。

閒尋舊蹤跡，又酒趁哀弦，燈照離席。梨花榆火催寒食。愁一箭風快，半篙波暖，回頭迢遞便數驛，望人在天北。

淒惻，恨堆積！漸別浦縈迴，津堠岑寂，斜陽冉冉春無極。念月榭攜手，露橋聞笛。沉思前事，似夢裡，淚暗滴。

——〈蘭陵王・柳〉

這首詞是他被召回京以後在汴京所寫。但是現在已經打過鈴很久了，今天來不及講了。(可以參看我的《論周邦彥詞》一文，將收入上海古籍出版社出版的《靈谿詞說》中。)

我非常抱歉，就誤大家這麼多時間。我們教材上有很多南宋的材料來不及講了。我記得我小的時候，我的伯父教我讀詩詞，他曾經給我念了這麼一首詩，不知是他作的，還是別人作的，我寫給大家：

九畹蘭花江上田，
畫來八畹未成全。
世間好事何須足，
留取栽培待後賢。

九畹蘭花，出於屈原的《離騷》。現在九畹蘭花，只畫了八畹，我沒有把它畫完。世間好事不一定都把它作完了，只要大家有愛好古典詩詞的興趣，將來你們會碰到更好的人跟大家一同討論欣賞古典詩詞。大家自己也會有更多更好的成就。

我以後有機會再向大家學習，謝謝大家！

第十一講　辛棄疾(上)

在北京的唐宋詞講座中，我們已經對唐五代北宋的一些重要作者做了簡單的介紹，現在我們要開始講南宋詞了。由於時間的限制，我們在南宋詞人中，只能簡單介紹一下辛棄疾、姜夔、吳文英和王沂孫四位作者。現在我們將先從辛棄疾開始介紹。辛棄疾一般與北宋的蘇軾並稱爲蘇辛，人們常把他們稱爲豪放派，與婉約派相對立。並且以婉約爲詞之正宗，而以豪放爲別調。不過，實在不應當做這樣簡單的劃分。蘇辛詞雖然外表看似豪放，好像與一般婉約派的作品不同，但是他們的詞在豪放之中也仍然有一種婉約的意致。以下我們就將對辛詞的此種特質略加介紹。

本來就詞的起源來說，早期文人所寫的詞原來只是在歌筵酒席間交給歌妓酒女去傳唱的曲子，因此王國維就曾說詞的特質是以「要眇宜修」爲美的。從蘇東坡開始，人稱其「一洗綺羅香澤之態」，而辛棄疾的詞更是被稱爲在「剪紅刻翠之外，別樹一幟」。「紅」和「翠」就代表那些女性化的描寫和形容，「剪」和「刻」就是細膩的描寫。一般論者認爲辛詞是在剪紅刻翠以外，另外樹立了一個旗幟。蘇辛二人的詞都是擺脫了那種綺羅香澤剪紅刻翠的作風，而抒寫自己的襟懷志意的。而蘇東坡寫志意的態度與辛棄疾是不同的。蘇東坡一方面有儒家的用世志意，一方面有道家的曠達襟懷，可是他的詞是他在政治上遭到貶謫、失意之後才去寫的，因此多以表現曠達的逸懷浩氣爲主，並不正面寫他用世的志意。辛棄疾却不是這樣。辛棄疾所表現的是他正面的志意。中國偉大的詩人都是用他們的生命來書寫自己的詩篇的，用他們的生活來實踐他們的詩篇的。像屈原、陶淵明、杜甫都是這樣。有的朋友也許會問？爲什麼沒有提到李白呢？大家知道，李太白有李太白的長處。我提出屈原、陶淵明、杜甫的用意是什麼？我是說，這些人的作品都表現了他們自己內心的志意、理念，表現了在品格操守之中的他們自己的一份本質。就是說他們所有的詩篇，大多數的詩篇，不管他寫的是悲哀，不管他寫的是欣喜，都表現了自己本身的那一份做人的志意和理念。至於李太白當然也很好，不過他的詩歌主要是他飛揚天才的流露，而不是自己的理想、志意的流露。儘管李白的詩中也寫理想、志意，像他的〈梁甫吟〉，「張公兩龍劍，神物合有時」，「君不見朝歌屠叟辭棘津」和「長揖山東隆准公」之類的，但其實他所表現的並不是什麼志意、理念，而是他的一份天才的不甘寂寞的落空。他羨慕漢朝的酈食其「入門不拜騁雄辯」，就得到漢高祖的知遇，一個天才馬上得到了遇合；他也羨慕姜子牙，「八十西來釣渭濱，寧羞白髮照淥水，逢時吐氣恩經綸」，那也是一種偶然的遇合。所以說李太白所表現的是他的天才之不甘寂寞，不甘落空。

可是屈原呢？屈原所表現的是他的理想和志意，是他的「高潔好修」。他說：「民生各有所樂兮，余獨好修以爲常」。美好的修飾，在屈原所象喻的是他對一種品格志意的完美的追求。他又說：「亦余心之所善兮，雖九死其猶未悔。」只要我認爲是美好的，我要盡我所有的力量去追求，就是九死我都不後悔。這是屈原「高潔好修」的一份心志，是追求完美的一種精神。

至於杜甫，那眞的是忠愛纏綿，他不但在早期就寫了「致君堯舜上，再使風俗淳」的詩句，一直到他老年流落四川，他還說我「此生那老蜀，不死會歸秦」，難道我就終老在四川，只要我一口氣在，一定要回到我的首都和朝廷，我是不能放下對國家的關懷的。最後他流落到湖南，已是他臨死前不久了，杜甫最後是死於湖南的。他登上岳陽樓，還寫下了「昔聞洞庭水，今上岳陽樓。吳楚東南坼，乾坤日夜浮。親朋無一字，老病有孤舟。戎馬關山北，憑軒涕泗流」的詩句（杜甫〈登岳陽樓〉見《全唐詩》第七冊第二五六六頁）。此時杜甫與親戚朋友的音信都沒有，而且又衰老多病，他自己曾寫詩說是「左臂偏枯半耳聾」，可是他想到自己，而是國家還沒有完全安定太平，那戎馬的戰亂還在北方存在，所以他登上岳陽樓，靠近窗子向北遙望時就涕泗交流。這就是我所說的杜甫是用他的生命來寫他的詩篇，用生活來實踐他的詩篇的。

再說陶淵明。一般說起來，大家都認爲陶淵明是比較消極的。陶淵明終身的持守，他的理想和志意的理念是「任眞」和「固窮」。「任眞」是他本性的追求，「固窮」是他生活上的持守，「人生歸有道，衣食固其端，孰是都不營，而以求自安。」（陶淵明：〈庚戌歲九月中於西田穫早稻〉）他又說我雖然是凍餒、飢餓，「貧富常交戰」，但是「道勝無戚顏（〈詠貧士〉）」，只要我內心所持守的「道」勝了，即使是再窮困、再飢寒交迫，我也無戚顏，沒有愁苦的面容。「仰不愧於天，俯不怍於人」，「仁者不憂」，只要你眞的懂得了「道」，就是死的時候，內心也是平安的。如果你用了許多不正當的手段，也許追求到利祿富貴的顯達，你死的時候，內心也是不平安的。這正是陶淵明的終生的志意和理念的持守。

中國的詩歌因爲有言志的傳統，所以才在我們中國的詩歌歷史上出現了這樣光明俊偉的偉大的詩人，偉大的人格。像屈原、陶淵明、杜甫，那眞是光明俊偉，眞是他的心地光輝皎潔，這樣的英俊，這樣的偉大。我們今天讀他們的著作，他們的光彩是照耀古今的。

詞，一般說起來，是缺少這樣的作品，缺少這樣人格的流露的。那就是因爲詞在起初之時，本來只是歌筵酒席之間流行的歌唱的曲子，詞人寫作歌詞並沒有言志的理念。他們不把志意懷抱正式的寫到詞裡面去。可是，詞在演進之中，很多作者都不知不覺地流露了他的一份本質，但那却往往只是無心的流露。像馮延巳，他說「日日花前常病酒，不辭鏡裡朱顏瘦。」又說「過盡征鴻，暮景煙深淺，一晌憑闌人不見，鮫綃掩淚思量遍。」他寫的這份感情，仍是傷春、怨別，並沒有正式寫他的理念和志意。蘇東坡是比較明白地寫了自己的襟懷，但他寫的是自己比較消極的一面的曠達的襟懷多，而正式的追求「用世」的理念在詞裡表達得少。

在五代兩宋之間有一個偉大的作者，那就是辛棄疾。辛棄疾在詞裡面表現了他的志意、理念的本體的本質，而且他是用他的生命去寫他的詩篇的，用他的生活來實踐他的詩篇的。講別的作者，他們的生平不大重要，講辛棄疾就要對辛棄疾的生平做些簡單的介紹。不過大家對辛棄疾是有較多了解的，因爲我們國內的學校一般對辛詞講得比較多。

辛棄疾是出生在淪陷區的。辛棄疾出生時，他的家鄉山東歷城就已經淪陷了。按他出生的年代，他是南宋高宗紹興十年(一一四〇年)出生的，那時北方淪陷在金人之手已有十幾年之久了。一個人的成長是你的本性與你生長的環境的結合。辛棄疾爲什麼那樣的忠義奮發，因爲他是生長在一個忠義奮發的家庭之中的，他的祖父辛贊，在辛棄疾童年之時，就常帶著一群兒童去遊覽，指劃山河，培養他們的國家民族思想。所以辛棄疾的忠義的天性是跟他的生命成長在一起的。那不是口號，不是教條，不是從外表塗脂抹粉擦上去的。這才是最重要的東西。當辛棄疾二十二歲時，北方淪陷區在敵人鐵蹄踐踏之中，一些奮發的青年，忠義之士就結成了義勇軍。辛棄疾當時也召集了忠義之士有二千人之多，此時，山東有位農民叫耿京的，也組織了義勇軍，耿京手下有數十萬人之多。辛棄疾就帶領他的二千義勇軍歸附了耿京，他的這種見解、這種度量不是一件偶然的事情。辛棄疾後來投向南宋以後，爲了收復自己的故國故鄉，曾經獻上了「九議」、「十論」。「九議」、「十論」講的是當時的政治、軍事、經濟、地理、戰爭的形勢，他把各方面分析得非常仔細。其中有〈備戰〉一篇，講到當時北方淪陷區農民起義的熱情很高，但是沒有一個久遠的謀略與計劃，容易組織起來，也容易挫傷解散。知識份子也有忠義奮發的志意，可是知識份子顧慮多，不肯輕易的發動，不肯輕易起兵。如果沒有眞正的把握是不肯輕動的，而且有些知識份子也不肯低身俯首，居於農民的領導之下。如何使知識份子與農民結合起來，正是辛棄疾本身以生活去實踐的。他就帶領著兩千人歸附了耿京，爲之掌書記，爲耿京出謀劃策。他說我們在淪陷區起義，一時興起來的熱情很容易就消退了，眞正要光復國土，就要與祖國的朝廷取得聯繫。耿京認爲他說的話是對的，於是就命辛棄疾帶一批人南渡，到了建康，即今日的南京。那時在建康巡幸的宋高宗就召見了他，授予他們這些北方起義的人官職，希望兩邊能夠聯合。而當辛棄疾從南方北歸，到山東海州時，聽說耿京的部下有一個奸細叫張安國的，把耿京殺死了。張安國爲了圖謀自己的富貴，投降了敵人。我們中國一向有光明俊偉的才人志士，也一向有醜陋、卑鄙寧可賣身去做奸細的這樣可恥的中國人。你看老舍的《四世同堂》所寫的，就是這樣的兩種人。張安國殺死了耿京，投降了敵人，根據地失去了。如果是一般的人就無可奈何了，但辛棄疾眞是一位英雄豪傑，他聽到耿京被害的消息，就帶領了一批人馬衝入金營。張安國正在那裡與金人飲酒慶功，辛棄疾衝入營中，活捉了張安國，却並沒有立即把他殺死，而是把他帶上馬來，以不眠不休的精神，連夜把張安國押到建康，然後在這裡將張安國斬首了。這是何等的精神？而使辛棄疾有這種精神、這種勇氣的，就是因爲他自己相信，到南方來之後，我一定可以打回北方去，我的故鄉一定會光復。

他就是帶著這樣的志意投奔到南方的。因此，他在晚年還寫了一首〈鷓鴣天〉，懷念他當年的壯舉。他說「壯歲旌旗擁萬夫，錦襜突騎渡江初。」他早年二十幾歲加入義勇軍，曾經擁有幾十萬的軍馬，穿著盔甲，戴著錦的護膝，帶領著衝鋒的兵馬渡過了長江，那是何等的壯舉！可是他南渡以後四十幾年，他收復失地的志意和理想始終沒有實現。因爲當時南宋有一批君臣苟且偷安，醉生夢死，各懷私心，所以辛棄疾收復失地的志意始終沒有完成。故此他在這首詞的最後寫道：「追往事，嘆今吾」，想想「壯歲旌旗擁萬夫」的我，再看看今天我辛棄疾，是「春風不染白髭鬚」，我如今只能「却將萬字平戎策」（指他的「九議」「十論」，何止萬字），「換得東家種樹書」。

辛棄疾在南宋四十多年，有二十幾年是被免官，放廢家居。雖然他被放廢家居多次，可是只要一旦被起用，他總是要有所作爲的。我們僅就辛棄疾生平中的幾件事就可以看到這一點。辛棄疾到南宋之初，曾經知滁州，在那裡爲官。滁州位於江淮之間，是靠近金人前線的地方，此地十分荒涼、貧瘠，人民都流散了。當時南宋當局總是把最困難的地方派給辛棄疾。辛到滁州後減免賦稅，號召商賈，培養生息，不過一年的工夫，滁州整個面貌就改觀了。後來他又曾做過江西的提點刑獄、湖南的安撫使、江西的安撫使。在這一段經歷之中，有一次江西和兩湖一帶有一些在封建政權的壓迫之下，無以爲生的人民，不得已而爲「寇」。南宋政權讓辛棄疾去討平，他生活在封建時代，當然他也果然平定了「寇亂」。但平亂之後，他馬上向皇帝上了奏疏〈論盜賊扎子〉，指出「民者國之根本，而貪濁之吏迫使爲盜。」希望「陛下深思致盜之由」，「講求弭盜之術，無恃其有平盜之兵也」。人民是國家之根本，如果總是討伐，而不加培養，就如同一根木材，「日刻月削」，對國家是危險的。

辛棄疾的志意是收復失地，所以無論他到哪裡，想的都是備戰、反攻、收復失地。他來到湖南後，組織了「飛虎軍」。建置軍隊需要營房、糧餉，他花了不少的錢蓋了軍營。有人密告他用錢太浪費了，於是南宋皇帝就給他下了金牌，詔令他停止訓練。金牌是很重要的，當年岳飛帶軍隊抵抗金兵，馬上就可直搗黃龍，就可以與戰士一同痛飲黃龍的時候，可是幾道金牌下來，岳飛就不得不俯首聽命，撤兵回來，在秦檜的陷害下被殺死了。而辛棄疾可妙了，他把皇帝的金牌藏起來，不發表。此時軍營即將完工，只是缺瓦，於是他就下一道命令，要求所轄居民都要從自己的家裡或水溝上揭下兩片瓦交來，這樣他的飛虎營就告成了。他對皇帝滙報說你的金牌收到了，我的飛虎營已蓋好了。這眞是英雄豪傑，有謀略，有膽識，敢做敢爲。還有一次江西大饑荒，人民無以爲生。辛棄疾又是把公家所有的金錢、財物都拿出來，選擇了最能幹的人到各地去購買糧食，救濟災民。而且他下了一道命令「閉糶者配，強糶者斬。」大家要知道，當饑荒之時，有一些商人爲圖謀自己的利益，就把糧食囤積起來，擡高糧價，你要買，他不賣給你。可是辛棄疾却說，在我這裡，如果有人有糧食而不賣，我就「閉糶者配」，給你充軍發配；你要強買囤積糧食，搞投機倒把，我就「強糶者斬」。過了一陣子，他派出去各地買糧食的人回來了，買了大批糧食，用船運回，「連檣而至」。辛棄疾親自到城外主持分配。正當他分配糧食之時，不屬於他管轄的江西信州的太守說：我們也有饑荒，你們收買來的糧食，是否能分給我們一部分。辛的部下很多人都反對，說我們這麼大的饑荒，我們千辛萬苦弄來的糧食，不能給別人。可是辛棄疾却說：他們也是百姓，「亦赤子也，亦王民也」，我們吃飽了能眼看他們餓死嗎？於是他就把他們收購的糧食的十分之三分給了信州人民了。可是就在這件事後不久，有人彈劾辛棄疾，說他「殺人如草芥，用錢如泥沙」。他嚴刑峻法地治理那些不守法者，「閉糴者配，強糴者斬」，人家就指控他「殺人如草芥」。他花了國庫的錢去買糧食救災，人家就說他「用錢如泥沙」。於是他就被罷免了，放廢家居。他到江西上饒附近，找了一片荒野之地蓋了房子，住了下來。此地叫帶湖，此次「放廢」幾乎有十年沒有起用。

十年以後，他第一次被起用，曾做過福建安撫使。辛棄疾這個人是不用他則已，一旦用他，他就要實踐他的志意。我說過，他是用他的生命譜寫他的詩篇，是用他的生活實踐他的詩篇的。就像杜甫寫自己的忠愛纏綿，是「葵藿傾太陽，物性固莫奪」一樣。杜甫說我不能忘懷，不能不關心我的國家、同胞、人民，我就像那葵花，像豆藿一類植物永遠向著太陽，這是我的天性，我想改都不能改變。辛棄疾遭到彈劾、罷廢，你爲什麼不學乖一點？你爲什麼還幹？辛棄疾只要一用他，他還要幹，這正是我們中國有理想的才志之士。辛棄疾來到福建一看，他就說了福建是前枕大海，沒有海防是危險的，不管是敵人還是盜寇，一旦發生了，我們應該怎麼辦？於是是他馬上在福建籌備海防，修建了「備安庫」，還要造鎧甲一萬副。他這麼一幹，人家又彈劾上去了，說他「殘酷貪饕」，所以他又被罷官了。這次罷廢幾乎又是十年。而且他在上饒帶湖的住所被燒毀了，後來就在鉛山一處有泉水的地方，又安排了一個住所，取名「瓢泉」。辛棄疾是以何等心情安排他的住所呢？請看他以前寫的一首詞：

水龍吟　登建康賞心亭

楚天千里清秋，水隨天去秋無際。遙岑遠目，獻愁供恨，玉簪螺髻。落日樓頭，斷鴻聲裡，江南遊子。把吳鉤看了，欄干拍遍，無人會，登臨意。

休說鱸魚堪膾，儘西風，季鷹歸未？求田問舍，怕應羞見，劉郎才氣。可惜流年，憂愁風雨，樹猶如此！倩何人換取，紅巾翠袖，搵英雄淚？

這是他當年在建康做通判時，寫的一首詞，他的一片收復自己故國和故鄉的志意，在落日的高樓上，在失去同伴的孤獨的鴻雁的叫聲裡，他的志意得不到共鳴，得不到人們的重視。他說自己是「江南遊子」，辛棄疾不是江南人，而是山東人，居然來到了江南，只要一日不能收復故土，不能回到故鄉，便只能是「江南遊子」。我辛棄疾是沒有殺敵報國的本領嗎？「壯歲旌旗擁萬夫」，千軍萬馬之中曾把漢奸張安國捉來。他是眞的有本領，不像某些人空談大話，所以「把吳鉤看了」。吳鉤是指他的寶刀寶劍。我自己身上佩帶這樣的寶刀寶劍，有這樣的本領而不能去殺敵，壓抑在胸中的滿腔憤慨，把「欄干拍遍」，「無人會」，無人理會，無人懂得我的心意。我今天登上建康的賞心亭(建康即今天的南京),隔江可以遙望江北。江北是什麼地方?辛棄疾晚年寫的〈永遇樂〉詞中,曾經有「四十三年,望中猶記,烽火揚州路」的詞句,表明他是從敵人的千軍萬馬中衝過來的。而現在是「無人會,登臨意」。「休說鱸魚堪膾,儘西風,季鷹歸未?」鱸魚是一種很好吃的魚,這裡有一個典故。歷史上記載,西晉時有個人叫張翰,字季鷹,他本是南方人,在洛陽爲官,他懷念江南蒓羹鱸膾,就辭去了官職,回到故鄉去了。人家張季鷹有故鄉可歸,我辛棄疾的故鄉淪陷在敵人手中,今天我在官場上仕宦不得意,也想辭官不做,回老家吧,可我回到哪個老家去?所以不要說我故鄉的食物是怎樣美。張季鷹在西風起的秋天時回故鄉了,現在我也懷念我的故鄉,可是一任秋風吹,多少個秋天過去了,「季鷹歸未」?我像張季鷹那樣懷念故鄉,回去得了嗎?有人說你辛棄疾既然回不到山東的老家,就在南方安家吧,可是他又說:「求田問舍,怕應羞見,劉郎才氣。」這又是另外一個典故,大家應知道辛詞是喜歡用典故的。既然我不能回山東,我就在南方買幾畝地蓋幾間房子,「求田問舍」,又「怕應羞見,劉郎才氣」。這個典故是說,三國時,天下大亂,董卓挾天子以令諸侯,這大家都熟知了,不用細講。劉郎指的是劉備。一天劉備遇見許汜,與許汜談論天下英雄豪傑,論及陳登。陳登是一個有理想有志意的人。《三國志》中有陳登的傳記,傳記後有裴松之的注,引了許多關於陳登的故事。說陳登有「扶世濟民」之志。

劉備與許汜談話時，許汜就批評陳登是「湖海之士，豪氣未除」，意思是說陳登沒有禮法。劉備問：何以見得呢？許汜說：有一次我去拜訪陳登，陳登對我全無主客之禮，坐了半天，他不跟我講話，我留在他家住宿，陳登是自上大床臥，令客臥下床。所以我說他「湖海之士，豪氣未除」。劉備就說了：「方今天下大亂，有理想志意的人都是關心國家大事的，而你這個人只是爲自己自私自利打算，「求田問舍」。如果是我劉備做主人，你若來了，我就自己上百尺樓頭去臥，而臥君於地。這表示劉備看不起像許汜這種不關心國家安危，而只是自私自利的人。辛棄疾用這個典故，是說我不能像張季鷹那樣回故鄉，只好留在南方「求田問舍」，眞是自覺可恥，「怕應羞見，劉郎才氣」。我應怎麼辦呢？他又接著說：「可惜流年，憂愁風雨，樹猶如此！」歲月不待人，一個英雄豪傑二十幾歲可以出入敵營，從千軍萬馬之中活捉了漢奸，可惜流年似水，我的豪情壯志，我的那些英勇有爲的青壯年時代，轉眼就過去了，我所遭到的都是讒毀，打擊，志意一直無法實現，眞是「憂愁風雨」。他說，「樹猶如此」，樹在風雨中也會凋零，不用說我們有感情的人，經不起這樣的挫折。感慨之餘，他就說了「倩何人喚取，紅巾翠袖，揾英雄淚」。我們中國有一個「傳統」，許多英雄豪傑在事功上不能完成自己的志意，就希望有一個紅顏知己。可是辛棄疾說：「我有嗎？我從哪裡找到一位紅顏知己，拿著紅色的手巾，用他綠色衣袖裡的手爲我擦乾英雄的眼淚？「倩何人喚取，紅巾翠袖，揾英雄淚。」「倩」就是使，使什麼人找來一個紅顏知己。從這首詞來看，辛棄疾在江南本沒有「求田問舍」之心，認爲那是可羞恥的，可是他兩次被放廢家居，他就也置了產業，第一次在帶湖，第二次在瓢泉。他第一次在帶湖蓋房子時，曾經寫了所謂的「上梁文」。這是一種風俗，說今天上樑了，要唱一些喜歌，舉行些禮儀。他自己撰寫的〈上梁文〉中曾說：「抛梁東，坐看朝暾萬丈紅，直使便爲江海客，也應憂國願年豐」。古人蓋房樑梁時，要把一些好東西，抛到屋樑的四方，同時念誦一些祝詞。他說將來房子蓋好了，我坐在東窗之下，看到太陽從東方升起。「朝暾」，早晨的朝氣的萬丈紅。就算是現在我被罷免，廢棄家居，不能實踐我收復失土的理想，「直使便爲江海客」，就算我終老在江湖，不能再到朝廷工作了，做爲一個平民百姓，「也應憂國願年豐」，也要關心國家，至少希望我的國家收成很好。這就是他爲什麼自己起別號叫「稼軒」的緣故。「稼軒」是他所蓋的房子中的一處住所，從窗口望去，一片都是莊稼。這是辛棄疾的志意和理念與他的生命結合在一起的證明，他是用他的生活來實踐的。

他的第三次被起用之時，已是年逾花甲的老人，曾知鎮江府。鎮江是長江南北與敵人交界的前線，他來到前線，又是馬上備戰。他心心念念，一直都沒有忘記收復國土。搜集了許多錢財備戰，爲軍士置備盔甲軍裝。而且他有很好的謀略，花重金派間諜到北方金人那裡探聽虛實。打仗要知己知彼，他打仗決不像韓侂胄，是借打仗爲了建立自己的功名和地位。辛棄疾是眞的爲了要收復自己的故國、故鄉，而且他對北方是了解的。程珌的《洛水集》裡就記載了他派人探聽北方消息的事。這樣，他又被彈劾，說他是「奸贓狼藉」，又被免職了，等他再被起用時，已經年老多病，給他一些官職他都推辭了。六十七歲時「壯志未酬」而死去了。以上我們簡單地介紹了辛棄疾的生平，這是因爲他的詞是和他的生命、生活結合在一起的，只有了解他的爲人，才能了解他的詞。

而且我曾說屈原、陶淵明、杜甫用他們的理念志意寫他們的詩篇，說他們的作品全都是他們志意的投注，不似有一些詩人詞人自命風流，遊山玩水，寫一些吟風弄月那樣的作品。像辛棄疾這些偉大的詩人詞人，他們的作品裡邊，不管是得意也好，失意也好，悲哀也好，歡喜也好，總不忘自己的志意和理念，這才是用生命去寫他的詩篇的。既然他的詩篇是他生命的流露，就要把他生命裡邊的本質找出來。他的本質是什麼？辛棄疾的志意理念跟蘇東坡、陶淵明比起來差別在哪裡？陶淵明、蘇東坡他們都準備了一個「退」，是「達則兼善天下」，「窮則獨善其身」。人的一生，有幸、有不幸，有進、有退，有福、有禍，這是每個人都會遇到的。人的區別就在於有的人勇於進，有的人勇於退。而辛棄疾實在是一個無法「退」的人。他跟杜甫是一樣的。雖然偶然在他們詩詞裡說到「退」，如「儘西風，季鷹歸未？」說到回老家，可這都是反面的話。他們是堅持實踐和實行他們的理想和志意的。如杜甫「葵藿傾太陽，物性固莫奪」。辛棄疾也是如此。辛棄疾一生也沒有忘記收復自己的故鄉和故國。他是堅持要進，而不是要退的人。

辛棄疾本身是要進的，是忠義奮發的，可是他所處的環境，他幾次遭到讒毀、罷廢，這裡邊有一個相對的力量往下壓下來的。辛棄疾本來的力量是向上衝的，是進的，是忠義奮發，而他的環境遭遇，他在南宋四十幾年，竟有二十年左右是放廢家居，所遇到的是另外一種從上而後下來的力量，所以辛詞的特色，常是這兩種力量的激盪盤旋。他的忠義奮發的進的力量和遭到的讒毀、罷廢的反面壓抑的力量，這兩種力量的激盪盤旋，就是他詞裡的一份本質。

而這種本質與詞的特質有什麼關係呢？我在開始時講過，詞的特質本是以委婉曲折，含蓄蘊藉爲好的，婉約的詞是如此的。可是許多人都誤會，以爲豪放的詞，只要說幾句激昂慷慨的話就是豪放了。豪放也許豪放了，但不是好的詞。眞正好的詞都是有一份委婉曲折，含蓄蘊藉之美的詞。我說過詞不要截然劃分，婉約的兒女之情的詞裡，有時也可以喻託一份忠愛的志意，如馮正中的詞。至於豪放的英雄，豪傑的詞人，也不要只看他的激昂慷慨，他的詞之所以有藝術性，是好的詞，就是因爲它也有委婉曲折、含蓄蘊藉的一面。使辛棄疾這位豪放的詞人能夠達到詞裡邊的最高成就的，正是由於他達到了詞的藝術要求，有一種委婉曲折含蓄蘊藉之美。而他之所以委婉曲折，他之所以含蓄蘊藉，一個就是由於他本質上兩種力量的互相衝擊，互相磨盪，那個出來了，這個下去了，互相盤旋激盪。它不是簡單的，不是單調的，不只是喊幾句口號，是兩種力量衝激的結果。另外還有一點，辛詞不是直說的，不是把詞寫成口號的，他注意了形象意象的表現。不是直說我要收復失地。當然，收復失地意思不錯，但這不是很好的詞，是很值得尊敬、提倡的感情，作爲詞，還要有它的藝術性才行。辛詞的藝術性就是辛棄疾不是直說，而是用形象、意象來表現的。辛詞的形象來源有兩方面，一般的詞的形象來源都是有兩方面的，一是自然界景物，一是人事界事象。不要只看到這個是藍的，那個是紅的才是形象，任何一件事，一個情勢，悲歡離合，喜怒哀樂，同樣是形象，是事象。而辛棄疾寫的詞，有時就是用人事界的事象。其實在他的詞中，直接地說當時政治的地方是非常少的，他喜歡用典故，這正是他另外的一個形象的來源，所以辛詞中典故特別多。

溫庭筠、韋莊等人的小詞，要表現自己志意的時候，用的是美人。溫庭筠說：「懶起畫蛾眉，弄妝梳洗遲。」這其中也可以給人屈原〈離騷〉那種追求完美品格的聯想，但他用的是美人。韋莊的詞中「凝恨對殘暉，憶君君不知」，是哀悼唐朝的滅亡。但是他用的也是男女之間的愛情，寫的是與美人的相思離別的歌詞。辛棄疾的詞同樣保持了詞的藝術美，他所用的是人事界的事象，而不僅是用美人了。下面我選的辛棄疾的一首詞，可以作爲他的代表作，一方面可以表現出他的忠義奮發和外邊的讒毀擯斥這兩種力量的盤旋激盪；另一方面也可以表現他對自然界景物和人事界形象的運用。

我們現在看他的一首〈水龍吟〉。〈水龍吟〉是一個曲調的名字，關於詞的牌調，我因爲時間的關係。沒有給大家講。早期詩人、文人寫的詞，溫庭筠、韋莊所寫的詞都是詞裡的「小令」，是非常短小的酒筵間的歌曲。而像〈水龍吟〉這樣的牌調是「長調」，篇幅比較長。本來民間的歌曲，像敦煌歌曲原來早就有篇幅長的曲子。不過早期詩人文士多用小令，詩人爲長調歌曲寫了大量歌詞的是始於柳永，於是文人用長調寫歌詞的才逐漸多起來。長調該怎麼樣呢？短的歌詞由於篇幅短，可以抓住重點來寫，「林花謝了春紅，太匆匆。無奈朝來寒雨晚來風」。「胭脂淚、留人醉，幾時重？」就可以過渡到「自是人生長恨水長東」了，只要掌握感情的重點來寫就夠了。而長調，因爲篇幅長，寫時就一定要鋪陳，要展開來寫。長調的鋪陳有幾種不同的方式，柳永所用的是一種平敘的方法，就是把一件事，按時間、地點一直地說下去，如柳永的詞〈雪梅香〉：

景蕭索，危樓獨立面晴空。動悲秋情緒，當時宋玉應同。漁市孤煙裊寒碧，水村殘葉舞愁紅。楚天闊，浪浸斜陽，千里溶溶。臨風，想佳麗，別後愁顏，鎮斂眉峰。可惜當年，頓乖雨迹雲踪。雅態妍姿正歡洽，落花流水忽西東。無憀恨、相思意，盡分付征鴻。

柳永的這首詞，上半闋是寫景，下半闋是寫對女子的懷念。前面寫景，後面寫情，層次分明。前面在寫景之中，表現了一點自己的感慨，「動悲秋情緒，當時宋玉應同」。後邊，「臨風，想佳麗」，是男女的愛情。詞的進展是很妙的。韋莊、溫庭筠只寫愛情，但不直說自己的情懷志意。柳永寫的時候，他站出來，作爲一個仕宦失意的人，自己寫才人的悲慨，寫悲秋的情緒，寫秋天的草木黃落、凋零，一個才人生命的落空。而後半首馬上回到男女的愛情，那是因爲那時候長調展開時不能擺脫男女的感情。儘管他自己也站出來寫悲秋的感慨，但總是他馬上就回來寫男女的愛情。柳永一向都是這樣寫的。總是前面幾句有悲慨，後面幾句馬上寫愛情。當然柳永更多的詞是全篇都寫愛情的。而辛棄疾呢？我們看辛棄疾是怎樣展開來寫長調的。請看辛棄疾的〈水龍吟〉(過南劍雙溪樓)：

舉頭西北浮雲，倚天萬里須長劍。人言此地，夜深長見，斗牛光焰。我覺山高，潭空水冷，月明星淡。待燃犀下看，憑欄卻怕，風雷怒、魚龍慘。

峽束蒼江對起，過危樓，欲飛還斂。元龍老矣，不妨高臥，冰壺涼簟。千古興亡，百年悲笑，一時登覽。問何人又卸，片帆沙岸，係斜陽纜。

我們可以看出，辛棄疾不是分開寫的，整個都是結合在一起的，不管是自然界的景物，古典典故的事象都跟他整個思想感情完全融會貫通在一起了。

這首詩，題目叫「過南劍雙溪樓」。南劍，宋時稱南劍州，今之福建南平縣附近。這裡有一個雙溪樓，之所以謂爲雙溪樓，就是因爲這裡有兩條水，西溪和東溪兩條溪水在樓前滙合。樓前爲萬丈深潭，此地又叫劍潭，東西二溪，滙合之後再流出去，稱爲劍溪。辛棄疾經過雙溪樓，寫下了這首詞。我回國喜歡講課，也喜歡聽別的老師講課，在南開、在南京大學都曾旁聽了他們學校古典文學老師的講課，這是因爲我對古典文學、古典詩歌特別有興趣。另外我還喜歡遊覽，遊覽名勝古跡，我國的名勝古跡與我們的歷史、文化有很多關聯。當然，我也去過世界上許多地方，去過歐洲六個國家，看到過許多美麗的風景。我到那裡旅遊時，當然也感到山水是很美麗的，可是却引不起我內心感情更深的共鳴。當你對中國的歷史文化熟悉以後，中國每個地方的山水都結合了悠久的歷史文化，會引起你更深的共鳴。國內年輕的朋友，若不熟悉祖國的古典文學、歷史和文化，你去遊山玩水，興致就減少了一大半。你去南劍雙溪樓，雙溪樓有什麼故事，你不知道，豈不是白去了。

南劍雙溪樓，樓前有劍潭、劍溪，這裡邊有一個歷史故事。《晉書・張華傳》記載：西晉時，一位很有名的人叫張華，他詩寫得很好，官至宰相。他通今博古，寫了《博物志》。他晚上常常看天上的星象，看至深夜，在星空中的斗宿和牛宿之間有一道光芒，可爲什麼會有這道光芒呢？當時還有一個叫雷煥的人，對天上星象很有研究，深知星象的象緯，於是張華就把雷煥叫來，問他：「你看這道光芒是什麼意思？」雷煥說：「天空中這道閃爍的光芒是寶劍之氣上沖於天！」張華又問：「按著這個星宿，寶劍該在何處？」雷煥答道：「這把寶劍按著星宿的推測應在豫章的豐城！」張華聽了之後，就說：「那好，我派你去做豐城縣的縣令。」雷煥到豐城縣上任後，因其深諳象緯之學，認爲劍氣上沖於天，這劍氣應是從豐城監獄的屋子裡發出來的。於是他就「掘獄屋基」，果然挖出一對寶劍，一個名爲「龍泉」，一個名爲「太阿」。雷煥將其中一把給了張華，自己還留下一把。可是在西晉政治權勢鬥爭之間，司馬氏家族之間發生了「八王之亂」，許多人死於鬥爭，張華也死於其中。張華死後，張華那把寶劍就失落，不知去向了，雷煥那把寶劍後來傳給他的兒子。雷煥的兒子一天佩帶這把寶劍經過劍溪，寶劍就自動地跳出劍鞘，躍入了劍溪溪水之中。因爲這把寶劍是他父親傳給他的，他就讓會水的人下水去找。下水的人上岸報告說：「我們下去之後，看不到寶劍，只見兩條龍在游泳，而且須臾之間，風浪大作，劍也不見了，龍也不見了。」從此這兩把寶劍都沒有了。這當然是歷史上傳說的一段故事。

辛棄疾的詞喜歡用典故，是因爲他讀書多，而且對所讀的書都有眞切的感受，就像人家蘇東坡小時讀《後漢書·范滂傳》，馬上有了感發，讀《莊子》也有感發。我們讀書都讀到哪裡去了。你要想作一篇文章，腦袋裡什麼都沒有，拼命找到一個典故，你就是用上了，那個典故都不屬於你，因爲它不與你的生命感情相結合，那些書在你的生命感情之間不發生作用，所以你讀書讀得再多也無所得。而人家辛棄疾則可以信手拈來，都是典故，每個典故都是帶著他的生命和感情，這才是眞的會讀書的人。辛棄疾不但讀了歷史上這段《晉書》的故事，而且這段歷史故事在他的生命感情之中有了一種感發的作用，所以當他經過南劍的雙溪樓，寫了這首詞，就用了這典故。

詞的一開頭：「舉頭西北浮雲，倚天萬里須長劍。」這眞是寫的好。他不是直白地說我要收復失地，而是十分巧妙地用了大自然的景象爲喻託，說「舉頭西北浮雲」，我「倚天萬里須長劍」。杜甫老年飄泊湖南說，「戎馬關山北，憑軒涕泗流」，永遠不忘故國故鄉。辛棄疾也一樣。所以不管他們是登上岳陽樓，還是來到福建的雙溪樓，那一份忠愛忠義的感情都是他們永不能忘懷的。「舉頭西北浮雲」，浮雲也可能是辛棄疾眼前所看到西北方的天空果然有浮雲，可是大自然的浮雲的景象在他已是一個象徵、一個比喻了，他想的是那西北淪陷的故國的國土，我們不應該收復嗎？不應該掃除那些敵人嗎？所以他接著說「倚天萬里須長劍」

前些天，我去本溪水洞參觀，水洞裡垂著一條很長的鍾乳石，上書「倚天長劍」四字。這個靈感一定是從辛棄疾得來的。我們若時時有這種靈感，那就很不錯了。要有萬里長的寶劍，把西北浮雲掃除，把北方的國土收復，這就是「倚天萬里須長劍」。這句詞按文法應是需要有萬里長的倚天長劍，辛棄疾却倒過來說「倚天萬里須長劍」，這正是辛詞中有「盤旋」、「激盪」的形式的藝術美的一個重要原因。如果平鋪直敘的說，詞的力量就減少了。而辛棄疾也不是故意要顚倒說的，是因爲他的感情在他的內心之中就是這樣激盪盤旋的。辛棄疾下面說：「人言此地，夜深長見，斗牛光焰」。這裡是龍泉、太阿兩把寶劍落水的地方，人們傳說到晚間還有寶劍的光芒上冲於天。「人言此地，夜深長見，斗牛光焰」，像這種句讀雖斷，語氣不斷的句法，也是辛詞一大特色。這是辛詞長調的另外一種作用。

我們剛才說都是寫長調的歌詞，柳永也寫，他的「動悲秋情緒，當時宋玉應同。漁市孤煙裊寒碧，水村殘葉舞愁紅。楚天闊，浪浸斜陽，千里溶溶」，他每句都是完整的，一個句子停頓，一個句子就完成了，再一個停頓，又一個句子完成了。你要注意，辛棄疾不是那樣說的。爲什麼每個詞人表現的風格不一樣？爲什麼每篇作品感發的力量不一樣？因爲它所表現的方式不一樣。辛詞這一句是把一句話斷開來說的。「人言此地」，這個句子沒有完成，「夜深長見」，這個句子也還沒完成啊，到「斗牛光焰」才完成，這就使他的詞增加了一份力量，讀者沒辦法停下來。他的氣，他的文氣，他的語氣是連貫下來的。「舉頭西北浮雲，倚天萬里須長劍。人言此地，夜深長見，斗牛光焰」。這是辛棄疾的寫法。他內心的沈重，內心的盤旋，內心的鬱結都借著這種斷續的語氣和這種連貫的氣勢表現出來了。

而且不只是如此。既然這首詞第一句所寫大自然景物的浮雲這一形象，就是一個象徵了。那末第二句「倚天萬里須長劍」，就是歷史的典故了。而寶劍是象徵，寶劍的光焰也是象徵。寶劍的光焰難消，而寶劍所代表的是什麼？是辛棄疾收復失地的壯志，寶劍難消的劍氣就正是辛棄疾難消的忠義奮發收復失地的壯志。可是寶劍出現了嗎？西北的浮雲掃除了嗎？沒有！這天晚上他見到的是什麼？是「我覺山高，潭空水冷，月明星淡」。寫得眞是悲慨，這是外界的淒寒冷漠。儘管我的壯志難消，劍氣長存，可是我今天在這裡只覺得那重重的阻礙。「我覺山高」，又「潭空水冷」。一片空潭，看不見寶劍的影子，這麼冰冷的潭水，而且天上是「月明星淡」。由此我想起了有一位名叫奧馬伽音的波斯詩人寫的一首詩，一位名叫黃克蓀(美國 MIT 教授)的中國人曾把奧馬伽音的詩都譯成了七言絕句。有一首詩是「搔首蒼茫欲問天，天垂日月寂無言。海濤悲湧深藍色，不答凡夫問太玄」。說爲什麼人間有這麼多缺憾，我搔首蒼茫問一問上天，天上有太陽、月亮，可是沒有一句給我的回答。我問蒼天不答，問大海，海濤洶湧，一片深藍的顏色，也不給我回答，「不答凡夫問太玄」，因爲我所問的人生問題，是他們所無法回答的。

辛棄疾說寶劍是應該存在的，寶劍應該消除西北的浮雲，可是我今天來到這裡，「我覺山高，潭空水冷，月明星淡」，「天垂日月寂無言」。我辛棄疾滿腔悲慨，爲什麼我壯志難酬？落到「春風不染白髭鬚」。底下的潭水這麼寒冷，沒有回答；天上的星辰這麼寒冷，也沒有回答，我就是處在這樣阻隔，這樣冷漠，這麼凄寒的景色中。「我覺山高，潭空水冷，月明星淡」。但辛棄疾是一位英雄豪傑，一直不忘記他的忠義奮發。那寶劍不是沒了嗎？我要找一找，非要找到不可，「待燃犀下看」。這裡又用了一個晉朝的典故，《晉書・溫嶠傳》中記載：說有一次溫嶠經過牛渚磯（今江蘇采石磯，即李白寫〈夜泊牛渚懷古〉的那個地方，聽人說牛渚磯水下有一些精怪。溫嶠叫人燃犀下看，因爲普通的燈火蠟燭一遇水就滅，傳說用水中犀牛的牛角燃著到水中就不熄滅，燃著犀牛角下水去看，火光一照，見水中那些希奇古怪的東西在游泳。辛棄疾用典故有許多不同的方式，有時用整個故事，像上面講的張華、雷煥關於寶劍的故事；有時用典是斷章取義，只用典故中的一段，這裡只用溫嶠故事中的「燃犀下看」一句。因爲寶劍落到了水中，要想去找尋普通的燈火不行，怎麼辦？「待燃犀下看」，「待」就是要，我要燃著犀角去尋找這寶劍。辛棄疾表面用晉書故事說是去找尋寶劍，實則是寫他不肯放棄他收復失地的雄心壯志。

後面他接得就更妙了，說「憑欄却怕，風雷怒，魚龍慘」。不用說我眞的下到水中去尋找寶劍，我剛一靠近欄干往水中一看，就「憑欄却怕」，怕什麼？怕我眞的把犀角點燃，進入水中，會引起水族的震怒，會刮起狂風，響起大雷，魚龍慘變。辛棄疾說的是典故，是歷史的故事，而他象喻的是我要收復失地，可是滿朝那些偏安的人，那些「暖風吹得遊人醉，直把杭州作汴州」的人，他們不願意放棄他們這種富貴、安適、享樂的生活。所以，只要辛棄疾一有作爲，他們馬上就彈劾，立刻罷免。「待燃犀下看，憑欄却怕，風雷怒，魚龍慘」。在這裡辛棄疾表面上是寫南劍雙溪樓，但其中却有深刻含義。我們可以清楚看到兩種力量的激盪盤旋，一個是向上掙扎的忠義奮發，一個是向下壓來的外界的壓抑擯斥。「倚天長劍」是他的奮發，「潭空水冷，月明星淡」是外界的壓抑，「待燃犀下看」是他不肯罷休，「風雷怒，魚龍慘」是外在的迫害。兩種力量他都用含蓄蘊藉的筆法寫了出來，寫得多麼好。這是上半闋。

下面說：「峽束蒼江對起，過危樓，欲飛還斂」。寫的是現實景物。東溪、西溪兩條水流下來，四面是高山，在這裡水滙合，水流在高山峽束之中，蒼茫的江水在這裡翻飛對起。如果我們讀了南劍州地方志，南平縣縣志，就可知道，東、西兩溪由很遠地方流來，中間滙合了許許多多的小溪，水勢非常強大，所以到這裡一衝擊，眞是波濤洶湧。「峽束蒼江對起」，滙合的水，從雙溪樓下流過，波濤洶湧，遇到高峽的約束，只好又馬上收回來，「過危樓，欲飛還斂」。這一方面是雙溪樓前現實的景物，一方面也是辛棄疾的遭遇，辛棄疾的心情。他要奮飛，但總是遭到壓抑，這裡有多少掙扎，多少痛苦，是借用自然景物來表達的，「欲飛還斂」寫得又是多麼激昂慷慨。下面他又十分妙地寫了「元龍老矣，不妨高臥，冰壺涼簟」。在這裡，辛棄疾又用了一個典故。三國時，陳登，號元龍。我們在前邊第一首〈水龍吟〉中講過，「求田問舍」，說陳登譏諷許汜爲自己打算，只知買地蓋房子，不關心國家大事。而陳登則是關心天下大事的，不願安居的，有扶世濟民之志的。現在是辛棄疾反用陳登的典故，說縱然是青年壯年時期有扶世濟民之志的陳元龍，可是如今老了，也不妨過幾天高臥的生活，求得生活的安適，當夏日天熱之時，有一壺冷飲，一領涼席。「高臥」本是陳元龍看不起許汜「求田問舍」的典故，辛棄疾斷章取義地用了「高臥」二字，實質是說我辛棄疾現在已經這把年紀了，是不是也應該不再管天下事了，過兩天舒服日子就是了。可是從這首詞的開頭「舉頭西北浮雲，倚天萬里須長劍」，我們可以看出，辛棄疾他是眞的能高臥，去享受「冰壺涼簟」的人嗎？於是他又接著寫了「千古興亡，百年悲笑」。眞是寫得好。「千古興亡」，張華何在？溫嶠何在？陳登何在？三國過去了，晉朝過去了，許多朝代都過去了，南宋將來的命運如何？北方宋朝的國土是否能收復？這麼多的感慨在辛棄疾的心中盤旋、思念，「千古興亡」。「百年悲笑」，人生一世不過百年，我辛棄疾有多少悲哀和歡笑。「壯歲旌旗擁萬夫」，我「錦襜突騎渡江初」，而如今落到什麼下場？「千古興亡」的感慨，我個人「百年悲笑」的感慨，「一時登覽」，就在我登上雙溪樓的時候，一時都湧現在我的胸中。這首詞的妙處，就在於辛棄疾沒有一句話是直接說出來的。先不用說前邊的那些感慨，張華、溫嶠、陳登都用的是典故或大自然的景物，就是寫到興亡的時候，他也只是說「千古興亡，百年悲笑，一時登覽」。

我們再結合辛棄疾另外的兩首詞看一看。他在〈水龍吟〉(登建康賞心亭)裡說：「落日樓頭，斷鴻聲裡，江南遊子。把吳鉤看了，欄干拍遍，無人會，登臨意」，把自己的內心的感慨，直接說出來的比較多。而這首詞，他經過更多的挫折，更多的壓抑，內心的盤旋就更深了，一切都沒有直接說出來。後面的結尾就更妙了，我的話都不用說了，古人的興亡不用說了，個人的悲笑也不用說了。眼前的景物是什麼？他說我從樓上向外一望，「問何人又卸，片帆沙岸」，是在「繫斜陽纜」。問一問是什麼人把前進的船的船帆又卸下來了。這裡又是他的老辦法，把「問何人又卸片帆，系斜陽纜」，這個長句斷開來說。什麼人在那裡又把船帆卸下來了，就在沙岸邊，卸下了帆，把船停住了，在日暮的斜陽之中，把船纜繫在岸邊停船的柱子上了。這也可能和開頭的「西北浮雲」一樣是眼前的景物，但結合全篇的象徵比喻來看，這裡比喻是南宋。當南宋初年還有一些人提出「主戰」、「反攻」，現在連這樣的人都沒有了，把前進的船帆卸了下來，在斜陽之中把船纜繫上，船再也不走了。「斜陽」是什麼象徵？我們在前面講過韋莊的詞，「凝恨對殘暉，憶君君不知」。「殘暉」，代表一個國家、朝廷的衰敗和沒落。辛棄疾這首詞的結尾都是對國事的感慨，但又都沒有說出來。下一次我們將要結合他的〈摸魚兒〉(淳熙己亥，自湖北漕移湖南，同官王正之置酒小山亭，爲賦)一首詞來看。

今天沒時間了，下次我們把這首詞與另外兩首詞結合起來講，大家就可以看到辛棄疾不管是從正面來寫，用古典來寫，用女子「長門事，準擬佳期又誤，蛾眉曾有人妒」來寫，但是本質上都是要表達他忠義奮發向上的衝力跟外邊的讒毀、擯斥的兩種力量的激盪盤旋。好，今天就講到這裡。

第十二講 辛棄疾(下)

今天，我們接著講辛棄疾。先讓我們看一看劉克莊在《辛稼軒集·序》中對辛棄疾的評論。他說：「公所作大聲鞺鞳，小聲鏗鍧，橫絕六合，掃空萬古。其穠纖綿密者，直不在小晏秦郎之下。」這是說辛詞是多方面的，有的寫得豪放、激昂，有的寫得委婉、含蓄；他的詞有一些近於「婉約」的作風，簡直是不在晏幾道和秦觀之下。「其穠纖綿密者」寫得是那樣纖細，而且感情是那樣穠摯，寫得那樣纏綿而且細緻。小晏，名叫晏幾道，其父晏殊也是著名詞人，人們稱晏殊爲大晏，稱晏幾道爲小晏。小晏的詞，在中國詞的歷史上被認爲是最纏綿、最香艷的，他的作品常常寫一些對他過去的聽歌看舞生活的留戀。秦郎就是秦觀，號少游，秦少游的詞也是寫得十分多情、委婉纏綿的。劉克莊說辛詞也有這一類的詞。可是，不管辛詞寫得是大聲、小聲，豪放激昂，纖穠綿密；但是我上次講了，辛棄疾的本質是一個我們要從他的萬變之中找到一個根本，辛棄疾的根本如我們在講前一首詞時所說是兩種激盪盤旋的力量。

下面我們再談一首他的纖穠綿密的作品〈摸魚兒〉，看一看在他纖穠綿密的作品之中，同樣是表現了他自己的一種根本的本質。〈摸魚兒〉，是詞的牌調。唐五代詞作，一般只寫一個牌調，〈菩薩蠻〉就是一個〈菩薩蠻〉，〈浣溪沙〉就是一個〈浣溪沙〉，它後邊沒有一個題目。從蘇東坡開始詞後面的題目就慢慢多起來了。詞後面有了題目，正是詞詩化的一個現象。詞本來是歌詞，供歌女演唱的，所以本來沒有題目，作者不是要表現自己的情志的，可是從蘇東坡開始表現了他的逸懷浩氣，就開始有題了，這正是詞詩化的現象。辛棄疾這首〈摸魚兒〉有題目，題目是：「淳熙己亥，自湖北漕移湖南，同官王正之置酒小山亭，爲賦。」這個題目是什麼意思呢？

我多次講過，辛棄疾是把生命和生活都投注到詞的寫作之中的一個作者，所以講辛詞就一定要結合辛棄疾的生平來講。正如杜甫的詩篇，我們稱之爲「詩史」，他的詩是反映了當時的時代，反映了個人生活的經歷。我們講溫庭筠的〈菩薩蠻〉（小山重疊金明滅），可以不管他的歷史，就是寫一個美麗的女子。可是講辛棄疾詞，我們要講題目，講寫作的時代背景。「淳熙己亥」是南宋孝宗淳熙六年。宋孝宗一度有收復北方的志意，可是後來失敗了。「主和」的勢力又強大起來了。而辛棄疾在那時做過江西的提點刑獄，做過湖北、湖南、江西的安撫使，曾做了幾件大事，平定了江西的「寇亂」，平亂之後他曾給皇帝上疏〈論盜賊扎子〉，在這裡反映了他對人民的重視。他說「民爲國本，貪濁之吏迫使爲盜」，希望皇帝深思「致盜之由」，尋求「弭盜之方」，不要只依仗我們平定盜賊的兵力。在此篇奏疏之中，他還說「臣孤危一身久矣」，我一個人隻身南來離開北方親友，參加義軍到了南方，而且一直處於被迫害之中。他所受的迫害一方面來自南方秦檜等主和勢力，另一方面則是由於辛棄疾是北人南來，而南方人對於從北方來的人有一種嫌隙、阻隔，不能眞正地坦誠相待。所以說「臣孤危一身久矣」。他又說：我之所以能保全下來，實在是「荷陛下保全」，所以我要「事有可爲」，「殺身不顧」，但「恐言未出口而禍不旋踵」，只怕我的忠告，我的政治理想，話尚未說出，災禍就在那一轉身的時間內來到了

事實上也證明了這一點。辛棄疾果然就遭到了彈劾，說他「殺人如草芥，用錢如泥沙」，結果被罷免了官，放廢家居達十年之久。這就是他在放廢以前內心的悲慨。辛棄疾是喜歡有軍政實權的人，只要有了權，他就一定要有所作爲的。寫這首詞時，正是在他放廢之前，南宋當局將他的官職轉爲沒有實權的管理漕運的官。他說：「自湖北漕移湖南」，「漕」即漕運，「水運轉穀」。他本來期待國家給他軍政實權，以便實現他收復失地的志意，可是朝廷却把他

安排爲湖北轉運副使，而現在又一次從湖北轉運副使變爲湖南的轉運副使，只是管理一些漕運事務，他的內心十分失望。

此時他的一位朋友，同官王正之在小山亭擺下酒席，爲他送行。辛棄疾寫了這首詞。那他是怎麼寫的呢？一個人寫詩詞，作品成功與否，有兩個原因，正如王國維在《人間詞話》中所說：詩歌的寫作要「能感之」，而且「能寫之」。第一，在作品中一定要有感發的生命，要「情動於中而形於言」，不是無話找話，空口說話，是需要內心有一份誠摯的感情，這就是「能感之」。我也說過，使你感動的引起你內心的情動於中的因素，一個是自然界景物的變化，花開花落，草長鶯飛。陸機〈文賦〉說：「悲落葉於勁秋，喜柔條於芳春」，強勁肅殺的秋天，葉子黃落了，人們見了很悲哀；芬芳美麗的春天，當柔嫩的草木的枝條生長的時候，人們是欣喜的，自然界給予我們的感動，使我們感發了。除自然界以外，還有人事界給我們的感動。杜甫詩云：「朱門酒肉臭，路有凍死骨。」當唐明皇帶著楊貴妃在驪山華清宮溫泉享樂時，而道路上却是餓殍遍野，這就引起了杜甫的感動。安史之亂，當官軍失敗時，杜甫又寫了「孟冬十郡良家子，血作陳陶澤中水」（〈悲陳陶〉）。孟冬十月的季節，我們國家十個郡縣許多最好的青年人在一次大戰中死去了，他們的鮮血流在陳陶的澤中，像水一樣地流去，這是人事界給詩人的感動。所以我們說第一你要能感之。辛棄疾過南劍雙溪樓，看到那大自然的景物，

「舉頭西北浮雲，倚天萬里須長劍」，「我覺山高，潭空水冷，月明星淡」。他對景物有所感發，而自然界的景物又結合了他自己對國事的感慨，對自己壯志未酬的感慨，則是人事界的感慨。一個詩人，要想能感之，首先就要對國家、對社會、對人類有一種關心同情的心。辛棄疾還說過「一松一竹眞朋友，山鳥山花好弟兄」。這都充分說明辛棄疾對宇宙萬物都有一份關心的感情，所以他感發的生命才強大，他感發的力量才強大。

可是，只是「能感之」是不夠的。辛棄疾是心心念念地想收復自己的故國，每天老喊收復故土，收復失地，作爲詩歌創作是不夠的，還需要有藝術性，所以除了「能感之」以外，還要「能寫之」。上次我們講過辛棄疾的〈水龍吟〉，他那種激昂慷慨、摧折壓抑的複雜感情都是用形象表達出來的。他是借自然界景物的形象，也借歷史上典故的事象來表現的，這就是辛棄疾的藝術手法。在〈摸魚兒〉中，他也是用這種藝術手法表現的。不過前面〈水龍吟〉那一首，他是從高遠的開闊的、強大的力量來寫的。「舉頭西北浮雲，倚天萬里須長劍」，我需要一把直插天空的萬里長劍，去掃除那西北的浮雲。辛棄疾是用這種矯健、豪壯的形象來表現的。

辛棄疾不僅有大聲鞺鞳的一面，而且也有小聲鏗鍧的一面，有纖穠委婉的那一面。請看這首〈摸魚兒〉：

更能消、幾番風雨。匆匆春又歸去。惜春長恨花開早，何況落紅無數。春且住。見說道、天涯芳草無歸路。怨春不語。算只有殷勤，畫檐蛛網，盡日惹飛絮。長門事，準擬佳期又誤。蛾眉曾有人妒。千金縱買相如賦，脈脈此情誰訴？君莫舞。君不見、玉環飛燕皆塵土！閒愁最苦。休去倚危欄，斜陽正在，煙柳斷腸處。

開頭「更能消，幾番風雨。匆匆春又歸去。惜春長恨花開早，何況落紅無數。」寫得眞是盪氣迴腸，千迴百轉，纖穠綿密，好極了。你看他第一句，就是千迴百轉地寫出來的，每一年春來春去，匆匆就走了，花開之後，有風雨，一次風雨，花就零落一些，已經是開了一半的殘花，還能經得起幾次風吹雨打？「更能消、幾番風雨」，眞是多情。去年春天走了，好不容易盼來了今年的春天，可是「匆匆春又歸去」，今年的春天也斷送了。就是以一個詩人多情善感的愛花惜春的感情來看，就已經很好了。然而辛棄疾不只是這樣的。我們已多次說過：辛棄疾所有的詞，不論是寫得欣喜的，悲哀的，還是寫得豪放雄壯的，纖穠綿密的，他的本質都是不變的，都是寫他對自己故國、故鄉不能忘懷的那一份關心的感情，是他自己的一份忠義奮發的志意。「更能消、幾番風雨」，對於花來說是風吹雨打的摧傷，而辛詞中的「風雨」

不只是對花的「風雨」。

我們要結合所選的三首詞來看，前一首〈水龍吟〉(登建康賞心亭)，他就曾說：「可惜流年，憂愁風雨」。大家不要忘記，辛棄疾的詞是萬變之中有一本，即儘管風格不同，內容不同，都是從一個內心發出來的。而現在西方現象學的文學批評，有一位美國現象學的批評學者叫米勒，他曾說：「作品就好像從作者內心之中放射出來的一千條道路，雖然終點不一樣，但都是從一個中心走出來的。」我講辛棄疾選了三首詞，就是想講其中一首時，與其它二首結合起來看。這裡講的是「更能消、幾番風雨」，而前面所講第一首〈水龍吟〉說的是「可惜流年，憂愁風雨」，「風雨」，指的是在他流年的生活之中，他所遭受到的讒毀、擯棄的壓抑，是他的憂患和苦難，是「憂愁風雨」。我辛棄疾二十幾歲參加義勇軍，「壯歲旌旗擁萬夫」，投奔南方，可是現在他寫〈摸魚兒〉一詞時，已經差不多有二十年過去了，他的壯志未酬，却多次遭到讒毀、打擊、迫害。人生是無法不衰老的，任憑你是英雄豪傑，也是要衰老的。我辛棄疾到南方二十年過去了，已經四十歲左右了，還能經歷幾番風雨？他表面寫的是愛花惜春，但本質上都是寫他內心的志意。「匆匆春又歸去」，我本來盼望這次任命能給我一些好的消息，使我能達成我的志意，可是沒想到，我的希望又落空了，從湖北的漕運轉到湖南的漕運，眞是「匆匆春又歸去」。這寫得眞的是好，迴腸盪氣，委婉曲折。

接著他又說：「惜春長怕花開早，何況落紅無數。」一般人寫對春天的哀悼，是等花謝了才哀悼，連李後主都是「林花謝了春紅，太匆匆」，才「無奈朝來寒雨晚來風」。而辛棄疾却眞是多情的人，是眞正愛花的人。他是在花還沒有開之前，就已經惜花了。他說我常常擔心那花開得太早。因爲花開放得早，也就零落得早，我因爲怕花落，就甚至擔心他開得太早，「惜春長怕花開早」。接著他更深一層地寫「何況落紅無數」，我連花開早都預先哀悼了，何況今天是滿地的殘花狼藉。於是他又說道：「春且住，見說道，天涯芳草無歸路。」他說我希望春天能爲我暫時地留住。到這，我又想起了杜甫。杜甫經過安史之亂的顚沛流離之後，回到長安，一心爲國家，早晚上奏疏，就像辛的「十論」、「九議」一樣。杜甫那時是「不寢聽金鑰，因風想玉珂。明朝有封事，數問夜如何」（杜甫：〈春宿左省〉）。杜甫說，我晚上寫完了奏疏，睡不著覺，聽著朝廷的大門什麼時候開；一陣風吹過，就以爲有人騎著馬鳴著玉珂上朝了。我爲什麼不睡覺，因爲明天早上我要爲國家上一個奏疏。「封事」就是奏疏。所以我屢次地問什麼時辰了？天怎麼還不亮？這是杜甫對國事的關心。杜甫與辛棄疾一樣惜春，他在〈曲江二首〉中寫道：「一片花飛減却春，風飄萬點正愁人」。又寫道：「傳語風光共流轉，暫時相賞莫相違」（《全唐詩第七冊》二四〇九－二四五〇頁）。詩人眞是有「民吾同胞，物吾與也」的心。「一片花飛」，我就覺得春天不完整了，何況我今天正面臨「風飄萬點」，眞是「正愁人」。

凡是偉大的詩人，像屈原、杜甫、陶淵明、辛棄疾，不論寫什麼都是他們內心的本質的流露。杜甫對國家的關懷，看到了自己的國家怎麼會有這麼多缺點，怎麼會發生這麼多不應發生的讓人痛心的事情，眞是「一片花飛減却春，風飄萬點正愁人」。所以我要「傳語風光共流轉」，希望春光能留住，花不要飄飛，那些不該發生的、不好的事情都能挽回，我自己有時間能實踐我「致君堯舜」的理想。這是像辛棄疾、杜甫那樣的人，對國家、對人民的關懷，有那樣忠愛的志意的人所共同有的一份感情。

辛棄疾說：「春且住」，我怎麼能把零落的事情挽回呢？我怎麼能把我的年華挽回呢？希望將來有一天能實現我的理想，那就是「春且住」。下一句「見說道，天涯芳草無歸路」，是一語雙關，聽人家說天涯芳草無歸路。這「天涯芳草無歸路」有兩種解說的可能。一個意思是一般人說的指春天歸去。黃庭堅有兩句詞說，「春歸何處，寂寞無行路，若有人知春去處，喚取歸來同住」（〈清平樂〉）。春天走了，我們希望把春天挽回，可春天到哪裡去了呢？「寂寞無行路」，「淚眼問花花不語，亂紅飛過鞦韆去」。假如有一個人知道春天的去處在哪裡，我就要「喚取歸來同住」，把春天叫回來，跟它一同地留住。我們說天涯到處是芳草，哪一條是春天的歸路？哪一條路可以把春天呼喚回來？這是一個可能的解釋。第二個意思我們可以聯想到《楚辭》上「春草生兮萋萋，王孫遊兮不歸」的句子，說一個人走了，第二年的春天回來了，芳草長得那麼茂盛，遠行的人沒有回來。辛棄疾在此也是萬變不離一本。

他在前一首詞裡說過：「落日樓頭，斷鴻聲裡」，又說「江南遊子」，「休說鱸魚堪膾，儘西風，季鷹歸未？」我是北方來的遊子，要回到我的故鄉，可是故鄉淪陷了，要收復故鄉，然而我的理想還沒有達成，回到那裡去？「見說道，天涯芳草」就「無歸路」。我沒有回去的路，我內心的憂怨向誰去訴說。「怨春不語」，我怨春，春天沒有回答。上次我講「我覺山高，潭空水冷，月明星淡」時，曾引用波斯詩人奧馬伽音的「天垂日月寂無言」，問花不語，問天無言，「怨春不語」，誰給我回答？我看見的是什麼？是「算只有殷勤，畫檐蛛網，盡日惹飛絮」。多情的人，想把春天挽回，除了我辛棄疾以外還有誰？我算了算，那殷勤多情的想把花留住，把春天留住的，只有「畫檐蛛網」，只有那塗著油漆、畫著彩畫的屋檐下，蜘蛛織成的蛛網。蜘蛛好像與我一樣有想把春天留住的感情，因此才故意在屋檐下織成一張網，整天（盡日）在那裡對春天挽留。「惹飛絮」，當花落的時候，那柳絮飄飛。我們看不見柳花開在柳樹上，只要它的花蕊一開，就變成柳絮飛走了。王國維寫過兩句詞說：「開時不與人看，如何一霎濛濛墜」（〈水龍吟〉）。柳花零落了，只有畫檐的蛛網在那裡盡日地想把飛揚的柳絮挽留在自己的網中。蜘蛛多麼殷勤，多麼多情，我辛棄疾何嘗不是如此呢？何嘗不想把春天留住。我想留住春天，一個是由於我不忍心看到花的零落，不忍心看到南宋王朝這樣沉迷，這樣的腐敗。

我多麼想把它挽救過來，「算只有殷勤，畫檐蛛網，盡日惹飛絮」。辛棄疾想像得多麼豐富，他把一個蜘蛛網想像得那麼多情，這與他內心要把春天挽回的感情一樣多情。他寫的眞是迴腸盪氣，眞是纏綿悱惻。這是這首詞的上半闋。

下半闋，「長門事，準擬佳期又誤」。辛棄疾這首詞是屬於寫得十分纖穠綿密的一類。因爲唐五代的小令詞大都寫美女的傷春的感情。這首詞雖然調子較長，但內容也是寫美女和傷春。上半闋是自然界景象，是傷春。而下半闋「長門事」則是典故的人事形象，是美女。這是辛棄疾多方面藝術手法的表現。「長門」之典，出於漢朝。漢武帝小時，他姑母有一個女兒叫阿嬌。一天他姑母，就和他開玩笑說：等你長大了，就把阿嬌——你的表妹嫁給你好不好？漢武帝說：如果阿嬌嫁我，我當以「金屋藏之」，這就是常說的「金屋藏嬌」。後來阿嬌果然嫁給了漢武帝，做了皇后，就是漢武帝的陳皇后。大家要知道，皇帝的後宮佳麗三千，皇帝轉眼之間就三心二意，後來漢武帝就寵愛了別的女子，把當年要金屋藏之的阿嬌冷落了，讓他住在不能蒙受皇帝寵幸的長門宮。陳皇后爲了再次得到漢武帝的寵愛，就請當時頗有文學才能的一位作者，與卓文君有一段浪漫故事的、賦寫得很好的司馬相如爲她寫一篇賦，希望以此打動皇帝。於是司馬相如就爲她寫了一篇〈長門賦〉，寫她悲哀寂寞被冷落的心情，希望漢武帝能感動。辛棄疾引用這個典故，意思是說，我也希望能有一位像司馬相如一樣的人，在皇帝面前替我說幾句話，感動朝廷，任用我，讓我能夠實踐收復祖國失地的理想志意。這就是「長門事」。可是「準擬佳期又誤」，我原來所準擬的希望朝廷重用我的那個美好的期望又一次落空了。我從安撫使變成了湖北的漕運副使，已經是一次失望，本希望朝廷能再有一次委我重任，可是却由「湖北漕移湖南」，「準擬佳期又誤」。這是爲什麼呢？因爲「蛾眉曾有人妒」。

中國古典詩歌除了用典故之外，還講究你所用的字詞要有出處，即以前有人用過。「蛾眉」是有出處的，我們在講溫庭筠「懶起畫蛾眉」時曾提到西方的符號學說：每一個符號，每一個語言，都可以引起一事的聯想。「蛾眉」就是一個可以引起一串聯想軸上起作用的一個語碼。俄國一位符號學家勞特曼(Lotman)曾說：所有的有符碼作用的，引起聯想軸上豐富的聯想的語碼都是與你本民族的歷史文化背景相結合起來的。一個人要認識自己的國家，你一定要熟悉自己國家的歷史文化，只有你熟悉了這一點才有了根本，才能很好地接受外邊的營養。你自己的根本沒有，你的生命都沒有了，再吸收什麼也不能成長了，因爲你連生命都沒有了，你吸收什麼？這是十分重要的，這在欣賞古典詩歌上就更重要了。「蛾眉」的出處，使我們在聯想軸上就想到了屈原所說的「衆女嫉予之蛾眉兮」(〈離騷〉)。屈原說：那些女子嫉恨我，讒毀我，就是因爲我比她們更美麗。「蛾眉」指女子，而屈原不是女的，他借「蛾眉」是說自己的才幹、品德的美好。司馬遷的《史記》在〈屈賈列傳〉中就曾說：當時楚國上官大夫令尹子蘭嫉害其能。爲什麼嫉恨、陷害屈原？就因爲屈原的品德、才能比他們好。天下就有這樣的人，自己沒有才能，幹不出事來，人家有才能做出事業，他還滿心嫉妒，拚命破壞。孔子說君子要「成人之美」，不是說凡是別人有美好的就要破壞。然而，居然從屈原時代開始，就往往有這樣墮落的、敗壞的、醜陋的人，「衆女嫉予之蛾眉兮」。

辛棄疾的時代也一樣，「長門事，準擬佳期又誤」。因爲「蛾眉曾有人妒」，「蛾眉」早就被人妒恨過，天下凡庸的人總是嫉恨那有才能的人。「千金縱買相如賦，脈脈此情誰訴？」就算我用千金能求得像司馬相如這樣的人爲我寫一篇〈長門賦〉，來感動皇帝，可是「脈脈此情誰訴？」「脈脈」是多情的樣子，那情思像水一樣要流出來的是「脈脈」。我這份感情向誰去訴說？將來有沒有人能像司馬相如爲陳皇后寫〈長門賦〉那樣爲我說幾句話？這就是「千金縱買相如賦，脈脈此情誰訴？」辛棄疾寫自己的感情，表面是用女子來寫的，寫別人對他的嫉恨。

在第二首〈水龍吟〉中他也寫了這種感情，本質是一個，用的形象不同，說的方式也不同。在那首詞中他說：「人言此地，夜深長見，斗牛光焰。我覺山高，潭空水冷，月明星淡。待燃犀下看」。此地有兩把寶劍，可以掃除西北浮雲，我要點燃犀牛角下去尋找。我要掙扎，希望「千金」能夠買得「相如賦」，實現我的理想和志意。可是我「憑欄却怕，風雷怒，魚龍慘」。「風雷怒，魚龍慘」也就是象徵著迫害。我要下去找寶劍，水中的魚龍都要憤怒，刮起大風，響起大雷，捲起巨浪，不讓我完成我的志意。「千金縱買相如賦，脈脈此情誰訴？」你們不是得意嗎？不是猜嫉嗎？不是風雷怒嗎？可是「君莫舞，君不見、玉環飛燕皆塵土！」你們不要太得意了。「舞」是歌舞，楊玉環、趙飛燕以自己的美貌，博得了皇帝的寵幸。以前我講溫庭筠時曾引過杜荀鶴的詩：「承恩不在貌」（《全唐詩》二十册七九二五頁）。他說：皇帝眞的愛的就是容貌美的女子嗎？也不一定是如此的。如果楊玉環天天給唐明皇進忠告，說這個不對，那個也不對。「春宵苦短日高起，從此君王不早朝」，說都五點了，你快起來去上朝吧，那樣唐玄宗就可能不喜歡她了。所以陳鴻寫〈長恨歌傳〉，說楊玉環得到唐玄宗寵愛，不僅是她的美貌，而且更重要的是她「先意希旨」，總是多方探求皇帝所喜愛的是什麼，在玄宗沒表現出來之前，她就先逢迎了皇帝的旨意。在仕宦之中，一般在上位的人，也喜歡下邊的人聽話、逢迎。你有自己的理想，自己的志意，常常進忠告，他就不喜歡了。所以辛棄疾對那些小人得志，用了那些逢迎的、苟且的、不正當的手段而作威作福的人說：「君莫舞」，你們不要那麼得意、沒有看見楊玉環、趙飛燕都死了嗎？都死後化爲糞土了嗎？而且不僅如此，你要知道，楊玉環、趙飛燕都是不得善終的。辛棄疾又說：我也不是沒有想過，政黨的爭執，政海的波瀾，總是有反復的，說不定那一天你們也會倒下去的。但我關心的不是這個，我不是一定非要把你們打倒，我不需要與你們爭強爭寵，我所關心的是在你們這種作威作福之中，我們的國家怎麼樣了。所以說：「君莫舞，君不見，玉環飛燕皆塵土！」這還不算，他說「閒愁最苦」，我所感慨的是一段說不出的哀愁，是那「閒愁」。

以前我講馮延巳的詞，有一首〈鵲踏枝〉，就曾說：「誰道閒情拋棄久，每到春來，惆悵還依舊……河畔青蕪堤上柳，爲問新愁，何事年年有。」什麼是閒情，說不出來名目，只要你空閑下來，憂傷就會湧上心頭。那無法斷絕、無法放棄的閒愁才是最苦的。這閒愁還不是與那玉環、飛燕爭寵。爲什麼閒情最苦？他說：「休去倚危欄」，不要靠著那高樓危險的欄干向外看，因爲你一看所見的，是「斜陽正在，煙柳斷腸處」，沉落的夕陽在煙靄濛濛的柳條之中向下沉落，這眞是讓人斷腸。關於斜陽，我們在前一首〈水龍吟〉「繫斜陽纜」時講過，「太陽」一般代表君主與朝廷，「斜陽」正代表那些走向危險和衰敗的朝廷和國家。所以他說：「閒愁最苦，休去倚危欄，斜陽正在，煙柳斷腸處。」我的愁並不是要與玉環、飛燕一類的人爭寵，我所憂傷的是我們的國家會在你們這樣作威作福之中落到什麼樣的下場。這才是我辛棄疾所關心的事情。

我們選的辛棄疾三首詞，外表都不同。第一首〈水龍吟〉(登建康賞心亭)，寫得比較直接，公開站出來說「江南遊子，把吳鈎看了，欄干拍遍」，「可惜流年，憂愁風雨」，比較地說得明白。第二首〈水龍吟〉(過南劍雙溪樓)，是兩種力量衝擊、回旋、激盪，說得比較含蓄。第三首〈摸魚兒〉說得就更加含蓄了。第二首還是用「倚天長劍」來表現的，而第三首則是用美女傷春、寂寞哀傷來表現的。辛棄疾作爲一位英雄豪傑的詞人，我們一向都讚美他的豪放，但要知道辛的豪放不單是寫兩句空洞的口號，他是眞的「能感之，能寫之」，是用生命去寫他的詩篇，用生活去實踐他的詞篇的。這正表現了他感情的深摯。

辛棄疾是詞人中傳下的作品最多，方面最廣，風格最多變化的一位作者。辛棄疾的藝術成就還不只是說他形象用得好，而是他語言用得好。他可以用古典典雅的字，《詩經》、《莊子》、《論語》、《楚辭》、《世說新語》，他都可以把它融會在詞裡邊，而且寫得非常好。而另外一方面，他也可以用俗語，民間的最通俗的口語，一樣也用得好。他六百多首詞有這麼多的內容，這麼豐富的變化，我們沒時間一一介紹，所以只能掌握一個重點，介紹他的本質以及從本質分散出來的幾種變化而已。我們大家手中的材料後面附有一些評語，這些評語寫得也不見得完全對，我只想讀一段就把對辛棄疾的講授結束。謝章鋌在《賭棋山莊詞話》中說：「學稼軒要豪邁之中見精緻。近人學稼軒，只學得莽字、粗字，無怪闌入打油惡道。試取辛詞讀之，豈一味叫囂者所能望其頂踵。稼軒是極有性情人，學稼軒者，胸中須先具一段眞氣奇氣，否則雖紙上奔騰，其中俄空焉，亦蕭蕭索索如牖上風耳。」這是我們學辛棄疾，學豪放的詞人最應注意的一點。學辛棄疾決不可流入那種虛浮的、叫囂的、空泛的作風。

下面我們再看一位新的作者。除辛以外我們還選了三位作者，即姜夔、吳文英、王沂孫。這三位作者中，姜夔大家還比較熟悉，比較有名；吳文英、王沂孫大家比較生疏，過去編選文學史的人，都認爲吳文英、王沂孫等人的詞晦澀、雕琢，而內容是空洞的，所以對他們在藝術上予以貶低了。而且更值得注意的是，姜、吳、王三人都是沒有科第功名，在仕途上又沒有顯達的事業和地位。中國詞的演進很值得注意，初起之時，文人寫詞，很多都是仕宦中地位很顯達的，韋莊是宰相，馮延巳是宰相，晏殊是宰相，歐陽修做到副宰相，范仲淹曾帶兵在西夏邊境防守，都是功名、事業、文章、道德不可一世的人物。可是詞到了南宋末年，寫詞的人大都是事功上沒有什麼大成就的人，而這些詞人的作品好不好呢？我過去講過，一個作家的作品感發的生命是最重要的。一篇作品的好壞，一個大詩人跟一個小詩人的分別，就是因爲他的感發的生命是有厚薄、大小、深淺種種不同的。我們對韋莊、晏殊、歐陽修個人的品德先不管，他既然做到一國宰相的地位，他對國事就必然要有所關心。所以我說馮延巳的詞，「日日花前常病酒，不辭鏡裡朱顏瘦」，「一响憑欄人不見，鮫綃掩淚思量遍」。他爲什麼這麼執著？這麼不肯放鬆？寧可犧牲奉獻自己，而要把感情堅持下去，這裡有一個環境地位的關係。香港的一位學者饒宗頤就曾說：馮延巳有鞠躬盡瘁的「開濟老臣懷抱」，他自己的命運與南唐國家的命運結合在一起的，他負擔著自己國家的成敗危亡，怎能不關心自己的國家呢？他的環境、地位迫使他去關心。而作爲一個作者，總是關心面越廣的、越大的，他的感發的生命就越強，這是一定如此的。而有的人，像杜甫是不需要有什麼重要的官職加在他的身上，他是以一位平民老百姓這樣的身份來關心的。他說：「杜陵有布衣，老大意轉拙。許身一何愚，竊比稷與契。」（〈自京赴奉先縣詠懷五百字〉）我是杜陵的布衣，一個平民野老，沒有高官厚祿顯要的職位，但我對國家的關心是不能放下的，是「葵藿傾太陽，物性固莫奪」。當然那些有地位的人，與國家的成敗危亡結合得關係更密切，他是要關心國家的，但是平民百姓也同樣是有人關心國家的命運的。吳文英、王沂孫都不是達官顯宦，但在他們的詞中也都同樣地表現了他們對南宋國事的關懷。只是他們表達的方式不同。這就是值得注意的一點了。

我常說作爲作品的本質最重要的一點是感發的生命。感發的生命如何傳達出來？一般地說，在詞的演進歷史之中是曾經有一個轉變的。什麼轉變？一般地講，我們中國的文學，詩歌裡邊感發的生命本來都是以直接地傳達爲好的，你可以用比喻，也可以用比興。「關關雎鳩，在河之洲。窈窕淑女，君子好逑。」（《詩經·關雎》）「碩鼠碩鼠，無食我黍！三歲貫女，莫我肯顧。」(《詩經・碩鼠》)不管是用了比，或用了興，總之你的感情是直接傳達出來的。李後主的詞「林花謝了春紅，太匆匆，無奈朝來寒雨晚來風」，他的感發的生命也是直接傳達的。辛棄疾雖然用了不少各種的形象，自然的形象，人事的形象，歷史典故的形象，倚天長劍的形象，落花的形象，美女的形象，不管是「舉頭西北浮雲，倚天萬里須長劍」，還是「更能消、幾番風雨，匆匆春又歸去」，只要一說出來，就帶著感發的力量感動你了，都是直接的傳達。這原是中國詩歌最早的一種傳統。詞最早也是這樣的傳統，可是詞在中間經過了一個轉變，這個轉變的關鍵人物就是周邦彥。在中國詞史上，周邦彥是一個「結北開南」的人物。結北開南的轉變，差別在哪裡呢？就在於以前的作者大多是以直接的傳達，直接的感發來寫作的，而周邦彥是以「思力爲詞」的。

但我說周邦彥用思力來寫詞，並不是說他有思想性，有哲理，是說當他寫詞的時候用了安排勾勒的手段。他不像李後主內心有了感動就脫口而出，而是用思索來安排的。這句話怎麼說？怎麼寫？他不是用直接的感動來寫的。這是另外的一種寫法。寫《人間詞話》的王國維就因爲他一直不認識這一種的寫作方法，所以他一直不能眞正欣賞周邦彥的詞，也就更不能欣賞受周邦彥影響的南宋的姜白石、吳文英、王沂孫這一類詞人的詞了。因爲王國維對欣賞這類詞走的路是不對的。比如你要到一位朋友家去，一定要認得路，才能找到他的門，如果不認得路，你就是整天到處轉也找不到他的家門。我們批評、衡量一首詩歌是好還是壞，就跟我們裁判體操、女排、足球一樣。女排有女排的衡量方式，男子足球有男子足球的衡量方式，如果用拳擊的辦法衡量女排那是不可以的。王國維的好處就是他對南唐這一類詞人特別會欣賞，對馮延巳、中主、後主，還有受南唐影響的晏殊，歐陽修的詞他眞是掌握得很精微，能看到這些詞內中最深處的那種感發的生命。可是姜吳等詞人，人家不是用感發寫的，人家不是走這條路出來的，人家是開另一條路出來的。王國維正是因爲沒有找到這條路，所以他一直不會欣賞南宋這一類詞人的詞。

關於周邦彥的詞，以前在北京的唐宋詞講座中，我已經對之做過相當的介紹，現在我們就再舉他一首以前沒講過的詞，來對他的一些重要特色略做簡單的說明。那就是他最出名的一首〈蘭陵王〉詞：

柳陰直，煙裡絲絲弄碧。隋堤上，曾見幾番，拂水飄綿送行色。登臨望故國，
誰識京華倦客？長亭路，年去歲來，應折柔條過千尺。
閒尋歸踪迹，又酒趁哀弦，燈照離席，梨花榆火催寒食。愁一箭風快，半篙波
暖，回頭迢遞便數驛，望人在天北。

淒惻，恨堆積！漸別浦縈迴，津堠岑寂，斜陽冉冉春無極。念月榭攜手，露橋聞笛。沉思前事，似夢裡，淚暗滴。

南唐詞人的詞都是直接感發的，所以你一念就打動你了，「林花謝了春紅」，「梅落繁枝千萬片，猶自多情，學雪隨風轉」。可是，我們看周邦彥在這首詞一開頭說：「柳陰直，煙裡絲絲弄碧」。他寫的這個形象是比較客觀的，他寫的好似一幅圖畫，沒有在寫柳絲之中表現自己的感情。馮延巳的〈鵲踏枝〉一開頭就寫了「梅落繁枝千萬片」，我「猶自多情」、要「學雪隨風轉」。李後主是「林花謝了春紅，太匆匆」。而周邦彥卻是客觀地描繪了一幅圖畫，並沒有直接表達自己的感情。這就是「勾勒」。「勾勒」就如畫畫的勾勒，先畫一個輪廓，比如你畫花，先畫花的輪廓；畫花瓣，再這裡塗紅的顏色，這裡再畫黃的花蕊。這是畫畫的辦法，先勾勒後描繪。「柳陰直」，是說一行很整齊的柳樹，排列得很整齊。「煙裡絲絲弄碧」，人家辛棄疾說是「煙柳斷腸處」。而周邦彥沒有在這裡寫什麼自己的感情，只說這柳陰是直的，在煙霧迷濛之中，一絲絲柔軟的柳條，綠顏色，在風中搖擺。「弄」是柳條在風中舞弄的姿態。我們欣賞周邦彥的詞，它的表面都沒有打動你，你要用思想去追尋「柳陰直，煙裡絲絲弄碧」。什麼地方的柳條呢？就是北宋都城。汴京城外汴河堤上的柳樹。「隋堤上，曾見幾番，拂水飄綿送」在隋朝修築的河堤上，我看見了多少次「拂水飄綿送行色」。「拂水」是指柳條垂在飄動在水面上，「飄綿」是指柳絮被風吹落下來了，所以是飄綿。「綿」就是「盡日惹飛絮」的柳絮；「拂水飄綿送行色」，就是在這樣的景色之中，有多少客人從這裡走了，都是在這裡送別了。「拂水飄綿送行色」，寫那種送行的情景。這是整個的背景，是一幅圖畫。離別的悲傷，人家還沒有寫呢。

於是有人提出問題了，這問題不是我提出的，而是前人評論周邦彥的詞的人。因時間來不及，我不能詳說，最近我寫了一篇有關周邦彥詞的文章，就要在《古典文學論叢》上登出來了，在這篇文章中，我曾引了清朝一些詞人，像周濟、陳廷焯，以及我國當代的前輩詞學大師俞平伯的祖父俞陛雲，還有俞平伯本人。這幾位詞學家都曾評說了周邦彥的這首詞，而每個人的見解都不同，有的說這首詞寫的是送行之辭。口氣是送行人的話；有的說不是的，是寫遠行人的話，是走的那個人的話。於是陳廷焯就說周清眞(周邦彥號清眞)的詞的章法，往往「有出人意表者」。「意表」是說在人意料之外，你推測不清楚，不能預知他到底要說些什麼。這就很奇怪了。這是寫作的另外的一種方式。「林花謝了春紅」、「更能消、幾番風雨」，一開頭你就知道他要說什麼。但現在有一類詞，你從他的主觀感情上摸不透要說些什麼，從「拂水飄綿送行色」看，好像是送行人的話。可是你看這首詞後來他又寫了什麼？他寫：「愁一箭風快，半篙波暖，回頭迢遞便數驛，望人在天北。」船走了，像箭似地這麼快的一陣風把船送走了，用竹篙一撐，這船就開行了，等走了一段路，回頭一看，已經過了好幾站了。「驛」是船停泊的渡口，是一站一站的。後邊他又說：「凄惻，恨堆積！漸別浦縈迴，津堠岑寂」，寫路上的行程，經過了另外的一個渡口，另外一個水邊。這不是遠行人的話嗎？所以他讓人莫測高深，章法出人意表，一句好似送行人的口吻，一句好似遠行人的口吻。他到底說的是什麼？而且這首詞表面上看起來，不給我們直接的、強烈的感動。但是你要知道，他不是用思力寫的嗎？你就要走他同樣的道路，用思力去追尋。他的好處就是不讓你直接地去感動，要你用思想慢慢去想，要讓你想出來，他是感動也讓你想了以後才能感動。你怎麼去想，你也要對周邦彥的身世有一點了解。

周邦彥本來是南方錢塘人。他弱冠之年，二十歲上下的時候，從錢塘來到當時的首都汴京。他是到汴京來上學的，上的是國立大學——「太學」。當時，宋朝天子是神宗，神宗用了王安石變行新法。新法實行時，神宗擴展了「太學」，把國立大學收錄的學生加了倍，所以南方錢塘的周邦彥才有了機會到首都的「太學」入學。按當時的政治情況來說，他是新法的受惠者。周邦彥這個人在年輕時，人家記載說，他是一個有豪俊之氣的人，也像很多年青人一樣，要急於表現自己，不甘心忍耐寂寞，不甘心多下幾天功夫就要急於表現自己。周邦彥本是一個太學生，可是他要表現自己呀，就想了一個辦法，寫了一篇賦，叫〈汴都賦〉。中國的「賦」，有一個傳統，都是用長篇的文章來歌頌都市的美好，班固與張衡的〈兩都賦〉、〈兩京賦〉是讚美長安和洛陽的美好，後來左思的〈三都賦〉讚美三國的魏、蜀、吳三個都城的美好。周邦彥從錢塘來到汴京，他心目中也認爲都城是景物繁華，與別的地方是不同的，所以他就寫了〈汴都賦〉。而在〈汴都賦〉的讚美之中他又結合當時的政治背景對新法歌頌了一番。〈汴都賦〉獻給了神宗，神宗一看都是讚美我變行新法的好處，於是非常高興，對這個賦十分欣賞。神宗就找一個人每天給他朗誦，聽了很高興。於是就把周邦彥從太學的學生一下子提爲「太學正」，從學生變成領導了。本來有這個機會，周邦彥就可以一帆風順、飛黃騰達了。但是人間的事情很多是難以預料的，就在他獻賦以後，不到一年左右的時間，神宗就死去了。神宗死後，宋哲宗即位。哲宗年幼，由太皇太后——高太后主事。高太后反對實行新法，她一上台，就把所有推行新法的人都貶黜出去了，把當年反對行新法、維護舊法而受到新黨打擊迫害的人又都起用了。舊黨上了台，如司馬光之類的人就掌權了。周邦彥不是寫過〈汴都賦〉，讚美過新法，由太學生提升爲太學正了嗎？幸而他還沒有過早的飛黃騰達，所以在這種政海的波瀾之中，打擊還不太大，只是把他從首都的學校貶到地方的學校去教書，爲廬州教授，後來又到過荊州教書，又做過江蘇溧水縣的知縣。就在他在外邊飄泊輾轉的十幾年中，北宋政海波瀾又有一次翻覆，高太后死了，哲宗親政。哲宗又行新法，就把舊黨人士都貶出去了，又把推行新法的人召回來。就在這個風氣之中，周邦彥也被叫回來了，初為國子主簿，又曾官秘書省正字，徽宗時曾一度出知隆德府及明州等地。其後又被召還京師，入拜秘書監，進徽猷閣待制，提舉大晟府。這首〈蘭陵王〉，就是周邦彥晚年任職大晟府時所作的一首詞。

這時的周邦彥已經閱盡了政海滄桑，所以這首詞中實在蘊含有很深的感慨，只是周邦彥並沒有用直接感發的筆法來寫，而是用思力以勾勒安排的筆法來寫作的。在這首詞開端，他說「柳陰直，煙裡絲絲弄碧。隋堤上，曾見幾番、拂水飄綿送行色」。他的感情沒有直接寫出來，而是圍繞著柳樹勾勒描畫了一番。但他這裡果然就沒有感動了嗎？這就是王國維不會欣賞了。他的感情的感動是透過思力來表現的。你不是看不出他的感情感動在哪裡嗎？你看不清他是送行人的話還是遠行人的話，為什麼？因為他的感慨是同時包括了送行人，也包括了遠行人。他所寫的離別不是一個個人事件的個體的現象，他寫的是在新舊黨爭中，首都汴京城外離別的共相。周邦彥經過了新舊黨爭，他看過多少次升降遷貶。以前是舊黨的人被迫害去了，後來是新黨的人被迫害，貶出去了，他也被貶出去了。後來新黨的人被召回來，的人又被貶出去了，他看慣了政海波瀾。然而在政海波瀾之中表現最明顯的是什麼地方？都城外的送別。一批人走了，一批人來了，又一批人走了，又一批人來了，所以他寫的是宦海波瀾之中，新舊黨爭之中的汴京城外送行的共相。這是周邦彥的一個特色，他是用安排思索來寫的。我們先認識了周邦彥的特色，然後再結合他的特色來看一看受他影響的南宋詞人姜夔、吳文英、王沂孫。下課時間到了，今天就講到這裡，謝謝大家。

第十三講 姜夔(上)

上兩次課，我們已經把南宋最重要的詞人辛棄疾講完了。我們現在要講的是南宋另外的一派詞人。我多次說過，我們中國過去的傳統，從《詩經》、《楚辭》、〈離騷〉開始，詩歌的特色是特別重視一種感發的生命和感發的作用的。在中國的舊傳統的文學批評說起來，管這個就叫做「興」。這是中國詩歌的一個特質，而且大半都是直接感發。可是南宋的另外的一派詞人，他們走了一條另外的途徑。就是說他們不是用這種直接的感發來打動讀者的，他們的詞是用思力的安排來寫作的。當我們欣賞他們的詞的時候，也要走他們的途徑，用思力，經過追尋他們的安排的途徑來體會他們的詞。而詞裡邊這條途徑，主要是從周邦彥開始的。我說周邦彥結束了北宋詞的作風，開拓了南宋詞的作風，是「結北開南」，集北宋詞大成的人物。他集北宋詞的大成，因此在他的一些小令中，仍然保持著唐五代和北宋初期的作風。可是今天我所要談的不是這一方面，我今天要談的是周邦彥「開南」的另一方面。他的小令能承繼五代北宋小令的那一種敏銳的感受，也繼承了由柳永開始的長調的這種鋪陳和變化。但他又不是死板地繼承，他是在繼承中有所開拓的。文學的演進，天下一切的演進都是，一定是，而且必然是一方面要有繼承，一方面要有開拓。你不能把過去的傳統都否定了而談開拓，這是無根的開拓。難道你能從原始做起嗎？這是不可能的。你也不能在繼承之中總是保守，那麼歷史是怎麼演進的？天地之間生下你來，你不能開拓一點新的東西，那生下你來，要你有什麼用？總之要一方面有繼承，一方面有開拓。

周邦彥的開拓主要在長調方面，他是繼承了柳永的鋪陳，但有了變化。第一點是用安排勾勒來寫詞，而不再是用直接的感發來寫詞了。他的〈蘭陵王〉：「柳陰直，烟裡絲絲弄碧。隋堤上，曾見幾番，拂水飄綿送行色。登臨望故國，誰識京華倦客？長亭路，年去歲來，應折柔條過千尺。」這是這首詞的第一段。他不是直接的寫他的感發，而是從客觀把柳樹的景色一點一點的描繪，如同繪畫的勾勒。他既然是用思力安排勾勒來寫的，因此我們若想眞正的理解他這首詞的好處，就也應該用思索的思力來認識他。他寫道「隋堤上，曾見幾番」，這個「曾見幾番」一直貫串全詞，你要欣賞這一類詞一定要這樣欣賞。他說「長亭路，年去歲來，應折柔條過千尺」，所以這不是一次的離別，不是一個人的離別，是長亭路上，「年去歲來」，是「幾番」，就是在這些年的政海波瀾之中，我周邦彥看過多少次這種起伏盛衰的變化了。如果每個送行的人，都折下一根柳條，折斷的柳條該有千尺那麼長了，所以不是一個人的離別，是包括了當時政治上整個變化而言的。

還不僅如此，除了「幾番」以外，除了「年去歲來」以外，他在第二段又說「閒尋舊蹤跡，又酒趁哀弦，燈照離席」。一個「又」字，也表示是不只一次的意思。所以他不是直接寫他的感慨，用「曾見幾翻」，用「年去歲來」，用「又」來表示他的感慨。他還用客觀的筆法描繪景色，在這客觀的描繪景色之中表現了他的感情。他是怎樣在客觀的描繪景色中表現他的感情呢？他說「柳陰直，烟裡絲絲弄碧」，就說在那烟靄迷濛之中，那每一條柔軟的柳條，是那麼綿長柔軟，似一條條絲線一樣在舞動。「弄」是柳條在舞動的樣子，「碧」是柳條的顏色。你要把這些「絲絲弄碧」結合到第二句對於景物的描寫「拂水飄綿送行色」來看，就是這擺動的柳條。這柳條的低垂是「拂水」，每一年柳絮的飛落是「飄綿」，「拂水飄綿」。在這客觀景色之中，「拂水」是它的綿長，是它的柔細，「拂」是飄拂的意思，是它的柔細綿長，這種柔細綿長代表著一種感情——送別、離別的感情。而「飄綿」是什麼？是柳絮的飄飛，代表的是長逝、是飄飛、是失落，永遠的消逝，永遠的失落了。所以他就在客觀的景物描寫「絲絲弄碧」之中，那「拂水飄綿」的都是「送行色」，有多少訴不盡的柔情，有多少挽不回的離別。而他自己眞正對於政治上的感慨都沒有正面寫，只是在後面一句略微的點了一點。他後面有一句，「登臨望故國，誰識京華倦客」。「登臨」就是登高臨望，他望什麼？望故國。一般古人說的「故國」有兩種可能，一個是說都城，古老的都城是故國，一個是說自己的故鄉是故國。這裡周邦彥所指的很可能是自己的故鄉。「登臨望故國」，我登上汴河隋堤望一望我在江南的故鄉。「誰識京華倦客」，我們講過，周邦彥經過政海波瀾以後，他晚年不是「學道委順，人望之如木雞」嗎？他說我對於這種盛衰起伏的變化，早已就厭倦了，可是誰，有誰認識我這個從錢塘到首都來做官的「倦客」？這一句正是他那感慨的一點點透露。

後邊的「長亭路，年去歲來，應折柔條過千尺」，正是感到「倦客」的原因。因爲這盛衰禍福是難以預料的。後邊他又說「閒尋舊踪跡，又酒趁哀弦，燈照離席，梨花榆火催寒食」，多少次的離別，都是這一番景象。所以我「閒尋舊踪跡」，自己仔細地觀看一下，尋思一下，今天這種送行、離別的筵席是唯一的、個別的一次嗎？不是！我經歷過多少次，我送人，人也送我。「閒尋舊踪跡」，又是和當年一樣「酒趁哀弦，燈照離席」。「趁」是伴隨著，伴隨著離別悲哀的歌曲，我們彼此敬上一杯離別的酒，「勸君更進一杯酒」是「酒趁哀弦」。同樣筵席的燈火是照著我們別離的酒席，同樣的季節，是「梨花榆火催寒食」，白色的梨花又開了，又該到從榆樹上取火的時節了。

古時，中國在清明前後有一個節日，叫「寒食節」。這是一個典故，出於春秋時代，說晉國有一個公子叫重耳，因國內發生了政變，他就逃離了晉國，到外邊奔走了許多時間。他逃難時，陪他出來的臣子有一個叫介之推。當晉公子重耳在飄泊逃難的途中，有一次沒有東西吃，饑餓之時，介之推就把自己腿上的肉割下來，送給重耳當食物。後來重耳回到晉國，他就獎賞那些隨他逃難的人，但他忘記了介之推，沒有給介之推以任何獎賞。可是他後來想起應該獎賞介之推時，介之推跟自己的母親隱藏在一座山上不肯出來了。這時重耳已經是國君，就是後來的人們所稱的晉文公。有人向晉文公建議：如果你放一把火燒這個山，介之推就會跟他的母親一塊逃下山來。晉文公就相信了這個人的話，放火燒了這座山，而介之推情願跟他的母親兩人被燒死在山上，也沒有下山。因爲介之推當年割下自己的肉給公子重耳吃，並不是爲了以後的報答。今天的報答，反而把當年不求酬答的情誼降低了。介之推要證明，我絕不是爲了今天的恩寵和酬謝的。所以他就寧可燒死在山上，也沒有出來接受晉文公的獎賞。晉文公爲了紀念他，每年到這個季節，讓晉國的人都不許燒火，只能吃冷飯，所以叫「寒食節」。待寒食節過後，人們可以燒飯的時候，那時因沒有現在這麼多方便的取火方法，你怎麼取火呢？据說到這個季節，那榆樹和柳樹的榆柳之木最容易取火，所以到榆樹上取火，就是代表寒食的季節。

周邦彥說，又到了送別的日子了「酒趁哀弦，燈照離席，梨花榆火催寒食」，又到了寒食的季節，我們又面臨一個離別場合了，一批人又從首都被貶走了。「愁一箭風快，半篙波暖，回頭迢遞便數驛，望人在天北」。他說我們感到悲哀的離別的憂愁，憂愁的是什麼？你今天一走，一上船，一陣風吹到船帆上，船就像一支箭一樣的走了，「愁一箭風快」。大家要注意周邦彥的用字，剛才他用了幾個表示時間重複的字。「曾見幾番」，「年去歲來」，「又酒趁哀弦」都是表示重複的字，而現在他所用的都是數目字。「一箭風快」是個「一」字，「半篙波暖」是個「半」字，「篙」是撐船的竹竿。他說你只要把你的竹竿往水裡一插，竹竿沒入一半的時候，船就離岸，船就走了。「一箭風快，半篙波暖」，這兩個都是表示少量的字，只要一陣風，只要半篙波暖，「回頭迢遞便數驛，望人在天北」。「數」是一個表示多量的字，強調了船行的快和離別的遠了。所以這一類詞人他要感動你的，不是像李後主的「林花謝了春紅，太匆匆」，那樣直接的感發，而是要用安排思索，說「曾見幾番」，「年去歲來」，「又酒趁哀弦」。這幾個重要的字，用得好。「一箭風快，半篙波暖」，用表示少數的字比喻什麼？比喻別時的容易，只要一陣風吹，你的船就像箭一樣快地開走了，只要竹篙插入水中一半，你的船就離岸了，而這一離開，「回頭迢遞便數驛」。你再想看一看首都汴京，看一看送別你的朋友親戚，「望人在天北」，你所懷念的人，那些給你送行的人已在天的那一邊了。這是他的第二段，是寫離別的。

再看這首詞的第三段：「凄惻，恨堆積！漸別浦縈迴，津堠岑寂，斜陽冉冉春無極。念月榭携手，露橋聞笛。沉思前事，似夢裡、淚暗滴。」第一段送別從柳色來寫，第二段是寫正當離別的場所，第三段是寫離別以後了。他說我滿懷著離別凄惻的感情，而我那種離愁別恨，隨著我越走越遠，就越積越多，是「凄惻，恨堆積」。我的離愁別恨，就一點一點地增加了。我離開了這裡，走的是「別浦縈迴」。「浦」是水邊，「別浦」是另外的一個水邊了。而這水的河岸是曲折縈迴的，我一路上經過了很多的碼頭，是「津堠岑寂」。你要知道凡是碼頭車站，有一班車來，有一班船來，車站、碼頭上就人山人海的，等車船一開走了，車站碼頭馬上就冷冷清清岑寂下來了。「津」是津渡、碼頭，「堠」是碼頭上一個崗位，就是在碼頭上專管船的往來的，是一路上看見沿岸岑寂的碼頭，而這個時候已經是太陽逐漸沉落下去了。剛才說「酒趁哀弦，燈照離席」，有「燈」，你要知道，一般開船的時間是破曉，送別是在後半夜。還不只這一首詞可以證明這一點。

再請看我們以前講過的周邦彥的〈夜飛鵲〉中的一段：「河橋送人處，良夜何其(讀jī)，斜月遠墮餘暉。銅盤燭淚已流盡，霏霏涼露沾衣。相將散離會，探風前津鼓，樹梢參旗。」你快要走了，就要注意探聽隨風傳來的津鼓。「津鼓」，就是津渡上的鼓聲。古時開船沒有汽笛，而是擊鼓開船，一般是在破曉時分，「風前津鼓，樹梢參旗」，樹梢上的參旗是天上的星星，當參星向下沉沒的時候，船就走了，所以送別一般是在後半夜的夜晚。從他的「一箭風快，半篙波暖，回頭迢遞便數驛」到「淒惻，恨堆積！漸別浦縈迴，津堠岑寂」，已是走了一天的船了。到了傍晚的景色，是「斜陽冉冉春無極。」景色不是不美，是春天的日子，正是寒食清明的季節。他說在「斜陽冉冉」，「冉冉」本是慢慢移動的樣子。〈離騷〉說「老冉冉其將至兮」，衰老的年歲，冉冉地慢慢地就來到了。「斜陽冉冉」，由西天慢慢地沉沒了，可是在夕陽的暮色之中，那岸上的草色，那堤邊的楊柳，那一片烟霧朦朧的春色、江南的一片春色，就都在「斜陽冉冉」的背景之中了。前人特別讚美他這七個字寫得好，把他那所有的別恨離愁都寫到一片景色之中去了。「無極」，就是無邊，無邊的春色，現在就正是我的無邊的離恨別愁了。果然寫得好。

下邊更應注意什麼？我說從一開頭他所寫的就不是一個人的個相，是送別的共相。而且根據周邦彥寫作的背景，它的裡邊可能包含有這種政海波瀾的感慨，就是在首都的城外，這種一批一批的送別的感慨。而這裡你就發現，他寫到什麼？寫到兒女之情去了。這是非常值得注意的一點，是北宋「婉約派」的詞人的一個特色。他不管寫什麼樣的感情，都用男女之間相思離別的感情來做點染。「念月榭携手」，我就想到我跟我所愛的那個人，我們在照滿了月光的、有草木環繞的高臺上。「榭」是四周圍有草木的一個亭臺，在月光照滿的這樣的亭臺上，我們曾經攜手散步。「露橋聞笛」，我們曾在一個露天的橋上吹笛子，曾聽到過這樣美好的音樂。那是那一段日子，是當時我在首都汴京的快樂生活，現在都過去了。「沉思前事，似夢裡」，是對過去的歡樂生活的總結，「月榭攜手，露橋聞笛」都恍如一場夢一樣的過去了。而我今天離開了首都，不知那一天還能回來，所以我就一個人獨自寂寞地流下了眼淚，「淚暗滴」。

而這種寫法，就是說把政治上的一些感慨結合上男女的愛情來寫，這是中國「婉約派」詞的一個傳統，即如我以前與大家一起看過的韋莊的小詞中的「殘月出門時，美人和淚辭」（〈菩薩蠻〉（紅樓別夜堪惆悵），見《唐宋名家詞選》第一六頁），到「桃花春水綠，水上鴛鴦浴。凝恨對殘暉，憶君君不知」（同前，見《唐宋名家詞選》第一七頁）。從韋莊的整個生平來看，從洛陽發生的政變來看，唐朝最後是在洛陽滅亡的，唐朝最後的皇帝是在洛陽死去的。洛陽是韋莊當年曾住過的，並在那裡寫出過得意的詩篇，「洛陽城裡春光好，洛陽才子他鄉老」。這是多少的破國亡家的故國的悲哀感慨，可是他所結合的是什麼？是男女的柔情。

柳永是後來把小詞加以開拓的一個作者，他的開拓有幾點值得注意，以前寫男女的感情，常常都是寫女子閨中的寂寞，可是柳永卻是以男子的口吻來寫。五代的韋莊雖也是男子口吻寫，但韋莊一般寫愛情是寫閨中的感情多，寫高遠的外界景色比較少。柳永對詞的開拓，不僅是他開始寫詞多用長調，而且是開始多用男子的口吻，寫羈旅行役的旅途所見的情景，寫高遠的景色。「對瀟瀟暮雨灑江天，一番洗清秋。漸霜風凄緊，關河冷落，殘照當樓」（柳永〈八聲甘州〉）。再如他的「景蕭索，危樓獨立面晴空，動悲秋情緒，當時宋玉應同」（〈雪梅香〉見《全宋詞》）。他寫的都是一個男子飄泊，爲了謀生不得不在外邊東奔西跑的這種悲壯的才人志士不得志的旅途寂寞與悲哀。可是，他每首詞最後所歸結的都是對女子的懷念，所以〈雪梅香〉最後寫的是「臨風，想佳麗，別後愁顏，鎮斂眉峰」。〈八聲甘州〉後邊也是「想佳人、妝樓顒望，誤幾回、天際識歸舟」。這是「婉約」派詞的特色。儘管他有家國的感慨，個人的感慨，但他往往是和男女的感情結合在一起的，這是我們欣賞這一類詞所應注意的。這是周邦彥這方面的特色。剛才我們說了，周邦彥的特色，第一點就是用安排勾勒來寫詞的，不是從直接的感動來寫的。我剛才講他的〈蘭陵王〉，就是爲了使大家認識他這一點安排勾勒用思力寫詞的特色。

周邦彥的第二個特色是不平鋪直敍。他的時間和空間常常是跳接，一下就跳過去了，不是一步一步地走過去的，不是這樣順著寫，而是一下子跳過去了。以前我們講過一首他的〈夜飛鵲〉（別情）：「河橋送人處，涼夜何其？斜月遠墮餘暉，銅盤燭淚已流盡，霏霏涼露沾衣。相將散離會，探風前津鼓，樹梢參旗。花驄會意，縱揚鞭，亦自行遲。」這一段完了。剛才我說了，從「風前津鼓」來看，這個人是坐船走的，如果是柳永的詞，他平鋪直敘，就要寫這個船經過什麼地方，經過什麼地方了。而周邦彥的詞，他的章法往往是出人意表的。本來他是說船，可是他又不說船了，接著說「花驄會意」。「花驄」是黑白花的馬。好好地說著「風前津鼓，樹杪參旗」，船就要開了，「參」星已經沉落了，船要開了，可是忽然間，他卻變了，說起了「花驄會意，縱揚鞭，亦自行遲」所以人家不懂。但這是他的一個特色，你一定要記得他的幾點特色，才能欣賞以後南宋的幾位詞人。王國維之所以一直不懂得怎樣欣賞南宋的詞，總說南宋詞隔膜，南宋詞不通，南宋詞晦澀，就是因爲他對於這幾點特色不了解。從船說到馬，「船」是遠行人，是坐船走的；「馬」是送行人，送行人是騎著馬回去的。可是周邦彥這樣說了嗎？沒有啊！我們欣賞這一類的詞，就要用思力，把他空白的地方填補上去。後面又說「迢遞路回清野，人語漸無聞，空帶愁歸」。「迢遞」是很遠的路。他說「路回清野」，離開了碼頭，經過淒清的田野「人語漸無聞」。離開了碼頭，已到荒野了，人說話的聲音都聽不到了。我「空帶愁歸」，送行的人，騎著馬，帶著離恨別愁回來了。你以爲他這個詞寫到這裡就對了嗎？還不對！他另外再出來一個時間，是「何意重經前地」。時間和空間跳了很多次，從碼頭到田野，現在又從田野回到送別的碼頭，時間卻不是送別當天的時間了，是經過了很長久的時間，經過了好幾個月，連季節都改變了，是「何意重經前地」，我就沒有想到我今天又來到碼頭邊上、送別的地點了。是「遺鈿不見，斜徑都迷」。

從他這首詞來看，他送別的是一位女子，那女子是坐船走的，他自己是騎著馬回去的。當他再一次來到送別的地方，想找一找有沒有當時送別的痕跡，是「遺鈿不見」。「鈿」是女子頭上戴著的珠翠的花鈿，沒有一個簪子，沒有一隻耳環，沒有一朵花鈿留在當年送別的地方。「斜徑都迷」，就是當年我們走過的那條小徑，野草都長滿了，小徑已迷失看不見了。「兔葵燕麥」，「葵」、「麥」都是植物，兔葵燕麥都長得老高了。他送別的時候，看他寫的「良夜何其」，「霏霏涼露沾衣」，是秋天，現在好像是春夏之間了，是「兔葵燕麥，向殘陽，影與人齊」。太陽若是在頭頂上，你的影子只有身前一點黑影，可是太陽西沉了，就把人的影子拖得很長。現在，我站在這裡，周圍是這麼高的植物，殘陽從西邊照過來，「兔葵燕麥」的影子跟我孤單的一個人的影子拉得一樣長。他不直接寫他自己的孤獨、寂寞，你一定要注意這一點，他是寫「兔葵燕麥」，「向殘陽，影與人齊」，一大片植物的長長的影子，映襯著我一個孤單的身影在其中。表現得極爲孤寂，而不直說寂寞孤獨。「但徘徊班草，欷歔酹酒，極望天西」。我引這首詞就是要說明他的章法是往往有出人意表之外，他的時間、空間的跳接，從船跳到馬，從送別到送行回去，又到幾個月之後再來，他的變化影響了後來的南宋詞，這是第二點。

周邦彥結北開南，除了這兩點以外，還有第三點。第三點是什麼樣的影響呢?，就是開始在詞裡邊用思索做一種有心用意的安排。什麼叫有心用意的託意？李後主從「胭脂淚，留人醉，幾時重？」就寫到「自是人生長恨水長東」。從林花的凋零，花的凋落寫到人生的長恨，他不是有心用意的託意，那是自然地感發。馮延巳說「日日花前常病酒，不辭鏡裡朱顏瘦」，「一晌憑欄人不見」，我要「鮫綃掩淚思量遍」，表現一種執著專一的感情。饒宗頤教授說他有開濟的鞠躬盡瘁的老臣懷抱，那也不是有心的用意，是自然地感發，是因爲馮正中內心感情本質就是如此。他用情的態度是這樣執著，這樣專一，這樣獻身無悔，奉獻我自己都不後悔。這是他自己感情的本質的自然的感發和流露，不是有心用意的託意，這是一派詞。可是現在不然了，周邦彥是有心用意的寫寄託了。

我們以前講過一首詞就是周邦彥的〈渡江雲〉：「晴嵐低楚甸，暖回雁翼，陣勢起平沙。驟驚春在眼，借問何時，委曲到山家？涂香暈色，盛粉飾、爭作妍華。千萬絲，陌頭楊柳，漸漸可藏鴉。堪嗟。 清江東注，畫舸西流，指長安日下。愁宴闌，風翻旗尾，潮濺烏紗。今宵正對初弦月，停水驛、深艤蒹葭。沉恨處，時時自剔燈花。」這說的是什麼？「晴嵐低楚甸」，說這是荊楚的地方。從周邦彥的生平來看，他是錢塘人，到首都來做太學生、太學正，後來貶官出去，做過盧州教授，也到過荊楚一帶的地方，到溧水縣做知縣。當新黨再得勢，他再被起用時，從溧水再回到汴京去，這時他曾到他以前居住過的荊楚的地方，做過一次遊歷。這首詞應該是那個時候作的。開頭他也是寫春天景色的美好，等下你要慢慢看。這一類的詞很難懂，我不能不這樣講。若不然，你根本就不知道該怎樣欣賞它，連王國維這樣的詞學大師都不能體會這類詞的好處，因此也就不能體會南宋詞的好處。周邦彥他說的是什麼？我們先從表面上看，他說「晴嵐低楚甸」。「嵐」是那山巒烟靄濛濛的樣子，低低的烟靄，籠罩著荆楚之地的一片平原的草野。「甸」是一片平原的草野。天氣變暖了，那暖氣回來了，回到什麼地方？回到鴻雁的翼，回到大雁的翅膀下，「暖回雁翼」，所以大雁就要從南方飛向北方了。天氣冷了，大雁到南方。天氣變暖了，大雁就要從南向北飛。而且大雁飛的時候，總是排成一個陣勢，或者是「人」字的形狀，或者是「一」字的形狀，是一個陣勢，從一片平沙的沙岸上飛起了。他說當這樣溫暖的天氣，「驟驚春在眼」，我忽然間發現春天居然已經來了。本來沒有留心，沒有注意到春天的來臨，我忽然間就驚訝地看到春天就在眼前了。「驟驚春在眼，借問何時，委曲到山家？」他說我請問那春天，是在什麼時候，居然婉轉曲折地把山裡的人家都染上春色了，「委曲到山家。」於是那春天就「塗香暈色」把花塗上香氣，把花染上紅的顏色，「盛粉飾」就「爭作妍華」。這麼茂盛的一片，萬紫千紅的裝飾，是「爭作妍華」，每朵花都是爭奇鬥艷地開放了。除了花開以外，還有千萬縷的長條，「千萬絲，陌頭楊柳」。「陌頭」是長在路邊；「陌」是道路，在路邊的楊柳也很茂密了，這不是寫春天景色的美嗎？

他的用意，他的有心安排的託意，慢慢地就要露出來了。

他說楊柳是漸漸可藏鴉了。柳樹裡邊爲什麼不藏鶯？爲什麼要藏鴉？你說他押韻所以要藏鴉。但你要知道，烏鴉在中國的傳統是被認爲不祥的一種鳥，而就在這個美麗的春色之中，隱藏了一個不吉祥的、不美麗的一個東西，「陌頭楊柳，漸漸可藏鴉」。這個還不算，他的託意還不只是從這一個字透露。下面，「堪嗟」！「堪嗟」就是嘆息了，這麼美麗的景色你嘆息什麼呢？他說我嘆息「清江東注，畫舸西流。」滔滔的江水向東流去，我的故鄉在錢塘，我不能回到我的故鄉，可是我的畫著彩色的這條船却向西走。向西方什麼地方走？「指長安日下」，我的船走向的目地是長安。「長安」就表示了一種託意，他是用長安來代表當時北宋的都城汴京。中國一向都用長安代表首都，已經像我們講過的溫庭筠詞裡的「蛾眉」、「畫蛾眉」之類的，成爲語言學、符號學上的一個語碼，一個符號的符碼了。一說長安，就代表首都了，現在是指的汴京，指的是開封，而且他還怕人不明白，他說「指長安日下」，「日下」是一定指的是首都。我們講韋莊、辛棄疾已說了「斜陽」，太陽一定是代表朝廷，代表首都的，所以我的船所要去的是「指長安日下」，「清江東注，畫舸西流，指長安日下」。這首詞怎麼證明他有著有心用意的託意？你慢慢看，他就處處出現了語碼。你要知道像南唐的詞人，像李後主，像馮延巳，他們是用自己的感情的感發來推廣他們詞的意境的。可是溫庭筠不同，，他本應是周邦彥這一派的早期的作者，是五代裡這一派詞人的代表。他不表現主觀的感情，不直接給你感動，是用這些語言的符碼暗示。周邦彥也是，下邊還有符碼。「愁宴闌」，剛才說是嘆息，嘆息是江水向東流，我不能到我的故鄉錢塘，而我的畫舸西流，指向的是「長安日下」。長安日下豈不好？把你叫回首都，讓你升官豈不好？可是周邦彥說了我是「愁宴闌，風翻旗尾，潮濺烏紗」。我就憂愁我到了首都以後，政海波瀾會有怎樣的變化。現在看起來我們這一批新黨的人都升上來了，是很幸運的，可是我就想當我們有一天要倒臺，「宴闌」，當我們這個酒宴要散去的時候，就「風翻旗尾，潮濺烏紗」。這個語碼，是非常鮮明的，一個「旗尾」，一個「烏紗」。不是我說他這首詞裡有託意，是他的這首詞本身可以證明這一點。「烏紗」，我們中國都習慣說「烏紗帽」，就是做官的帽子；「旗尾」，幹麼要說旗尾？旗，是一面旗幟，是一個黨派，一個政黨，一個主張，所以是旗尾。他說我現在要到首都去，可我已預先就憂愁了。有一天當我們要宴闌散去的時候，狂風就把我們的旗幟吹倒，「風翻旗尾，潮濺烏紗」，那政海波瀾的潮水就打濕我們每個人的烏紗。這是周邦彥的寄託，「愁宴闌，風翻旗尾，潮濺烏紗」。

「今宵正對初弦月」，今天晚上我在向首都的路上，對著一個剛升起來的新月，初弦月，彎彎的月牙兒，「傍水驛，深艤蒹葭」，靠近一個水邊的津渡的碼頭「水驛」是津渡邊停船的地方；「深艤蒹葭」，艤就是停船，我把我們這個小船深深地停泊在蒹葭蘆葦叢中。而我在今天晚上停船的時候，想到我要到首都去的事情，就「沉恨處」，滿心深沉的愁恨，「時時自剔燈花」，我常常剔這個燈花。古人點油燈，有一個燈捻在燈盞裡邊，當它點得要慢慢地暗淡時，你把它剔一剔，這燈光就亮了。寫得非常寂寞，非常的無聊，是滿心的憂愁的樣子。這首詞是非常可注意的，前邊的春天寫得那麼美，爲什麼一下子變成這個樣子？他的「長安日下」、他的「風翻旗尾」，他的「潮濺烏紗」，都起了語碼的作用。而後半首詞由於有了語碼的作用，指向了一個政治性的託喻，當你看到最後，在這些語碼裡邊體會到政治的託意。你再掉過頭來，看他寫的景色，你就知道他寫的春天的美麗景色都是有託意的「暖回雁翼」，一群擁新政的，一批新黨的人都起來了，他們就「陣勢起平沙」。「驟驚春在眼」，這些新黨的人，幸運的日子就來臨了、「借問何時，委曲到山家」，這個「山家」，事實上不是泛指一戶山中的人家，是周邦彥暗指自己。沒想到在新黨重新起用的時候，居然我周邦彥這個卑微的人，也在這一陣風氣之中，被召返朝廷。這些新黨的人要得勢了，「塗香暈色，盛粉飾」，就「爭作妍華」，大家都非常得意。可是你要知道，「千萬絲，陌頭楊柳」，也就「漸漸可藏鴉」了，在你正在歡欣得意的時候，就埋藏了不幸的種子。因爲人得意了就忘形，有了權勢就作威作福，你那些不幸的未來也同時就埋在裡邊了，「千萬絲，陌頭楊柳，漸漸可藏鴉」。而且周邦彥詞中的柳樹，往往都有諷喻之意，香港羅忼烈教授寫〈周淸眞詞時地考略〉，就曾說周詞「以柳爲喻，有所指刺」。羅氏雖然沒提到這一首詞，但這一首詞之有諷託之意，實在是明白可見的。這是我們要借著周邦彥的詞，來說明南宋詞有這樣的用思索安排表現託喻的特色。

下面我們就要講，除去像辛棄疾的以他的忠義奮發，以他的生命來寫詞，以他的生活來實踐他的作品的那一類作者以外，有另外一類作者，是按周邦彥的辦法來寫詞。用安排勾勒來寫，用時間空間跳接的不連貫的方式來寫的。是用語言學，符號學的語碼的暗示來寫的。這一派詞人中我們要講的有三位代表作者，就是姜夔（號白石道人）吳文英（號夢窗）、王沂孫（號碧山）。

辛棄疾是不屬於這一派的。辛棄疾是從蘇東坡那一派下來的，是用直接的感發把自己的襟懷志意寫到詞裡邊去的，而且因爲辛棄疾結合了他的時代，他個人的身世的生平，所以才有這樣偉大的詞留給我們。我們下邊要看姜夔、吳文英和王沂孫三個作者，如果是跟辛棄疾比起來，那麼我們以後要講的幾位詞人，我要引用一句話來說，是「曾經滄海難爲水」。「曾經滄海難爲水」這句話大家都知道，大家都以爲寫的是愛情，因爲這是元稹寫的一首愛情詩。他說：「曾經滄海難爲水，除却巫山不是雲。取次花叢懶回首，半緣修道半緣君。」〈離思〉五首之四）你若看見過那麼樣廣闊的滄海，再看個小水塘，那眞是不像話。「五岳歸來不看山」，

「黃山歸來不看岳」曾經滄海是難爲水。講完了辛棄疾再講這些個詞人，眞是「曾經滄海難爲水」。可是你要知道，最早的「曾經滄海難爲水」，本來不是寫愛情的，是寫聖人的，是寫孔子的。《孟子》上說：「觀於滄海者難爲水，遊於聖人之門者難爲言」。如果你已經看過大海了，以後的水你都看不上了；你若曾經進過孔老夫子的講堂，聽過孔夫子的講話，你再聽別的人講，就覺得講得不好了。所以你讀過辛棄疾的詞，看過他的「舉頭西北浮雲，倚天萬里須長劍」、現在再看姜白石這些個詞人，你就覺得是「曾經滄海難爲水」了。但是我們也可以找到一個欣賞這些詞的途徑。每一個詞人的作品，一定是結合著他的生平，結合著他自己的感情、人格的品質的，必然是如此，不管是好是壞，一定是跟他自己結合在一起的，這是沒有辦法的一件事情。寫論文，你只要材料豐富，下的功夫多，可能寫出一篇不錯的論文。可是我常常要說，你只要是寫詩，特別是寫古典詩詞是絕不能作假的。古人說：「觀乎人者，莫良於眸子」。我說：「觀乎性情者莫良於詩」，不管你的平仄格律好壞，你只要拿出詩來一看，你整個人的性情、品格、厚薄、深淺都在裡邊了。姜白石是怎麼樣一個人，就反映在他的詞裡邊。

姜夔(姜白石)，是曾經得到過很多人的讚美的，請看幾段對姜白石的評語，跟姜夔的時代最近的也是南宋的詞人，讚美姜夔的，就是南宋一位有名的詞人張炎。他在《詞源》中說：

「姜白石詞如野雲孤飛，去留無迹。」他說姜白石的詞就好像天空中沒有羈絆的野雲，沒有歸宿，沒有羈絆的孤雲，一個人在天上飛行，「去留無跡」，他想往哪裡去，你找不到他的踪跡，所以姜白石的詞，是與衆不同的，如，「野雲孤飛、去留無跡」。還有人說姜白石的短處了，也是南宋一位詞學批評家沈義父在《樂府指迷》中說：「姜白石清勁知音，亦未免有生硬處。」姜白石這個人寫得清新、清奇，一點渣滓都沒有，也寫得有力量，不平凡，不庸俗；這就是「清勁」。他還「知音」，懂得音樂，樂律。可是沈義父還說他也有缺點，「未免有生硬處」，有過於生硬的地方。這就是因爲姜夔這個人作詞的方式，作詞的態度是跟辛棄疾這樣的人是不相同的，他怎麼樣不同呢？

我們先講他怎麼不同。你要知道，宋朝的詩歌裡邊有所謂江西一派，就是「江西詩派」，黃山谷爲江西詩派中最著名的一個詩人。這一派詩人的特色，是要練字造句，迥不猶人，要自己鍛鍊字句，不說別人說過的話。而且黃山谷的詩歌，喜歡用拗折的聲律。「拗折」，就是平平仄仄跟一般的詩律不相合的這樣的聲律。而把江西詩派作詩的方法用到詞裡邊去的，就是姜白石。他也不是沒有他的道理，因爲這個詞一向都是「婉約」一派，一向都是寫男女的柔情，像柳永這樣的詞，就未免有時候叫人覺得是「柔靡」。所以姜夔就想用江西詩派這種拗折的、清勁的、有力量的、不平凡的，不庸俗的筆法來挽救那「婉約」一派的柔靡，而且姜夔這個人是果然在早年學過江西詩派的作詩的，他作詞也是受了江西詩派的影響。而且姜夔還有一本著作留下來，就是他的《詩說》，是講作詩的理論。他假託說他的《詩說》是從一個道人那裡得來的，其實不是，這是他自己的說法。他怎樣說呢？他說：「難說處一語而盡，易說處莫便放過。」（《詩說》）就是說，別人很難說的話，我要很容易地說出來，別人很容易說的話，我不輕易地說，我要把它變一個方法來說。黃山谷那個時候，講他的作詩，就有所謂「脫胎換骨」。「脫胎換骨」，就是把別人說的話，變一個方法說出來，讓它新奇，不庸俗，不平凡。姜白石就是用這種方法來寫詞，這是他的一個特色。

可是現在我就要說了，我以前講那些詞人，像辛棄疾，都是很讚美的，因爲我衷心是讚美他們的。許多人都說我這個人不會說假話，我總是要很眞誠地說話。你也會發現，我講周清眞（周邦彥），講的是他的技巧，講的是他的藝術，是他的技巧和藝術對後人的影響，而不是講他的詞裡邊的感發的力量。周邦彥這個詞人和蘇東坡之所以不同，就差了一點點。經過了新舊黨爭，人家蘇東坡說的是什麼？說我把自己的得失，禍福是置之度外的，「生死禍福」我是「齊之久矣」。他不論是在朝廷，不論是貶官在江湖之外，總是希望爲國家，爲人民做一點事情。周邦彥也經過新舊黨爭的政海波瀾，他最後學到的是什麼？是獨善其身，明哲保身，是「委順知命，人望之如木鷄，自以爲喜」。他有這種修養，也已經不錯了，他沒有跟著別人去趨炎附勢，沒有跟著別人去作威作福。但他的詞裡邊畢竟缺少一種博大的、深厚的感發的生命，是因爲從他的內心之中就缺少的，所以我說詩詞的好壞，永遠以它的感發的生命的厚薄、大小、深淺爲評量的層次，一定是如此的。可是我也並不是主張像我們中國過去的批評，拿一個人的品格來衡量他的詩。這個人品格好，詩就好了，並不是如此，我是主張一個作者，他有偉大的生命，偉大的人格，加上他的偉大的表現傳達的藝術，眞的能夠把他的一份感發的生命傳達出來，像辛棄疾那樣的，這才是最好的最高的一種成就。

我在南京大學講課，有些同學問我說：「老師你講課用什麼樣的批評欣賞方法？用中國傳統的理論還是用西方的理論？」我告訴他們：「你先不要存有這一點成見，要好好去學習，深深地沉潛到中國的傳統裡邊，而且一定要有所得，像蘇東坡的讀書，像辛棄疾的讀書，眞能從書裡邊得到你自己的感發，得到你自己的受用，這才可以。對西方也是如此。你眞的能夠有所得了，不要先存心說我要用西方，還是我要用東方，自然而然說你自己的感受，說你自己的體會，用你自己的話說出來。你若先存了一個見解，說現在我可是得用點新學說了，我現在說出的話一定要與衆不同，一有此心，便要落到第二乘，一定是第二流，一定是第二等。人惟有眞誠，這是最重要的。如果你首先不想是不是你自己的感動，是不是你眞正的思想，是不是自己眞正的體會和心得，而就想要在文字上標榜些新花樣，結果永遠是第二流，必然如此的，我可以這樣誠懇地告訴大家。」

姜白石的詞好處在他的不庸俗，只是他有心要出奇制勝的意思太多了，而直接的感發的生命就反而受了損傷。當然也有許多人讚美他的詞，認爲他是不庸俗的，是「清勁知音」，是「野雲孤飛」，是「去留無跡」。而且也讚美他，說他的詞裡邊沒有渣滓，「清空騷雅」，寫得「清」，空靈不沾滯，不是抓住一個地方鑽進去沾滯不出來。他寫得空靈，寫得清新，寫得騷雅，文字文雅，沒有俗字，沒有俗語俗言。我們講了辛棄疾，因爲時間的緣故，我們所講的都是他用典故的一些詞。可是辛棄疾也一樣用俗話來寫詞。他年老了，牙齒脫落，寫了一首小詞，說：「剛者不堅牢，柔的難摧挫。不信張開口角看，舌在牙先墮。　已闕兩邊廂，又豁中間個。說與兒曹莫笑翁，狗竇從君過。」（〈卜算子・齒落〉，見《全宋詞》第三册第一九四五頁）他說剛強的反而不堅牢，柔軟的反而不容易受到挫折和摧傷。如果不信，把你嘴巴張開看一看，舌頭還存在，可是牙不見了。兩邊的牙先掉了，中間這塊也豁了，我跟你們這些兒童說，你們不要總是笑我這老頭子牙都豁了。「狗竇」就「從君過」，我是給你們開了個門，「狗竇」是晏子的故事，說晏子的身材很矮小，到外邊去出使，人家不讓他從大門走，讓他從小門走。晏子說了，我聽說出使到狗國，就從狗洞鑽過去。所以辛棄疾說，我是說與兒童「莫笑翁」，「狗竇從君過」。這麼滑稽，這麼通俗的詞，寫得多麼生動，多麼有情趣還不說，裡邊也含有很深刻的諷刺的意思。你不要看我的容貌醜陋，不要看我的牙齒脫落，我在志意上、品格上總有比你們這些個鑽狗洞的人強的地方吧。所以不是你用不用俗語的問題，是你眞正的生命的那個厚薄、大小和深淺的問題，有些人總是文字上求「騷雅」，不懂得追求的是你眞正的生命的本質。一定要像精金美玉，經過烈火的鍛鍊，那才是你生命的本質。如果只是一意去追求騷雅，有時候就反而會損傷了生命的本質。

姜白石的詞當然是寫得很好的。讚美姜白石詞的人說他有幾點長處：不但是文字的藝術是「清空騷雅」，「野雲孤飛」、「去留無跡」，而且姜白石何嘗沒有對政治、對國家的關懷呢？怎見得？有詞爲證，他的一首比較流行的詞上半片說：

> 淮左名都，竹西佳處，解鞍少駐初程。過春風十里，盡薺麥青青。自胡馬窺江去後，廢池喬木，猶厭言兵。漸黃昏、清角吹寒，都在空城。
>
> ——〈揚州慢〉

他寫得很好啊！他說：「自胡馬窺江去後，廢池喬木，猶厭言兵」。因爲在宋高宗建炎初年，金人一度打到揚州，占領了揚州，焚殺擄掠，使揚州經過這一次的戰爭變亂，變得十分荒涼。你要知道，揚州當年是一個歌舞繁華的都市，是一個很有名的城市，唐朝杜牧之曾說過「春風十里揚州路，捲上珠簾總不如」(〈贈別二首〉見《全唐詩》第十六册第五九八八頁)。那春風十里的揚州路上，到處是歌舞，到處是美女，到處珠簾捲上。而經過這次變亂，「自胡馬窺江去後，廢池喬木，猶厭言兵」。現在的揚州是如此的荒涼，園林建築荒廢了，那水池也荒廢了，草木沒有人修剪，長得很高大了。不用說人對戰爭是厭倦的，就連「廢池喬木」，也是「猶厭言兵」，它們都不願意提起當年的那一次戰爭的變亂。可見，姜白石果然也關懷國家，曾經寫下過這樣的詞。

做爲一個國民，如果對於自己的國家被敵人占領了都不動心，那這個人心眞的是死了。姜白石對國家一份感情，是絕對有的，這是不假的一件事情。可是感情的質量不同，人家辛棄疾不僅有這種感情，而是要自己負擔起來那收復國土的責任，「舉頭西北浮雲」，「倚天萬里」是「須長劍」。同樣在南宋滅亡時的文天祥，寫出來的是什麼樣的詩篇？寫出來的是什麼樣的詞？「世態便如翻覆雨，妾身原是分明月」(文天祥〈滿江紅〉)。不管世界上有多麼大的變亂，我自己光明磊落的品格是永遠不改變的，就像天上光明的月亮一樣，世態儘管如翻覆的風雨，我「妾身原是分明月」。因爲有文天祥的志意，有文天祥的感情，才寫出文天祥的詞來。像我剛才提到的王沂孫，也經歷了南宋亡國的慘痛，也寫出了很悲哀的詞，但是他寫不出文天祥那種奮發的志意，因爲他沒有，他本來就缺乏。姜白石也是。他的年齡跟辛棄疾相差不過十五——二十歲左右，他們兩個人曾經同時，姜白石和辛棄疾還有過詩詞的來往，可是兩個人的志意是不完全相同的。不過他確實有關懷故國的這一面，這是我們先要承認的，這是他一項重要的內容，姜白石的詞果然有他一份關懷國家的志意。

除此以外，在姜白石的詞裡邊表現的比關懷國家的志意的感情更多更鮮明更強烈的是什麼？是他的一段愛情的故事，一段愛情的往事。姜夔生於湖北其父曾知漢陽縣，他的姊姊出嫁也在湖北附近。可是他父親很早就死去了，姜白石早歲孤貧，是很窮苦的。姜白石的一生是貧窮落拓的一生，雖然詩寫得不錯，寫詞也寫得不錯，寫音樂的曲子也很有天才，而且朝廷曾經給他優待，以他的音樂成績好，讓他「免解」。「免解」，就是不用經過「解元」的鄉試，直接參加進士的考試。可是他沒有通過進士的考試，他的平生沒有仕宦的踪跡可尋。姜白石、吳文英，王沂孫都是沒有顯達的仕宦，都是在正史上沒有傳記記載的。而那個時候，這些個文人在南宋這種國家形勢之中，一方面對國家的走向危亡存在著失望，而另一方面姜白石這個人確實也有一點好處，就是他還不願意同流合汚，有一份潔身自好的感情，他沒有做過什麼官。這樣的人何以爲生呢？原來當時的南宋有一股江湖遊士的風氣，以他們的詩文、詞采得到一些個達官顯宦的欣賞，而在這些達官顯宦之中成爲一種曳裾的門客。姜白石早年曾得到過一位詩人的欣賞，這個詩人叫蕭德藻，因爲很欣賞他，就把自己的侄女嫁給了他，而且爲姜夔安排了一個可以定居的場所，後來蕭德藻介紹他認識了另外一個有名的詩人楊萬里，由楊萬里又認識了范成大，然後他又跟張鎡、張鑑兩位詞人來往，而當這些人相繼死去以後，姜夔貧困得無以爲生，據說他死後，還是許多朋友爲他籌集的資金，才把他埋葬的。

我說姜夔有一段愛情故事，他少年的時候到各處去遊歷，在安徽合肥遇到了一位女子。中國近代有名的詞學專家夏承燾先生寫過一篇文章，叫〈白石懷人詞考〉，管那個女子叫合肥女子，管他這段故事叫合肥的情遇，是一段感情上的遇合。我們說了，詞從唐五代開始大多是寫愛情與美女的，怎麼都沒有人做考證？只有姜白石的愛情才有人來考證呢？這是不同的。因爲溫庭筠所寫得那些美女，是隨隨便便的歌筵酒席上的任何一個美女，晏幾道所寫的美女，是他朋友家的蓮、鴻、蘋、雲等歌女；柳永所寫的女子，是市井之間，勾欄瓦舍之間的女子，他們的名字叫什麼蟲娘啊、酥娘啊，什麼娘的，是這樣的女子，並不是一段特殊的感情的遇合，而姜白石遇到這位女子是一段特殊的感情之上的遇合。他從二十幾歲遇到這個女子，以後經過十幾年、二十幾年他一直沒有忘記，而他們沒有結爲夫婦，沒能結合。就在蕭德藻把自己的侄女嫁給他，他馬上就要去結婚的路途上，他寫的還是對這位女子懷念的詞。我們先了解幾首他的情詞，然後再看他出名的〈暗香〉和〈疏影〉兩首詞。因爲我們要先了解他的兩方面的感情，一個是他對國家關心的感情，「自胡馬窺江去後，廢池喬木，猶厭言兵」；

一個是他對合肥女子不能夠忘懷的感情。

我們今天要看他的四首〈鷓鴣天〉，都是在正月十五前後寫的。這是什麼緣故？因爲他跟合肥的那位女子最後的分別是在燈節前後。分別以後，多少年了他都不能忘懷這一份感情。他有一首〈鷓鴣天〉是這樣寫的，在我讀這首詞前，我還要順便說一點：周邦彥的長調開創了南宋的一些詞。而我所說的開創的南宋的詞，是指南宋長調的詞。至於他們所寫的小令、短小的詞，大半還是五代北宋的風格。周邦彥是如此的，姜白石也是如此的。姜白石在這首〈鷓鴣天〉中寫道：

肥水東流無盡期，當初不合種相思。夢中未比丹青見，暗裡忽驚山鳥啼。
春未綠，鬢先絲，人間別久不成悲。誰教歲歲紅蓮夜，兩處沉吟各自知。

——〈鷓鴣天〉元夕有所夢

「肥水東流無盡期」，因爲那個女子住在合肥，他說就像肥水的東流，永遠不斷，那就是我對那個女子的相思懷念。「當初不合種相思」，「不合」就是不該，說他當初就不應留下這段相思愛情。爲什麼叫「種相思」呢？因爲有一種植物叫相思樹。王維的詩說：「紅豆生南國，春來發幾枝？願君多採擷，此物最相思。」（〈相思〉）南國有一種植物叫紅豆，也叫相思子，是鮮紅的顏色，而且完全是人心的形狀。種下一顆相思，生根在那裡，永遠存在，所以說當初「不合種相思」。他這首詞本來有一個題目，我不是說他是在正月十五前後寫的嗎？題目是「元夕有所夢」。他正月十五作了一個夢，夢見了那個女子，他說「夢中未比丹青見」。他說如果一個人不在這裡，只有他的一張畫的圖像在這裡，本來已是一件可悲哀的事情了，而夢中的見面比這圖畫更可悲哀，因爲圖畫還可以長久地懸掛在那裡，可是夢中呢？轉眼就消失了，「夢中未比丹青見」，「暗裡」就「忽驚山鳥啼」，在魂夢之中，鳥聲就把我的夢給驚醒了，「春未綠，鬢先絲」，正月十五春天還沒有來，草木還沒有綠，這麼早春的天氣裡，我的兩鬢已有了像絲線一樣的白髮，這就是「春未綠，鬢先絲，人間別久不成悲」。他說我和這個女子剛一分別的時候，有強烈的悲哀的感情，等到幾十年過去了，連當年那一份悲哀的感情都被消磨損了，人間是「別久」就「不成悲」。可我沒有當初那種激動的悲哀了，然而那種悲哀是更深了，更久遠了。

「誰教歲歲紅蓮夜，兩處沉吟各自知。」誰想到，當每年點著紅色蓮花灯的元宵節的時候，我在懷念她，我相信她必然也懷念我，「兩處沉吟」。「沉吟」是懷想，是沉思吟想，當你寂寞的時候，你就沉思，當你想的時候，有時人在集中精神的時候，就不知不覺地口中念念有詞，這是一種很深切的懷想，「誰教歲歲紅蓮夜，兩處沉吟各自知」。

他寫了四首，都是寫得很好的，下面我不講了，把那三首給大家讀一下。有一首是正月十一寫的，人家還沒有出去逛燈呢，他就寫了。

巷陌風光縱賞時，籠紗未出馬先嘶。白頭居士無呵殿，只有乘肩小女隨。
花滿市，月侵衣，少年情事老來悲。沙河塘上春寒淺，看了遊人緩緩歸。

——〈鷓鴣天〉正月十一日觀燈

「花滿市，月侵衣」，裝點元宵的花彩滿街都是，十一的月亮也相當亮了，照在我的衣服上，侵透了我的衣服。「少年情事老來悲」，我少年時的一段愛情往事，留下給我的是老年這樣的悲哀。「沙河塘上春寒淺，看了遊人緩緩歸」，沙河塘是看花燈的地方。他說早春正月還有淺淺的春寒，我看了別的遊人，那些個少年男女，他們歌舞歡笑的遊賞，我一個人孤獨寂寞地回來了。這是正月十一的晚上，等到正月十五的那天晚上他沒有出去，他寫了：

憶昨天街預賞時，柳慳梅小未教知。而今正是歡遊夕，却怕春寒自掩扉。
簾寂寂，月低低，舊情惟有絳都詞。芙蓉影暗三更後，臥聽鄰娃笑語歸。

——〈鷓鴣天〉元夕不出

「而今正是歡遊夕」，我「却怕春寒自掩扉」，今天晚上是那些少年男女歡笑遊樂的時候，我已經衰老了，害怕春天的寒冷，所以我關起我的門來沒有出去。他推說是寒冷，他十一就出去了豈不寒冷？他十五不出去，是不願意看到別人那種男女的相愛的這種歡樂的對比。他後面就說了「簾寂寂，月低低」我一個人留在房子裡，簾子垂下來是非常的寂寞，月亮低低地斜照過來，是「舊情惟有絳都詞」，我舊日的一段感情，只留下了一些歌詞的詞句，是有記載的。「芙蓉影暗三更後」，芙蓉就是蓮花，等街上的人都把自己的蓮花燈帶回去了，街燈暗淡下來，三更天以後，「臥聽鄰娃笑語歸」，我躺在床上聽見隔壁的那些女孩子歡樂地回家了。然後就是我們才講過的那首詞「肥水東流無盡期」，就是那天晚上寫的。他沒有去逛花燈，當天晚上就做了一個夢，他說我「當初不合種相思」。

等到正月十六晚上，他又出去了。他說：

輦路珠簾兩行垂，千枝銀燭舞僛僛。東風歷歷紅樓下，誰識三生杜牧之。

歡正好，夜何其？明朝春過小桃枝。鼓聲漸遠遊人散，惆悵歸來有月知。

——〈鷓鴣天〉十六夜又出

他說兩邊的珠簾垂下來，很多蠟燭的光焰飛舞。現在我「東風歷歷紅樓下」，一樣的春風，一樣的元宵節日，往事歷歷，還是這麼清楚地記得我跟那個女子在一起遊賞的情景。東風歷歷，在一個紅樓之下，在春風之中，「誰識三生杜牧之」，有誰知道我就像當年的杜牧一樣。杜牧也是有一段跟一個女子的遇合，但他沒有跟這個女子結合，杜牧之寫過一首這樣的詩，他說：「豈是尋春去較遲，不須惆悵怨芳時。狂風吹盡深紅色，綠葉成蔭子滿枝」。他說他再見到這個女子，已是「綠葉成蔭子滿枝」了。而且杜牧之另一首詩也曾經說過與一個女子在揚州有過遇合，後來分別了，他說我：

十年一覺揚州夢，贏得青樓薄倖名。

——〈遣懷〉

所以杜牧是有過一些風流的愛情往事的，然而他沒有能跟那些個女子結合，所以姜白石說：「東風歷歷紅樓下」，「誰識」我「三生杜牧之」。那往事像三生以前一樣了，而我對往事是不能夠忘懷的。後邊他又寫了幾句：「歡正好，夜何其？明朝春過小桃枝。鼓聲漸遠遊人散，惆悵歸來有月知。」他說明天的時候，春天又會把桃花的花枝染成紅色，遊人都散去了，敲鑼打鼓的聲音也漸漸遠去了，「鼓聲漸遠遊人散，惆悵歸來有月知」，只有天上的月亮知道我的感情的寂寞。

姜白石對這一段往事，是一直不能忘懷的。這幾首詞是集中來寫這一段愛情故事的，寫得比較明顯。另外，凡是姜夔寫詞，如果寫到梅花的，裡邊也常常蘊藏著他對這段往事的懷念，因爲他與那個女子分開時，正是在正月，梅花盛開的時候。所以他自己寫的詞牌子，作的曲子，都常以「梅」字命名，姜白石懂得音樂，還不是像別人只去塡詞而已，他自己就可以創造一個新的曲調。像他所作的詞〈江梅引〉、〈鬲溪梅令〉，都是寫梅花的，而寫梅花的詞裡邊都暗示了表現了他對這女子的懷念。又因爲他有一首小詞的詞序，說合肥這個城市的街道上種的都是柳樹，所以他寫梅花，寫柳樹，都代表了他對這個女子的懷念。

我們了解了姜白石詞裡主要的兩種感情，一個是他對國事的悲慨，這絕對有的，還有一個明顯的更強烈的就是對過去那一段愛情的懷念，他的很多首詞都結合有他的這兩種感情。你要掌握了這兩種感情，才能懂他的詞，若不然的話，就不知所云了。

現在我們就看他兩首有名的詞，一個詞調是〈暗香〉，一個是〈疏影〉，這個也是姜白石自己創造的曲調，以前沒有的。他把這兩個曲調叫做〈暗香〉、〈疏影〉的緣故，就因爲這兩首詞是詠梅的詞，是詠梅花的詞，詠梅花的詞爲什麼叫〈暗香〉、〈疏影〉呢？大家都知道，宋朝有個很有名的詩人叫林和靖，這個人是很清高的，號稱是「梅妻鶴子」，以梅花爲妻，以白鶴爲子。林和靖曾經寫了詠梅花的詩，裡邊最有名的兩句是「疏影橫斜水清淺，暗香浮動月黃昏」，說梅花的影子是橫斜過來的，很多梅花的老幹權枒橫生出來，你看畫梅花的，大都是橫伸出來一個枝幹，所以疏影是「橫斜」，映在那清淺的流水之中，「疏影橫斜水清淺」。「暗香浮動月黃昏」，在月色朦朧，昏黃的月色之中，有一陣一陣梅花的香氣不知不覺地飄散過來。這是寫梅花的「疏影橫斜水清淺，暗香浮動月黃昏」，所以姜白石詠梅的詞就以「暗香」和「疏影」爲詞調之名了。

下面我們來看姜夔的〈暗香〉：

辛亥之冬，予載雪詣石湖。止既月，授簡索句，且徵新聲。作此兩曲，石湖把玩不已，使工妓隸習之，音節諧婉，乃名之曰〈暗香〉、〈疏影〉。

舊時月色，算幾番照我，梅邊吹笛。喚起玉人，不管清寒與攀摘。何遜而今漸老，都忘却、春風詞筆。但怪得、竹外疏花，香冷入瑤席。江國。正寂寂。嘆寄與路遙，夜雪初積。翠尊易泣，紅萼無言耿相憶。長記曾攜手處，千樹壓、西湖寒碧。又片片吹盡也，幾時見得？

我們先看這兩首詞的序。你要考查姜夔的生平很容易，因爲他的詞前序文常記有年代。「辛亥之冬」，辛亥這一年，是南宋光宗的紹熙二年，就是公元一一九一年。姜白石大概的出生年月是一一五五年前後，如果這樣，那這兩首詞是一一九一年寫的，我們可以給算一算，當時他大概是三十六歲左右。這不是確切的歲數，因爲他沒有什麼仕宦，沒有詳細的傳記記載，所以他的生卒年代都只能是問號。總之這首詞是他四十歲上下時寫的。「辛亥之冬，予載雪詣石湖」。姜白石的性格，我說他是喜歡清奇的、不平凡的、騷雅的這樣一個人，所以他在一個下雪的天裡，冒著雪去詣石湖。「詣」，是來到，拜訪，來拜訪石湖。「石湖」就是當時有名的詩人范成大。范成大置了一片莊園，在石湖的地方，稱爲「石湖居士」，人稱他爲范石湖。這就是我說的姜白石常常是過著寄人籬下的生活，他在這些個風雅的、富貴的達官顯宦之中做門客。他說我就載雪詣石湖，來到范石湖這裡，「止既月」，他一住就是一個多月。他一生都是如此的，都過的是寄人籬下的生活。「授簡索句」，大家對他也很敬重，因爲姜白石這個人的相貌也很清奇，也是很秀雅的，詩詞、音樂、書法什麼都好。所以有一些人，當他們有地位、有能力的時候，願意養著這麼一批風雅的門客。「授簡索句」，就是給他寫詩的紙，讓他寫新的詞句。「且徵新聲」，而且跟他要新的曲調，你不要給我塡那些別人的舊的曲調，給我寫兩首新的歌曲。范石湖讓他寫新的曲調，於是他就「作此兩首」。「石湖把玩不已」，「把」，拿著，「玩」，欣賞；「不已」，不斷地欣賞，「使工妓隸習之」。你要知道，南宋時代國家雖然是偏安苟全，可是南宋的那些達官顯宦莫不追求自己的富貴享樂。范石湖還不是其中什麼特別出名的人物，沒有過分鋪張他的奢華。像姜白石交遊的另外一些人，如張鎡、張鑑，據宋人的筆記記載，他們家裡每次請客的時候，不要說賓客數十人，就是他們家的家妓、歌妓、舞女那都是幾十幾百的。那個場面，這不是我說，都是宋人筆記記載，先拉上一個帳幕，然後就從裡面飄香，香烟的烟霧繚繞，恍如神仙的境界。烟霧繚繞，然後帳幕拉開，一批歌女舞女就出現了。這批舞女歌女穿什麼樣的衣服，戴什麼樣的首飾，插什麼樣的花朵，一批表演完，然後簾子拉上，這批舞女歌女隱退了。再薰香，再打開帘子，又出來一批，衣服全換了，花的顏色也換了，首飾也換了，整個另外的一批，就是這樣的場面歌舞，他們的家裡都有這樣的家妓，因此就「使工妓隸習之」，使這些工妓，樂工歌妓學習演唱姜白石的歌曲。「音律諧婉」，說它的音律唱起來是很好聽的。他說我就給他們取了名字，一個叫〈暗香〉，一個叫〈疏影〉。范石湖爲了表示他對姜白石的感謝，不但把他接在家裡住了很久，而且在姜夔臨走時，還把他的一個歌女，名字叫做小紅的，送給了姜夔。姜夔有一首詩曾說「自作新詞韻最嬌，小紅低唱我吹簫」，就是寫范成大送給他的歌女小紅的。

下面我先唸一遍：舊時月色，算幾番照我，梅邊吹笛。喚起玉人，不管清寒與攀摘。何遜而今漸老，都忘却、春風詞筆。但怪得、竹外疏花，香冷入瑤席。　江國，正寂寂。嘆寄與路遙，夜雪初積，翠尊易泣，紅萼無言耿相憶。長記曾携手處，千樹壓、西湖寒碧。又片片吹盡也，幾時見得？」

這兩首詞，很難這麼一念就懂的。如果年輕的同學不懂，一點也沒有關係，因爲王國維也說了，他批評這兩首詞，說「姜白石〈暗香〉、〈疏影〉，格調雖高，然無一語道著。」格調是很高，騷雅、不平凡，寫得這麼典雅，一點也不庸俗，但哪一句是梅花，我念了半天怎麼沒有梅花的感覺呢？當年我的老師顧隨願羨季先生，就曾說你看人家辛棄疾寫梅花，一句，只要一句「倚東風一笑嫣然，轉盼萬花羞落」，春天最早開的梅花就在春風之中綻放了，那梅花一開，就好像那美麗的女子一笑嫣然，她的轉盼、眼光流動，轉盼之間所有的花都該羞落，都應該飄落下去。「倚東風一笑嫣然」，就「轉盼萬花羞落」，這首詞好，還不只好在這裡，是辛棄疾後邊寫的：「寂寞家山何在？雪後園林，水邊樓閣。粉蝶兒只解尋桃覓柳，開遍南枝未覺。」這首寫得美，說「倚東風一笑嫣然，轉盼萬花羞落。」還說「寂寞家山何在？」梅花開得這麼寂寞，那梅花家山在哪裡？他的故國在哪裡？沒有了自己的祖國，沒有了自己的家鄉。「寂寞家山何在」，他懷念那家園中的雪後的園林，水邊的樓閣。他還說「粉蝶兒只解尋桃覓柳，開遍南枝未覺」，飛來的蝴蝶只懂得尋桃覓柳、追逐著那些鮮艷的顏色，追逐著那鮮艷的桃花和柳樹。他說那梅花雖然開了，而且開遍了南枝，粉蝶兒就不認識它的美，不懂得欣賞梅花的花開，正如同人們不能賞識辛棄疾的才能，人家辛棄疾有這樣的感情和懷抱，一開口就出來了，不裝模作樣，不拿腔作勢，不矯揉造作，一開口品格就是高的。姜白石老要有心求品格高，不能庸俗，不能夠膚淺，王國維說他「無一語道著。」可是這也怪王國維自己不懂，他也不是完全無一語道著。他道的是什麼呢？好，我們把再把他的〈疏影〉看一看，看他道的是什麼？

> 苔枝綴玉，有翠禽小小，枝上同宿。客裡相逢，籬角黃昏，無言自倚修竹。昭君不慣胡沙遠，但暗憶、江南江北。想佩環月夜歸來，化作此花幽獨。
>
> 猶記深宮舊事，那人正睡裡，飛近蛾綠。莫似東風，不管盈盈，早與安排金屋。還教一片隨波去，又却怨、玉龍哀曲。等恁時、重覓幽香，已入小窗橫幅。

他說的是什麼？前人說了。誰說了？張惠言說了。張惠言說這首詞是「以二帝之憤發之」。他說姜夔懷念北宋淪陷時被俘虜的兩個皇帝，就是徽宗、欽宗被俘虜了，是表現懷念徽宗、欽宗的感慨。這是張惠言的話。除此之外，還有一個人說了，這個人叫鄧廷楨，他也說這個詞是「乃爲北廷後宮言之」。他說這是爲那些隨著徽宗、欽宗被俘虜到北方的後宮，是寫宋朝的后妃被金人俘虜了。這就是這一派詞的欣賞方式，你就找它的語碼，找它的符碼。第二首詞他說了「昭君不慣胡沙遠，但暗憶，江南江北」。於是這個「昭君」就成了語碼。用了「昭君」，就可以暗指北廷後宮了。不但如此，還可以找它另外的符碼，據說宋徽宗被俘虜到北方的道路之中，曾經寫過一首詞，牌調叫〈眼兒媚〉，詞裡有這樣的句子：「春夢繞胡沙，家山何處，忍聽羌笛，吹徹梅花。」這是聽到北方的胡人吹笛子寫的詞。你要知道，笛子裡邊有一個曲子叫〈落梅花〉。徽宗聽到〈落梅花〉的曲子，就作了一首〈眼兒媚〉的詞，說「春夢繞胡沙」。我不能忘懷我過去的家山，只聽到北方胡人的羌笛是「吹徹梅花」。所以「昭君」是一個符碼，「昭君不慣胡沙遠」的「胡沙」又是一個符碼。他說是「玉龍哀曲」，玉龍就是吹的那個玉笛，悲哀的曲子，就是〈梅花落〉的曲子。所以說，他這首詞裡邊有故國的寄託。今天已經過去的時間太久了，好，我們就停止在這裡。

第十四講 姜夔(下) 吳文英

上次我們已經開始講姜白石的詞了。關於南宋後期這幾位作者，欣賞起來比較困難，因爲他不是用直接的感發來打動讀者的，而是用安排思索的方式來寫的。

我們上次念了姜夔的〈暗香〉和〈疏影〉兩首詞，但是還沒有來得及仔細的解說，今天在我們正式解說之前，我要把姜夔的詞形成這樣作風的原因跟當時詞的發展歷史背景作一下簡單的介紹。因爲我們是一系列講座，要對詞的整個發展歷史略作介紹。

在南宋的後期，社會上寫詞的人有一種看法、想法。他們以爲詞從唐五代發展下來形成了兩種好處，但也形成了兩種流弊。一個流弊就是柳永詞的長調常常喜歡寫市井之間的歌妓酒女的生活。本來我們以前也說過，從唐五代的詞就都是寫歌妓酒女的。爲什麼柳永的詞有人認爲是淫靡，以爲是淺俗，以爲是低下？這是什麼緣故呢？大家應分辨出這一點的不同。

因爲唐五代詞人所寫的那些詞，都是從小詞之中可以看到一種寄託，有一種託意的。你可以從溫飛卿的畫蛾眉之類，想到屈原〈離騷〉的託意。可是柳永的詞，他所寫的那些女子，就是那些市井的歌妓酒女，他用一個女孩子的口吻寫，說他愛上一個男子，後悔當初沒有把你雕鞍的馬鎖住，如果我把你留下來，就每天讓你在書窗下面，我只給你一張紙，給你一支象牙管的筆，叫你在這裡讀書，我就拿針線在你旁邊做活。這樣你就不會走了，我們就不會離別了。所以柳永寫的女子就是女子，沒有讓讀者引起託喩的聯想。而有一派詞人，就專寫這種比較膚淺的愛情的歌詞，所以他們認爲這一派的詞是淫靡的，不好的。那麼是誰提出來這樣的說法呢？就是在當時南宋的時候，有兩個詞學批評家寫了兩本書，一個是張炎寫的。張炎也是南宋很有名的一個詞人，他寫的一本書叫《詞源》，是講關於詞的樂律、詞的創作、欣賞及寫作的方法的。張炎在這本書裡就曾說柳永「爲情所役，失其雅正之音」，說柳永是完全被男女的愛情所役，失去了雅正之音。中國一般的文學創作，總以爲應該很典雅，符合正當的道德禮法才對，所以他們反對柳永的詞。張炎在《詞源》裡邊提出來反對柳永的詞，那麼他最推崇、最讚美的作者是誰呢？就是姜夔。姜夔的作風就是受了當時有些人的見解的影響，因爲有人以爲柳永的詞太淺俗了。

　　姜夔的詞除了像我們上次所說的〈鷓鴣天〉寫合肥的女子以外，凡是他寫的長調，詠梅的詞，詠柳樹的詞，都是借著梅花跟柳樹做一些個點染的。而不明白地說出來這個女子，他都是用一些個外邊的景物來做點染，用旁敲側擊的辦法來寫的。這是姜白石因爲曾受到這一類的詞論影響的緣故。而除了這一類影響以外，他們還有一個見解，不但認爲柳永的詞寫的淫靡、淺俗，是不好的，甚至也以爲像辛稼軒的這一派的詞(不是說辛稼軒自己的詞，是說辛稼軒這一派的詞)，寫得太粗獷了，也不是好的，他們也反對。有另外一個作者叫沈義父的，他也寫了一本論詞的書，叫《樂府指迷》，書裡邊就說了這樣的話：「近世作詞者，不曉音律，乃故爲豪放不羈之語，遂假東坡稼軒諸賢自諉。」說近代一些寫詞的人不懂得音樂格律，不懂得作詞的方法，不懂得詞的特色。我們從一開始講詞就說過了，王國維說的「詞之爲體，要眇宜修」，是有一種委婉曲折之美的。而他們以爲有這麼一派詞人不懂得詞的特質，故意說一種外表看起來是豪放不受約束的話。這要特別注意。我在講辛棄疾的時候屢次提到，辛棄疾雖然豪放，但絕不是粗獷，絕不是淺薄，絕不是率意，他的詞同樣有一種委婉曲折的美。不但他的〈摸魚兒〉「更能消幾番風雨」，有委婉曲折的美，就是他的「舉頭西北浮雲」，也是委婉曲折地說出來的。他都是假託外界、自然界的景物或者是歷史上的典故來說的，是有委婉曲折的美的。可是有一些個學這一派詞的人，他們以爲只要寫得粗獷豪放就是好，於是他們故意寫這種豪放不羈的話。就假借著蘇東坡、辛棄疾「諸賢」，來推諉說蘇辛這一派就是這樣豪放的。蘇辛這一派，我們講了蘇東坡的〈定風波〉和〈八聲甘州〉，也講了辛棄疾。他們兩個人的詞都有非常幽深曲折的含義。那麼是那些人寫了這一類粗獷的詞了呢？我可以給大家念兩段這一類豪放的詞。也是南宋的詞人，說一些很空疏的，沒有感情的，沒有思想的，沒有內容的，可是聽起來口氣很豪放的這一類詞。有一個作者，我也不是說他所有的詞都不好，只是說他有些詞是如此的。我現在要說的這個作者的名字叫劉過，號劉改之。他寫過一首〈沁園春〉（〈沁園春〉見《唐宋名家詞選》二七〇頁）說：「斗酒彘肩」，說我們有一斗酒，一條豬腿。「風雨渡江」，在風雨的時候渡過江水。「豈不快哉」，那豈不是很痛快的事。他後邊就是鋪陳了。一個人你一定要有話可說，再鋪展出去，如果無話可說，就只好沒話找話了。他後邊就用古人的話了，說「被香山居士」，就是白居易；「約林和靖」就是我們上次講姜白石的〈暗香〉、〈疏影〉提過的北宋寫〈詠梅花〉詩的林和靖，「與東坡老」，就是蘇東坡，「駕勒吾回」，把我給攔阻回來了。然後東坡就說了，「坡謂西湖，正如西子，濃抹淡妝臨鏡台。」他用了蘇東坡兩句詩，「若將西湖比西子，淡妝濃抹總相宜」（〈飲湖上初晴後雨〉）。所以他說「坡謂西湖，正如西子，濃抹淡妝臨鏡台」。「二公者」，就是林和靖跟白香山兩個人，「皆掉頭不顧」，他們都不聽蘇東坡的話，「只管傳杯」，只管在那裡喝酒。那白居易也說話了，「白云天竺飛來，圖畫中崢嶸樓觀開」。白居易說天竺的山峰飛來了，像在圖畫之中有崢嶸的樓觀；「愛東西雙澗」，東邊有一個山澗，西邊有一個山澗；有「縱橫水繞」，「兩峰南北」，西湖有南高峰、北高峰，有「高下雲堆」，這是白居易說的話。是用白居易的詩句「湖上春來似畫圖」（〈春題湖上〉）及「東澗水流西澗水，南山雲起北山雲」（〈寄韜光禪師〉）等詩句。下面林和靖也說話了，「逋曰不然」，你們兩個人說的都不對。「暗香浮動」，林和靖不是寫了「暗香浮動月黃昏」的〈詠梅花〉的詩嗎？他說「爭似孤山先探梅」，說我們還不如到孤山先看梅花呢；「須晴去」，應該晴天去；「訪稼軒未晚」，然後我們再去拜訪辛棄疾也不晚；「且此徘徊」，我們且在這裡徘徊一下。

這首詞沒有什麼感情跟思想，就是把蘇東坡、白居易跟林和靖的一些個詩句堆砌寫了一首詞。就是這樣一類詞，聽起來好像口氣也很豪放的，可是沒有眞正的內容。於是南宋爲了反對這兩派的詞人，就特別推崇，特別讚美像姜白石這樣的詞。認爲姜白石的詞寫得清空騷雅，既沒有柳永淫靡的缺點，也沒有劉過這種外表的豪放而內容却是空疏的缺點。於是當時的詞論家就提出來了，既反對柳永一派的淫靡，也反對那些個學蘇東坡之末流的人的空疏。至於那能夠避免空疏和淫靡的一個作者，就是我們正在講的姜夔，一個就是我們後邊接著要講的吳文英。他們認爲姜白石跟吳文英代表了兩方面。這是張炎《詞源》提出來的說法。他把姜夔的一派詞，叫做清空的一派，把吳文英的一派詞，叫做質實的一派。張炎以爲，「詞要清空，不要質實。」並且說：「清空則古雅峭拔，質實則凝澀晦昧」。他以姜詞爲「清空」之代表，以吳詞爲「質實」之代表。所以說張炎《詞源》裡邊提出「清空」和「質實」，是相對而言的，是兩種不同的作風。

我們還要回顧一下我們的系列講座。我是想透過對個別詞人的介紹講詞的歷史的發展。我們現在是偏重於理論這方面，因爲是南宋，到了詞發展的最後，要做一下整個的回顧總結。所以不能只憑感情的欣賞，要有一個理論的歸納。就是說他們姜、吳這兩個人都是從周邦彥演變出來的。我上幾次也講了周邦彥，說他寫詞的長調是用思力來安排，不是用直接的感動，是想一想然後找一個合適的句子，找一個恰當的典故來安排，是用勾勒描繪來寫詞；也有的時候還用空間和時間的跳接，是錯綜的，不是按照順序直接寫下去的；還有的時候要用語言裡邊的符碼，用一些典故暗中點明我要說的是什麼，而不直接地說。這是周邦彥作風裡邊的三點重要的特色影響了姜、吳他們兩個人。而受到周邦彥影響的這兩個人，並不是跟周邦彥完全一樣。姜夔用了周邦彥安排的辦法，不是用直接的感發。而且姜夔的思力，特別用在「精思」之上。姜夔自己就這樣說，還不是我們說他。上次我們說過姜夔寫了一本論詩的書，叫《白石道人詩說》，說「詩之不工，只是不精思耳」。當然你要把作品寫的好，你也應該好好地思索，這是不假的。可是我以爲詩詞裡邊最重要的一點，我常常提出來的，就是它的感發的力量和感發的生命。如果不掌握這一點，而只在枝枝節節上去爭執，我認爲這都是只看外表的爭論。前天有一位朋友給了我一篇文章，講到我們國內現在的詩壇。我本來對國內當代文學也很感興趣的，但由於近來比較忙，看的不多。那篇文章談到，現在我們國內寫新詩的人，有所謂「第二次浪潮」。這我還不十分清楚，總而言之是說在前幾年我們國內的詩，有所謂「朦朧派」的詩，這種詩不是用那種白話的直接的容易懂的話來說，而是要叫你比較不懂，寫的朦朧一點，寫的比較晦暗一點，是這樣一派的作風。說現在的新的第二次浪潮，是主張寫的容易懂，容易看得明白，就是要用淺俗的白話來寫。我對於這種詩派的詩看的不多，不大十分了解，可是我以爲我們有很多人對詩歌都是以外表上來爭論的，有人以爲白話的，大家都懂的才是好詩。也有的人以爲寫的朦朧的，晦暗的，不容易懂的才更有餘味，才是好詩。我認爲這都是枝節的外表的爭論。是好詩還是壞詩，不在於你寫的是淺白的還是朦朧晦澀的，是在於你的作品裡邊有沒有你自己眞正的感發的力量和感發的生命。我上次講了辛棄疾的詞，他也有典故用的很多的詞，也有俗話，說牙齒掉了等等。所以不在你是用俗的還是用典故的。又比如杜甫寫的詩，也有寫的非常淺俗的。一次他遇到鄉下的一個老農夫寫了〈遭田父泥飲〉一首詩，裡邊說「叫婦開大瓶，盆中爲吾取」，說老農夫讓他的妻子打開了一個最大的瓶，用大盆子盛酒來。他寫的都是俗話。另外杜甫的詩裡邊像〈收京〉三首，就是長安收復時寫的，則都是用典故的詩。所以詩的好壞不在你是用典故或是淺俗，是在於你是不是有一種感發的力量和感發的生命。

辛棄疾用典故，姜白石也用典故。辛棄疾之用典故，都帶著感發的生命。即如他寫「南劍雙溪樓」，用兩把寶劍的典故，在典故用進他的詞裡邊去的時候，都是帶著感發的生命的。所以王國維反對南宋的詞，也反對用典故，卻特別讚美辛棄疾的詞，特別讚美辛棄疾送給他本家的一個弟弟的一首〈賀新郎〉(別茂嘉十二弟)的詞。那首詞每一句都是典故，王國維讚美說是「句句有境界」。這是因爲辛棄疾用典故，是內心對這個典故有眞正的感動和興發。他不但以感發來寫詞，而且也是以感發來用典的。但姜白石是用思力來寫詞，也是用思力來用典故的，他的典故都是用他的思力來安排的，這是一個絕大不同的地方。

一般人讚美姜夔的詞，說他是「清空」的。「清空」是什麼呢？是要攝取事物的神理而遺其外貌。他們把姜夔的詞跟吳文英的詞做對舉，說姜夔是清空的，吳文英是質實的。清空就是你寫梅花不正式地寫梅花。他們說他寫梅花是得到梅花的神理的，而不沾滯於梅花的外貌，這是所謂「清空」。至於「質實」的詞，也是從周邦彥變出來的。「質實」的一派，就是吳文英那一派。說這一派寫的典雅奧博，也是用很多的古典，寫的非常深奧，詞采非常的穠麗，但過於膠著於所寫的對象，過於沾滯。他寫一個題目就完全圍繞這個圈子來寫，不跳出去。

這就是「質實」。這是一般人的議論，從外表上看起來也果然是如此的。而我却有些不同的看法。我以爲，我們不但寫作的時候要眞誠，批評欣賞的時候也要眞誠。我所說的可能是錯的，可能是我自己的偏見，但我一定要說我自己眞誠的看法。我以爲姜白石的清空缺乏感發的力量，他完全用思想來安排，而吳文英却不然。吳文英在用典故之中，常常加進去感發。吳文英是南宋最後一個非常值得注意的作者。一方面有南宋的長處，一方面有北宋的長處。他是把周邦彥的安排思力跟辛棄疾、蘇東坡的感發結合起來的這樣的一個人。這可能是我的偏見，但也不只是我一個人的偏見。周濟在《宋四家詞選·序論》中也說：「夢窗立意高，取徑遠，皆非余子所及。惟過嗜餖飣，以此被議。」夢窗是吳文英的號。他說夢窗的立意高，就是有非常高遠的情思。「取徑遠」，他寫的時候一方面掌握主題，一方面是從高遠的地方寫下來的。「皆非余子所及」，不是其他人所能趕上的。我個人以爲吳詞不是姜白石所能趕上的。可是世界上當然有讚美姜白石的人，寫《詞源》的張災就是讚美姜白石而貶吳文英的。《詞源》說吳文英的詞「如七寶樓臺，眩人眼目，碎拆下來，不成片段」。張災在這裡的意思就是說，吳文英的詞如一個七寶的樓臺，用了很多漂亮的字，可是你把它拆碎下來一研究，都是不成片段的。這是張災的偏見。他又說，吳文英的詞「質實」，「質實」的結果是凝滯，即死板晦昧，讓人讀起來不明白。可是我以爲不是如此的。我以爲吳文英的詞是能從質實之中跳出來的，他的空靈是在高處的變化。這也不是我一個人的見解，周濟就也說了，「若其虛實並到之作，雖清眞不過也」，說周清眞也比不上他的。又說「夢窗奇思壯采」，就是說他有非常不平凡的一種情意，有非常豐富壯麗的彩色。「騰天潛淵」飛起來飛到九天，沈下去沈到九淵。「返南宋之清泚，爲北宋之穠摯」，挽回來南宋的那種清泚(清泚正是姜白石的特色)，就是寫的很清，一點也沒有淺俗的話。看起來很清，如同水，不過水清無魚，反而缺少眞正的感發的力量，正如水太清了裡邊就連魚都沒有了。他說吳文英是挽回了南宋的清泚，成爲北宋的穠摯，就是回到北宋那種穠摯深厚的感情。除去他這樣說以外，另外一個清代詞評家況周頤也曾經說，吳文英的詞「與東坡、稼軒諸公實殊流而同源」。這是吳文英詞的好處。現在我要把他們兩個人做對比。

我們先講姜詞，再講吳詞。我們先看姜夔的一首詞〈疏影〉。上次我們引了張惠言的話，說他寫的是「以二帝之憤發之」，說他寫的是對於徽宗、欽宗被俘虜到北方的悲憤。張惠言這一派批評的方式，一般都是從文字、語言的符碼來聯想的(以前我們講溫庭筠詞時，曾引過西方語言學及符號學的語碼之說)，那麼這首詞裡有「胡沙」，所以張惠言就由此而聯想到了淪陷到北方的徽、欽二宗。這就因爲他是從外表的文字來聯想，而不是從感發來聯想的。你一定要分別出這兩種的不同，他只是從文字來聯想，而不是從感發來聯想。又有人看到了，說他的詞除了「胡沙」以外還寫了「昭君」。昭君是女子，曾經嫁到胡地，所以他們說這個寫的就是隨著徽宗、欽宗被俘到北方的那些後宮，即后妃。所以鄧廷楨就說這是「乃爲北庭後宮言之」。

好，總之這一派的說法只是從語言文字上抓到一個「胡沙」，就說是淪陷到北方，抓住一個「昭君」，就說是淪陷北方的后妃，斷章取義，從一二個字來猜測，不能夠把全首詞都講通。但這正是這一類詞人寫詞的辦法，也是這一類詞評家說詞的辦法。這一類詞人怎樣寫詞，現在不是寫梅花嗎？你就圍繞著梅花的周圍去寫，用你思想的思力所能夠想到的與梅花有關係的東西，你就把它寫上去，不是從感發寫的，是從思索的聯想來寫的，而他的聯想也沒有什麼系統，這主要因爲他沒有感發生命的系統。辛棄疾的「舉頭西北浮雲」一首〈水龍吟〉，有的時候寫得很豪放，有的時候寫得很低沈，可是他整個的中心的主題，那生命的發源卻都是一個。如果你沒有一個中心的感發的生命的發源，就只剩下了旁邊的材料，卻不能把旁邊很多的材料集中成一個感發的生命。有人說姜白石是用點染的筆法，我說姜白石都是旁敲側擊，他都是從旁邊想一些有關係的事典來寫。下面我們看他的〈疏影〉：

苔枝綴玉，有翠禽小小，枝上同宿。客里相逢，籬角黃昏，無言自倚修竹。

昭君不慣胡沙遠，但暗憶江南江北。想佩環月夜歸來，化作此花幽獨。

「苔枝綴玉」寫的眞是好，有人讚他清空騷雅，他的語言文字眞是典雅，眞是不庸俗，眞是不淺薄，寫梅花的美麗是「苔枝綴玉」。你要知道，梅花裡邊有一種叫苔梅，苔梅的枝幹上都是長著綠色的青苔的，所以是苔枝，而青苔的美麗就好像是翠玉的顏色。你看他的修辭是多麼美。每一點青苔都是碧玉的樣子，是「苔枝綴玉」。而且他說，在梅花的樹上有一對翠色的鳥，是「有翠禽小小，枝上同宿」。這句詞可能也有一個典故，據曾慥《類說》卷十二引《異人錄》，記載隋代趙師雄曾調任廣東羅浮，於天寒日暮中與一美人相遇，共至酒店歡飲，又有一綠衣童子助興歌舞。師雄醉臥睡去，醒時天已破曉，起視梅花樹上有翠羽刺嘈相顧，蓋美人卽梅花所化，而綠衣童子則翠禽之所化也。姜白石詠梅花的詞常常引用這一故實，卽如其〈鬲溪梅令〉一詞，便也有「翠禽啼一春」之句。凡這些詞句，應該都有懷念他過去一段情遇的含義。當然他也未免有一點對國家的感慨，像〈揚州慢〉之類的。可是更重要的另一方面，是他常常寫的，根本不能忘記的就是他少年時代在合肥所愛過的一個女子，後來這個女子跟別人結婚了，沒有能夠跟他結合。而他跟那個女子離別的時候是正月的季節，是梅花盛開的時候。所以，凡是他寫梅花的詞，像〈江梅引〉、〈鬲溪梅令〉，都是懷念那個女子的。他的〈鬲溪梅令〉是很短的一首小詞，開頭說「好花不與殢香人」，這個「殢」是沈溺的意思。人要是沈溺在喝酒，就說殢酒，沈溺在賞花，就說殢香。他說這樣美麗的花，可是沒有把這個花給那個最愛花的人。那合肥的女子，沒有能夠跟最愛她的姜白石結合。「浪粼粼」，梅花都長在水邊，水紋的波浪粼粼。後面他就說「漫向孤山山下覓盈盈。翠禽啼一春」，想要到有很多梅花的孤山，到孤山的山角下來尋覓找那個盈盈的梅花，梅花就比喻那個美麗的女子。而花已經落了，沒有了。這首詞最後一句是「翠禽啼一春」，就剩下樹上的那個翠鳥，在那裡啼叫。整個春天都在啼叫，而鳥「啼」用這個「啼」字，人「啼」哭也用這個「啼」字，鳥的啼也就代表人的哭泣。因此「翠禽小小，枝上同宿」，很可能暗指當年一段情遇。雖然對於〈疏影〉這首詞一般都說是喻寫徽宗、欽宗淪陷在北方的悲憤，都是從國家的感慨來說的，其實在詞中他也揉合了他過去的一段愛情的往事。更好的證明就是〈暗香〉這首詞，我們現在也簡單看一下：

　　他在〈暗香〉中寫道：「舊時月色，算幾番照我，梅邊吹笛？」今天晚上的月亮像當年一樣的美，我算一算這樣美麗的月亮曾經有多少次照見我在梅花樹邊吹笛子，而且吹的曲子裡邊有一支叫「落梅花」。「喚起玉人」，我叫那如玉的美麗的女子，「不管清寒與攀摘」，不怕外邊的寒冷，爲我折下一枝梅花來。「何遜而今漸老」，「何遜」又是一個典故。何遜是南北朝時候的人，他寫過一首〈早梅〉詩。此處姜白石用何遜的典故是說，我也是常常寫詩的，像何遜一樣，而我現在已經老了，「都忘却春風詞筆」。筆是筆法、才情。我現在老了，當年浪漫的風流的事，跟我所愛的人賞梅花吹玉笛時的寫詞的才情沒有了。「但怪得、竹外疏花，香冷入瑤席」，我就怪，因爲我的感情跟當年的不一樣了，我所愛的人也不在這裡了，所以我就怪那個梅花。「竹外疏花」，那竹外開得稀疏的梅花，在我這樣孤獨寂寞的時候，把它那種寒冷凄涼的香氣，吹到我坐的坐席上面。「瑤席」是美麗的坐席。

下面他說：「江國。正寂寂」，隔著江水，懷念遠方的人，「寂寂」沒有消息，沒有踪跡。「嘆寄與路遙，夜雪初積」，要折一枝梅花寄給我所愛的女子，我就嘆息了，因爲相隔「路遙」。這裡又用了一個典故，據《太平御覽》記載：一個江南人叫陸凱，他有一個好朋友在北方的長安。他懷念他的朋友，當早春的季節，梅花開時，就寄了一枝梅花和一首詩給那個朋友說：「折梅逢驛使，寄與隴頭人。江南無所有，聊贈一枝春。」這裡用了這個典故，折一枝梅花寄給所懷念的人。「嘆寄與路遙，夜雪初積」，半夜下雪，那滿樹的梅花上都是白雪。「路遙」，寫相隔路遠無法折寄，只有徒然的懷念。所以下面就說「翠尊易泣」，每當我在梅花前飲酒的時候，一端起這翠綠的酒杯，我就很容易地流下淚來。「紅蕚無言耿相憶」，「蕚」是花瓣，紅色的花瓣寂寞無言，引起我心裡邊永遠不能熄滅的、永遠不能削滅的相憶懷念的感情，所以是「紅萼無言耿相憶」。下面又說「長記曾攜手處」，我永遠記得我們攜手同遊的地點。「千樹壓、西湖寒碧」，在西湖的旁邊有多少梅花樹，我們當年有多少歡樂，現在只剩下憶念了。我們知道，他所寫的是西湖孤山的梅花，暗中懷想的是合肥的女子，這兩個地點並不一致，一點關係也沒有，這是詩人運用聯想，把它們聯合起來的。聯想的線索只因孤山以梅花著稱，而梅花正是引起他懷念的媒介和相思的愛情的象徵。總而言之，他是看到梅花，就懷念起一個人。「又片片吹盡也」，今年的梅花又一片片地吹落了。「幾時見得？」我所懷念的那個女子什麼時候才能再見到呢？所以有的人要完全用徽欽二宗的蒙塵、北宋后妃淪陷到胡地來講這兩首詞，是不能完全講通的。他這二首詞是把國家之慨與舊情的懷念混合起來寫的。他在這首〈疏影〉中說：「苔枝綴玉，有翠禽小小，枝上同宿」，這不必是完全寫實，而是寫他懷念之中的一些往事，一段愛情的故事。「客裡相逢」，他現在是住在范成大的家裡邊，又看到梅花了。在一個籬笆的牆角，黃昏的時候「無言自倚修竹」，是說梅花的美麗，就像一個美麗的女子。他這裡又用了一個典故，所以我說他用的都是旁敲側擊的筆法。他用了一首杜詩，杜甫的〈佳人〉詩寫一個在天寶年間亂離中的女子，說這個女子在戰亂之中父母都死喪了，她的丈夫另有了新歡，把他遺棄了。最後杜甫寫這個女子說：「天寒翠袖薄，日暮倚修竹。」說這個女子這麼孤單寂寞，在寒冷的日暮，她穿著一件翠色的衣服，衣袖是那樣的單薄。一般翠色是代表寂寞寒冷的。在〈暗香〉一詞中曾有「竹外疏花」之句，那竹子外面不是美麗的女子，而是梅花樹。可是詞人心裡的這梅花樹，就像杜甫的〈佳人〉詩所寫的「無言自倚修竹」的女子，寂寞孤獨的靠在竹子旁邊。

下面「昭君不慣胡沙遠，但暗憶江南江北。想佩環月夜歸來，化作此花幽獨」，他仍然不是寫直接的感發，而是用思索想一些與梅花有關的事典。他又想到了一個美人昭君。他爲什麼又想昭君了呢？因爲他聯想到了唐朝王建寫的〈塞上詠梅〉這首詩，「天山路邊一株梅，年年花發黃雲下。昭君已沒漢使回，前後征人誰繫馬。」（〈塞上詠梅〉見《全唐詩》卷二百九十八，三三七六頁）意思是說在胡地、天山的路邊居然有一棵梅花樹。本來唐朝王之煥曾有詩說「春風不度玉門關」，塞外是很少看到春天景色的，而居然有一棵梅花樹是開在塞外的，所以他說「天山路邊一株梅，年年花發黃雲下」。本來梅花應開在江南山青水綠的地方，而現在這美麗的梅花，年年花開花放都是在黃雲之下。這是因爲塞外都是黃沙，風都是帶著黃色的沙土吹過來的，天也是一片黃雲。北方的春天，你們知道有下雨的時候，有下雪的時候。而北方有的時候下什麼？不是下雨，也不是下雪，而是下黃土。這是塞外的情景。杜甫有詩說「隴草蕭蕭白，洮雲片片黃」，意思是隴外的草地是蕭條寂寞的白顏色，洮河上的雲片片都是黃色的。地上是黃沙，天上是黃雲。所以王建寫塞上的梅花：「天山路邊一株梅，年年花發黃雲下。昭君已沒漢使回，前後征人誰繫馬」。這個地方有梅花，可能是因爲當年漢朝和匈奴通婚的時候，有人帶來梅花種在塞外了。現在出塞去和番的昭君死了，通匈奴的漢朝的使者也回去了，就留下一棵孤單寂寞的梅花在塞外的天山路上。「前後征人」，遠行的到邊塞去作戰的征人，有多少曾把馬拴在梅花樹下呢！

江南的梅花，流落到北方的黃沙黃雲的地帶了，美麗的昭君，流落到北方的胡地了。這是他的聯想。後來的人說姜白石這首詞是慨嘆隨徽欽二宗被俘虜北去的那個后妃，這不是不可能的，是可能的。但是事實上姜夔之所以這樣說，只是在用一個典故，用的是王建詩的典故。「昭君不慣胡沙遠」，昭君是漢地的女子，她應該不習慣北方胡沙這麼遠的地方，就是王建天山下的那棵梅花應該不習慣這黃雲黃沙的生活。「但暗憶江南江北」，她心中應該永遠地懷念，懷念祖國的江山，懷念江南江北的大好河山。

現在姜夔所看見的是江南的梅花。他在范成大的家裡，范成大的別墅是在蘇州附近的石湖，所以他說淪落到北方的那個昭君，是梅花象徵的那個昭君回來了，回到江南來了。「想佩環月夜歸來」，想這是一個美麗的女子，渾身帶著環佩的裝飾在半夜的時候，她的魂魄就回來了。「化作此花幽獨」，變成了今天我在這裡所看到的這一株梅花樹。它顯得這樣的幽雅，這樣的孤獨。而這裡邊他又用了一個典故，「佩環月夜歸來」，用的是杜甫〈詠懷古跡〉五首中一首懷念昭君的詩。因爲在當年杜甫所經過的湖北秭歸縣附近的地方，昭君的故鄉在這裡。杜甫詩曾說：「群山萬壑赴荊門，生長明妃尙有村。一去紫台連朔漠，獨留青冢向黃昏。畫圖省識春風面，環佩空歸月夜魂。千載琵琶做胡語，分明怨恨曲中論。」當時漢朝的皇帝，後宮佳麗這麼多人，不能每一個人都得到皇帝的寵幸，當他要接近哪一個女子的時候，來不及一個一個地選看，就叫畫工把宮中的那些女子都畫了像，晚上看哪個畫像上的女子不錯，就叫她來。所以後宮的女子就都拿出許多珠寶財物，賄賂畫工。相傳這個畫工叫毛延壽，宮中女子都想讓他把自己畫得美一點，皇帝就可以召見了，要不然她可能住在深宮中五、六十年到老死都見不到皇帝一面。昭君是一個美麗的女子，她自己知道她的美麗，她以爲她的美麗本來按著公平的作法，是應該得到欣賞的，所以她堅決不賄賂，因此畫工把她畫得很醜。皇帝一直沒有選上她，後來匈奴要求把一個漢朝的女子嫁給他，昭君就嫁給了匈奴王。臨走的時候，昭君上殿跟皇帝告辭，皇帝看後大驚，心想這麼美麗的女子我怎麼居然不知道，怎麼畫工把她畫得那麼醜陋？於是就把畫工殺了。這故事見於《西京雜記》。

我說杜甫和辛棄疾作品之所以好，是因爲這些大作家、大詩人有深厚博大的感發的生命和力量。他們寫出的句子，表面和別人差不多，「畫圖省識春風面，環佩空歸月夜魂」。他說那些在上邊的當權的人，他們就知道看看畫本，把誰畫得好就選擇誰，所以有才的最美的女子昭君因爲沒有賄賂畫工就流落到胡地。這是千古的懷才不遇的人的悲劇，是堅持不走後門的人的悲劇。這是杜甫的悲慨。可是現在姜夔用這兩句詩則只是寫一個美女。姜夔是說王建的詩，天山路邊有一株梅花，天山的梅花是應該常常懷念它的故鄉故國的江南江北，所以她的魂魄就裝飾著佩環月夜歸來,化作此花幽獨了。這是借用昭君的故實來暗喻梅花的美麗的。

下面「猶記深宮舊事，那人正睡裡，飛近蛾綠」。他說這個梅花應該還記得在深宮之中舊日的往事。是什麼往事呢？「那人正睡裡，飛近蛾綠」，這又是另外的一個故事。南北朝劉宋武帝的時候，有一個壽陽公主，一天她休息睡眠在一株梅花樹下，就有一朵梅花落在了她的前額上，留下了一朵梅花的花印，怎麼洗都洗不去了。所以古代的女子也常常在前額上畫一個梅花作點綴，就是梅花妝。姜夔說，記得深宮舊事，那個壽陽公主正在睡的時候，一朵梅花就落到他的前額了，前額的旁邊就是蛾眉。「蛾眉」，我們都說是黛眉，所謂黛眉是有一點青綠顏色的，「蛾綠」就是黛色的蛾眉。「猶記」，是說梅花應該還記得，當那個美麗的女子壽陽公主睡的時候，梅花一飛，就飛到兩個眉毛之間的前額上了。這又是一個與梅花有關的典故。

「莫似春風，不管盈盈，早與安排金屋。」是說你應該愛惜花，不要像春天那個風，春天的風不懂得珍愛花朵。「盈盈」是指美麗的花，春天不管美麗的花，花就零落了。他說你應該愛惜花。怎樣愛惜？「早與安排金屋」。這個我們以前講辛棄疾〈摸魚兒〉中的「長門事，準擬佳期又誤」時講過了，就是漢武帝陳皇后的名字叫阿嬌，漢武帝說要造一個金屋把她藏起來。姜詞意思是說要早早地築一個金屋，把梅花保護起來。當然，從表面看來他是寫愛惜花，但他也可能另一個含意，就是說當年我所愛的合肥的那個女子，居然沒有得到她，現在後悔我當時沒有早點安排金屋，沒有能夠把她保存下來。沒有保存下來怎麼樣？就「還教一片隨波去」，於是落花就隨水流去了。「又却怨玉龍哀曲」，你看到梅花飄落的時候，就滿心的哀怨。哀怨什麼？哀怨玉龍的哀曲。「玉龍」是笛子的名字，是一個白玉的玉笛，叫玉龍。我剛才說了，因爲笛子的曲子裡邊，有一個是「落梅花」的曲子。所以他說等到花落了，我們聽到「落梅花」的曲子，就滿心的哀怨，等到花都落完了「等恁時」，等那時，你「重覓幽香」，再想找那個芬芳幽香的梅花，哪裡去了？「已入小窗橫幅」，沒有眞的梅花了，只剩下畫幅上畫的梅花了。姜白石果然是寫的很美，眞的是淸空騷雅。不沾滯於所寫之物，都是跳起來寫的，用了這麼多典故，從梅花的前後左右周圍的這樣說下來，寫得委婉曲折。而且他所用的一些典故的辭彙，有時還包含有一種如西方符號學所說的「語碼」的性質，就像這首詞中所用的「昭君」、「胡沙」、「深宮舊事」等字樣，還可以給讀者一種「以二帝之憤發之」，或是「乃爲北庭後宮言之」的聯想。這是姜白石詞的特色。這類詞是屬於受周邦彥影響的一派詞人，不是以直接傳達的感發取勝，而是以思力安排的精美工緻取勝的。所以雖然有人不欣賞姜詞，如王國維；但也有人特別欣賞姜詞，如張炎等人。

下面講吳文英。

從詞的發展歷史上來看，周邦彥是由北開南的詞人，吳文英是由南追北的詞人，這是非常值得注意的。周邦彥由北宋開了南宋的風氣，而到了吳文英又由南宋追回到北宋去了，就是說他把北宋的強大的感發力量，放到他的詞裡邊去了。他一方面有南宋的那種安排、勾勒，時間與空間錯綜的跳接，有這些周邦彥開出來的南宋的手法；而另一方面又保存了北宋的強大的感發力量。這是非常值得注意的成就。

我們先看他寫的〈齊天樂〉（與馮深居登禹陵）。馮深居是他朋友的字，名叫馮去非，號深居。馮去非當時曾做過宗學諭的官，就是國家宗學裡邊的一個教諭。馮深居這個人，根據南宋歷史上的記載，是一個在政治上有很忠正的立場的人。當時南宋奸臣中，有一個叫丁大全的，他常常賄賂宦官，夤緣取寵，用很多不正當的方法來求得升官。有一次當國家要任命丁大全一個比較高、比較重要的諫議大夫的職位時，馮深居堅決反對，不肯同意，所以馮是一個立身很正直的人。而吳文英這首詞就是他跟馮深居一起登上了會稽夏禹王的陵墓以後所寫的。我去年回國以後，在上海復旦大學講學的時候，曾從上海出去遊了幾個地方，其中一個就是紹興，我遊了夏禹王陵墓。夏禹王的陵墓在我們中國已有幾千年久遠的歷史，而且吳文英的詞中有禹陵，我就遊了禹陵；另外我也遊了蘇州的滄浪亭，因爲吳文英有一首〈金縷歌〉題爲「陪履齋先生滄浪看梅」。履齋即吳潛，官做到宰相。因爲他跟賈似道政見不合，而後來賈似道的勢力越來越大，就把吳潛給遠貶了；不僅把他遠貶了，賈似道還用錢指使人把吳潛給害死了。吳文英跟吳潛、馮去非都是很好的朋友。蘇州的滄浪亭，是當年北宋滅亡，南宋初年一位忠義的將領抗擊金兵的韓世忠住過的地方。從他所交往的這兩個朋友，從他所寫的禹陵跟滄浪亭的這兩個題目，我們已經可以體會到這些詞裡邊，是有他一份對於國事的感慨的，而且還不僅只是這些，可能在吳文英內心的感情方面，比姜白石對於國事的關懷更多。這還不僅只是由於一個人生下來的性情厚薄、胸襟大小的不同。有的人天生下來就關懷的多，有的天生下來就關懷的少。此外還有時代的分別。我在開始講詞以前，曾特意把這幾個詞人的生卒年代寫了一個表給大家看。

吳文英的生年，是在南宋寧宗的時代，死的時候有兩種說法，一個是說他死在理宗晚年，一個是說他在度宗的咸淳八年。如果是度宗的咸淳八年，就是一二七二年，而南宋的滅亡，當帝昺咸興滅亡的時候，是一二七九年，可見吳文英晚年是親眼見到南宋國勢之逐漸削亡的。當然吳文英這個人並沒有科第功名，沒有做過達官顯宦，歷史上沒有他詳細的傳記，所以我們不能知道他確實的生卒年。可是從他詞裡可以看出有一種感慨故國剩水殘山的悲哀蘊藏在裡邊，有一種亡國之音。所以有人認爲他是經過南宋的滅亡，有人以爲他雖然沒有經過南宋的滅亡，可是也已經距離南宋的滅亡不遠了。因此他的詞寫得比姜夔更加悲慨，也有時代的因素。總之，吳文英之比姜白石對國事的感慨更多，一個是因爲每個人天性的厚薄，襟懷的大小，本就不同，一個就是因爲他所生的時代，國家已經走向危亡了。

下面我們來看吳文英的一首〈齊天樂〉詞：

三千年事殘鴉外，無言倦憑秋樹。逝水移川，高陵變谷，那識當年神禹！幽雲怪雨。翠萍濕空梁，夜深飛去。雁起青天，數行書似舊藏處。寂寥西窗久坐，故人慳會遇，同剪燈語。積蘚殘碑，零圭斷壁，重拂人間塵土。霜紅罷舞。漫山色青青，霧朝煙暮。岸鎖春船，畫旗喧賽鼓。

你可以直覺的一讀這首詞，就一方面感到它的高遠開闊的氣象，另一方面也確實覺得不容易懂。什麼叫「幽雲怪雨，翠萍濕空梁，夜深飛去」？而且他前邊寫的是「無言倦憑秋樹」，明明寫的是秋天，可最後的結尾是「霧朝煙暮，岸鎖春船」。到底寫的是春天還是秋天？「畫旗喧賽鼓」中的「喧」，本來是鼓聲的喧，而他把「喧」字這個動詞卻放到畫旗的下面了，是

「畫旗喧賽鼓」，這個句法也是奇怪的。所以有人說他的詞是凝滯晦昧，不通，不容易懂。可是他的感發的力量卻是都隱藏在這種凝澀晦昧之中的。除了這首〈齊天樂〉以外，你看他後邊〈八聲甘州〉這首詞寫的：

渺空煙四遠，是何年、青天墜長星。幻蒼崖雲樹，名娃金屋，殘霸宮城。箭徑酸風射眼，膩水染花腥。時靸雙鴛響，廊葉秋聲。宮裡吳王沉醉，倩五湖倦客，獨釣醒醒。問蒼天無語，華髮奈山青。水涵空、闌干高處，送亂鴉、斜日落漁汀。連呼酒，上琴臺去，秋與雲平。

這首詞裡的「膩水染花腥」，這個句子也很奇怪。對於花，我們從來不說它是腥的，魚才是腥的呢，花怎麼腥了呢？像他把「喧」字放在「旗」字的下面，用腥字形容花之類的，這都是大家認爲他很奇怪的地方。好，他的奇怪在哪裡？姜白石的特色，是用精思來安排鋪寫的；吳文英的特色，是用銳感，即用敏銳直接的感受來修辭的。他寫的〈夜遊宮〉中有兩句詞，「窗外捎溪雨響，伴窗裡嚼花燈冷」。什麼叫「嚼花」，把花放在嘴裡嚼一嚼？而且他說的更妙，嚼的是什麼花？是燈花。古人那時沒有電燈，是用燈盞，上邊放個捻，等火焰慢慢燒下來時，火就在燈盞的旁邊閃動。燈盞是圓的，所以像個嘴唇一樣，燈蕊在盞邊閃動的時候，火一動一動的，就像燈盞這個嘴唇在嚼花。

吳文英這種修詞的辦法，是用他的銳感來修辭的，所以很多人看不懂他的詞，說這簡直都不通。因而不管是朦朧詩，不管是第二次浪潮，你怎麼寫都可以，只要你果然有感發的生命，先在內心有一種感發，才能寫出來好詩。你用淺白的也好，用晦澀朦朧的也好，主要地是要有眞正的感發。而詩人的大小高低，偉大的詩人跟一個小詩人的分別，他們首先要能同樣用藝術傳達自己的感受，才成爲詩人。假如你有了感受不能夠傳達，根本寫不出好詩，就不是詩人。假定說都有較好的藝術上的成功，那麼一個大詩人的詩跟一個小詩人的詩的分別，就在於他傳達出來的感發生命質量的多少。他的大小，他的高低，他的深淺，他的厚薄，此外的，都是枝節的外表的事情，是不值得爭論的。

吳文英的詞就是因爲以上兩點特色讓人家不懂，一個是他把周邦彥時空的跳接用得更晦澀，一方面是他喜歡用銳感的修辭，因此人家不懂。可是他讓人家懂的地方，好的地方，那就是表現有能從南宋追回到北宋的深摯的感發。現在我們就來看他這首〈齊天樂〉。

「三千年事殘鴉外」。從吳文英所生的時代如果推回到我們中國的夏禹王的時代，已經有三千年之久了。司馬遷《史記》中有〈夏本紀〉。司馬遷是一個了不起的人物。在司馬遷以前沒有系統的正史。我們中國二十四史的體例，從帝王的本紀、名臣將相的列傳，到記載政治、文物、地理、經濟的書表，是誰創的這個體例？是司馬遷。而且人家司馬遷眞是把幾千年的古史，五帝本紀，都寫出來了。從今天考古來看，我們的古史居然有那麼多可以得到證明的可靠性，在世界上歷史這樣久遠，能保存有這麼完好的歷史，那是我們國家民族的驕傲。

這首詞開頭說「三千年事殘鴉外」，三千年以上，因爲他是來憑弔夏禹王的陵墓，想到夏禹的當年，那是三千多年前的往事了，多麼遠的往事啊！他本來是要寫遠古的歷史的蒼茫，可是他用「殘鴉外」三個字，表現的這麼形象化，他用的是一個空間的蒼茫表現了時間的歷史的蒼茫。三千年事在殘鴉之外。什麼叫「殘鴉外」？這句詞爲什麼好？我在北京時就有很多朋友問我，怎麼樣才能把詩寫好呢？我一直以爲第一是要有一顆活潑不死的關懷的善感的心，這是做詩人的第一個條件；第二個條件就是要有語彙，否則就算你有一顆活潑的善感的心靈，拿什麼語言寫出來？你一點語彙都沒有，語彙太貧乏了，怎麼能寫出來呢？譬如蓋一所房子，一定要找建築的材料。孔子說的「學而不思則罔，思而不學則殆」，你每天盡想成大詩人，也不用功，也不讀書，怎麼能有語彙來表達你的感發呢？有了語彙，不見得就要用，說我要用古典，用古人的一首詩，也不見得用得好。人家辛棄疾寫詩用了很多古典，是因爲他把古典都消化在他的心靈感情之中去了。

杜牧有一首詩，前兩句說：「長空淡淡孤鳥沒，萬古消沉向此中。」（〈登樂遊原〉）他說你看那遙遠的長空，淡淡的灰白的長空，一隻孤鳥在天邊消失了，正如萬古的銷沉。「萬古消沉向此中」，那千年萬古的歷史，就在長空淡淡孤鳥消逝的蒼茫之中消逝了。這句詞「殘鴉外」是說鳥的消失，用這個「外」字來表現遠。歐陽修的兩句詞「平蕪盡處是春山，行人更在春山外」（〈踏莎行〉）。「平蕪」是長滿了草的平野，那平蕪的盡頭被山給割斷了，而我所懷念的人還更在春山的那一邊。

三千年事，殘鴉是消逝了，而三千年古史的消失，萬古的消沉更在殘鴉的影外。這一句是感慨古史，下一句就寫到自己是「無言倦憑秋樹」。在吳文英的時代，距離南宋的敗亡是不久了，他覺得滿心的悲慨，說他「無言倦憑秋樹」，我登到禹陵上感慨這萬古的蒼茫，沒有一句話可說，這麼疲倦。這個「倦」，一方面是登上禹陵的身體上的疲倦，一方面是心靈感覺到疲倦。他覺得對於國家沒有辦法能夠盡力挽回這種局面。「秋樹」是秋天凋零的樹木，也正如南宋削亡的國勢。「三千年事殘鴉外，無言倦憑秋樹」，這二句詞感慨這三千年的古史，也感慨當時的國勢。

「逝水移山，高陵變谷，那識當年神禹？」中國古代的帝王，最值得我們紀念的就是夏禹王。辛棄疾在鎮江附近鎮守的時候，曾經寫過這樣的一首小詞：

悠悠萬世功，矻矻當年苦。魚自入深淵，人自居平土。

紅日又西沉，白浪長東去。不是望金山，我自思量禹。

——〈生查子·題京口郡治塵表亭〉

他是登在京口的塵表亭上，懷念到夏禹王治水。夏禹王的時代是洪水為患，他開鑿了江河水道。他說「悠悠萬世功」，想到夏禹王開鑿的時候，是「矻矻當年苦」。「矻矻」是勤勞的樣子，是夏禹王付上這樣多的勤勞，才能「魚自入深淵」，即魚蝦從泛濫在平地的洪水而流入淵海，人才得到平坦乾燥的土地上來居住。

我在四川成都參觀了都江堰。秦朝時候的李冰父子兩千多年前開鑿的這個地方的水利工程，到現在還灌溉著四州大半個平原的農業。這眞是遠大的功業，留澤，留下恩澤，施及後代的。「悠悠萬世功，矻矻當年苦，魚自入深淵，人自居平土」。今天辛棄疾站在這裡，「紅日又西沉」，一天又一天過去了，一年一年、一個一個朝代都是這樣過的。「白浪長東去」，千年萬世，禹王開鑿治水的功業，流到今天，「白浪長東去」。我今天站在這裡，「不是望金山」，不只是欣賞那金山、焦山的風景，「我自思量禹」，我所思量的是我們的古聖先賢，像夏禹王這樣的功業。吳文英也說了「逝水移川」。黃河改道多少次，逝水向東流，今年走這個河道，泛濫一次，明年又走那個河道，又泛濫一次。從夏禹王開鑿的水道到今天，水道改變了多少次？「高陵變谷」在這個地勢的改變之中，有多少高山變成深谷了。《詩經》上所寫的「高岸爲谷，深谷爲陵」，那高岸變成深谷，深谷反而凸起來變成了山陵。那地面上經過多少次的變化，人世之間經過多少次的盛衰。「那識當年神禹」？有幾個人今天登在禹陵的山上，或者登在北國的山頭，會清清楚楚地想到禹王的功業？你從哪裡來辨識當年夏禹王的功業，山川都變了，你從哪裡認識夏禹王的功業？這是對禹王的感慨。

後邊這幾句就很難講了，這是人們批評吳文英晦澀不通的地方。他說「幽雲怪雨，翠萍濕空梁，夜深飛去」。什麼是「幽雲怪雨，翠萍濕空梁」呢？我們這個教材寫的是比較簡單的字，「萍」字在古老的版本上是這個「蓱」字，這兩個字相通，可是吳文英當年寫的是都不被人認識的這個「蓱」字。這就是人們譏諷吳文英用字太晦澀的緣故。

可是你要知道用字晦澀不晦澀，寫詩要淺白或晦澀，是在於你要傳達的是什麼樣的感發，這才是重要的。現在我們要知道，吳文英要傳達的是什麼？你要知道會稽禹陵的旁邊是禹廟，在南宋時代，那個廟裡邊有一個木頭做的屋樑，這個樑現在當然沒有了。相傳南北朝時，要修建夏禹王的廟，一天大風雨，就冲下來一段木材，是最好的楠木，就用這個楠木做了禹廟的屋樑。於是有神話傳說，每當有風雨的時候，這個由風雨帶來的屋樑就變成一條龍，跳到會稽縣的鏡湖之中去，與鏡湖之中的一條眞龍相鬥。鬥完後它還飛回來，還變成樑。因爲它到鏡湖裡同眞龍鬥過一番，樑上就帶來很多水草，屋樑上就常常有水草。後來的人不願意讓這個屋樑再飛走，就用大鎖鏈把屋樑綁起來。當我讀這首詞的時候，我知道它一定有一個典故，可是查了好多書都沒有查到。我曾經查過《紹興府志》、《會稽縣志》，有的記載屋樑這個神話，可是都沒有說這個水草可以留在這個樑柱上。一直查到南宋嘉泰年間編的一本《會稽縣志》裡邊，才有這一段記載。

可是吳文英不是查了地方縣志才寫這首詞，因爲吳文英就是當地的人，當地的神話他是耳熟能詳的，所以就寫到詞裡邊來了。他不僅要把這一段故事寫出來，而且他是要寫禹王既有那樣偉大的功業，禹王的英靈應該不泯，應該在禹廟之中有一些個神跡的傳留。他寫的是一個屋樑的故事，但是他所要表現的是禹王的英靈不泯。所以他說「幽雲怪雨」，一個眞正的像禹王這樣的英靈，死後在廟裡邊自然留有一些神跡，所以他故意用這些奇怪的字。「翠萍濕空樑」，「萍」就是萍草，水中的水草。它變成龍跟鏡湖的龍打鬥，回來帶的萍草還是濕的。爲什麼？因爲這個樑曾經夜深飛去。你看吳文英的詞，人家說它不通，一個是由於他的用字險怪，還有就是由於他的句法是倒裝，是因爲這個屋樑先飛去了，飛去跟鏡湖的龍打鬥，回來才帶著水草。可是他倒回來說，「幽雲怪雨，翠萍濕空樑」，以後才說「夜深飛去」。因此，如果你不知道這個故事和他用字的險怪、句法的倒裝，當然就說吳文英的詞不通了。其實不是他的不通，而是我們不懂。你要懂的話，就知道他另有一種感發作用了。

不僅如此，禹陵這裡還有一個傳說，就是在會稽禹陵不遠地方，有一個山叫宛委山。我在講辛棄疾的詞的時候，就勸年青人讀一讀我們的歷史和地理，這樣你去遊山玩水才更有意思。這座山叫作宛委山，宛委山還有一個別名，叫石匱山。山上有一塊大石頭，就像櫃子一樣，所以也叫石匱山。這裡有兩個傳說：一個說這是禹王藏書的地方；還有一個傳說，就是這個地方曾經發現了金簡玉字的天書，是黃金做的金簡，上邊鑲著玉字。本來中國古時候都是竹簡，用一片竹子來寫字的。這裡發現的書，據說是黃金做的金簡，上邊是鑲著玉字的。

吳文英說我今天來到這裡，不見藏書，只見「雁起青天」。遠方有一行鴻雁飛起來了。我們昨天講了，凡是雁飛都是排成一個「人」字或者排成一個「一」字。他說「雁起青天」，寫了一個「人」字，寫了一個「一」字。「數行書」，他說那雁所寫的那幾行字，讓我們想像。「數行書似舊藏處」，讓我們想像那邊的山頭上，是果然有古代三千年前的藏書之所的。這是上半首。

我們剛才講，吳文英的詞讓人不懂，因爲他還有時間、空間的跳接。剛才本來是說登了禹王的陵墓，那是在白天，在郊外的禹陵跟禹廟。他忽然間一跳，周邦彥也常常這樣跳，就回到家裡來了。「寂寥西窗久坐，故人慳會遇，同剪燈語」。這是回到家裡，在西窗之下，我們寂寞地坐在一起。他們兩人是故人，是老朋友，他跟馮深居認識很久了，他還有別的詞送給馮深居。故人相見，應該是很歡喜的一件事情，可是吳文英所寫的是一種複雜的感情，因爲他們白天憑弔了夏禹王的陵墓，而他們所生的時代是南宋衰亡的時代，所以他們帶著這種寂寥的心情，在西窗之下久坐。想到我們這些老朋友，「慳」是短少的意思，「會遇」是說我們見面，我們的見面是如此的少，很難得相見一面，今天見面就「同剪燈語」，一同剪燈談話。古人點的油燈，燈捻燒得很長了，冒油煙了，我們把它剪短，燈就會更亮一點。剪燈相對語，有一種親切的情意。而且他這裡又用了另外一個人的詩，就是李商隱的「何當共剪西窗燭，卻話巴山夜雨時」（〈夜雨寄北〉）。這都是斷章取義，我在講姜白石的時候也說過，他們用古人作品，不一定用他全部的故事，只是說李商隱的詩曾經說過剪燭在西窗，所以現在吳文英也用了「西窗」，也用了「剪」，不過他剪的不是「燭」，他剪的是「燈」。「同剪燈語」，他們就一同剪燈談話。

前半首說的是白天登禹陵，忽然間跳回來又說西窗，這個我們還可以了解，說他白天登了禹陵，晚上回到西窗來談話。談話就談話好了，他又跳了一次，這是吳文英的特色，總是跳。他跳出來什麼了？跳出來「積蘚殘碑，零圭斷璧，重拂人間塵土」，上面長滿苔蘚的那個殘餘的碑。殘餘的碑，有兩個可能，一個是禹陵那裡果然有碑；還有就是禹陵那裡有一個窆石，到現在還有。我到紹興禹陵還看到了這個窆石。這個窆石相傳是禹王死後埋葬時，把他的棺材縋下去的一塊石頭。

「積蘚殘碑」，是說當時禹王的碑碣跟窆石都斷裂了。今天我所見到的窆石也是斷裂的窆石，只不過是用石灰接到了一起的一塊大石頭。還有「零圭斷璧」，相傳，有一次在禹陵的廟前，夜晚光芒四射，於是當地人就發掘出地裡邊有零圭斷璧。所謂圭璧，都是古代的一種玉器。如果是方頭的就是「圭」，圓形的就是「璧」，這都是古代表示禮節、祭祀的一種儀式所用的玉器。「重拂人間塵土」，是「積蘚殘碑」和「零圭斷璧」，這些都是那麼長久遺留的古物了，上面積滿了塵土。我們要注意，他們兩個人白天登了禹廟的禹陵，回來晚上在西窗談話，談話說到「積蘚殘碑」。這可能是回想白天，還可以理解，後邊說「重拂人間塵土」，是他們從禹廟把那「零圭斷璧」帶回來了嗎？他們拾到了一塊「零圭斷璧」帶回來，晚上在西窗之下，把土擦乾淨了嗎？不是的。那廟裡的「零圭斷璧」，一共也沒有發現幾塊，都被遊人帶回去，那早就沒有了。所以那零圭斷璧是發掘以後，保存在廟中的。他們可以看見，但沒有帶回來。吳文英在這裡很妙的一點，是他把千年的古史，這些個古跡遺留的古物，跟人間滄桑的變化聯繫起來了。而所謂人間的滄桑，就可能是說他們自己兩個人所經歷的變化。他不是說故人的見面很少嗎？十幾年、二十幾年不見了，再見面時南宋的朝廷發生了很多變化。我們兩人的生平也發生了很多變化。他是把個人的經歷跟千年的古史打成了一片。他還妙在什麼地方呢？我們在開始講溫庭筠的時候，說過語言文字在詩詞裡邊的妙用，有語序軸上的作用，有聯想軸上的作用。現在我們要看他語序軸上的作用。「寂寥西窗久坐」，就「同剪燈語」。「同剪燈語」是說他們的談話，後邊說「積蘚殘碑，零圭斷璧，重拂人間塵土」，這是他們談話的內容，也是回憶白天他們看到的古物的實物。他們看到那古老的遺留的古物，那上邊自然有塵土。但他說的重拂的是什麼塵土？不是那古物上的塵土，不是那零圭斷璧上的塵土。我們看他的結合，從「同剪燈語」後邊，接著「積蘚殘碑」，這還不說，塵土就是塵土，什麼叫「人間塵土」，塵土當然都是人間的塵土，而他把「塵土」和「人間」結合，就是把他們個人的人間的滄桑結合在裡邊了。他們的談話，有千年古史的興亡，也有他兩個人經歷的生平的盛衰悲歡離合。「故人慳會遇，同剪燈語，積蘚殘碑，零圭斷璧」是他們今天白天看到禹廟之中的古物，也是他們每一個人的生平。他們就「重拂人間塵土」，把過去的往事，把幾十年的塵土擦掉，重新溫習他們所經過的往事。這是吳文英的詞之所以難懂而受到譏諷的地方，也是吳文英的最大特色，他把時間、空間綜合進行敘述。

「霜紅罷舞」，我們剛才看周濟批評吳文英的詞，說他可以「騰天潛淵」。飛起來飛到九天之上，沉下去沉到九地深淵之中。就是說他寫的高遠的地方是果然高遠，寫到幽深曲折的地方是果然幽深曲折。「霜紅罷舞」一句在這裡他又跳了，推遠了一步，我們今天登禹陵「無言倦憑秋樹」，「霜紅」就回到了他開頭的「秋樹」。秋樹經過霜，樹葉變紅了，今年的秋天就要過去了。「霜紅罷舞」，寫得眞是詞采很美！那紅葉飛下來，是被風吹著飄舞地落下來的，等所有的樹葉都落完了，就是「霜紅罷舞」，葉子掉光的那一天，它就不舞了。這是自其變者而觀之，樹葉有凋零，人間有寒暑。可是下面的「漫山色青青，霧朝煙暮」二句，寫的卻是自其不變者而觀之的景象，秋天過去了，「霜紅罷舞」，可是滿山的山色，青青的山色是不變的。山色不變之中可是有變，「霧朝煙暮」，每天的早晨來了，每天的黃昏走了，明天的早晨來了，明天的黃昏又走了。就是早晨山上的霧靄，晚上山上的煙嵐是變的也是不變的。蘇東坡說的「問錢塘江上，西興浦口，幾度斜暉」？有變者，有不變者。「漫山色青青，霧朝煙暮」，年年有春天來，年年有秋天來，而這首詞本來不是寫秋天嗎？從秋樹說到霜紅，我們給他找到了聯繫。

可是他忽然間又跳起來了。他說「岸鎖春船」，春天又出來了。春天怎麼出來的？是從「霧朝煙暮」之中出來的，朝朝暮暮，霧靄煙嵐，明年的春天就來了。春天來了怎麼樣，我們要熟悉當地的風俗，在嘉泰的《會稽縣志》上記載著，夏禹王的陵墓在會稽，會稽人覺得何等的驕傲。杜甫死了，杜甫的墳墓在哪裡？哪個才是眞的？人們都在爭論。都希望自己的地方有這樣的古跡。可見一個地方有一位古代這樣傑出的人物的墳墓，是何等值得驕傲的一件事情！所以會稽縣這個地方，有一座禹陵，該是何等值得驕傲的事。據縣志記載，每年春天三月初的時候，相傳這是夏禹王的生日，當地的人們，都用一年積存的錢財，來慶祝禹王的生日。那個時候會稽山到處都舉行祭祀夏禹王的賽會，這是《會稽縣志》上的記載，是果然如此的。有的人是陸路來的，有的人是水路來的，因爲禹陵下也是可以行船的，有的人是坐船來的。當地的遊人就坐著船來慶祝禹王的生日。就「岸鎖春船，畫旗喧賽鼓」，那個五彩繽紛的賽會的旗幟，配合著祭神的賽鼓。每個村莊組織一隊表演，看哪一隊表演得最好。所以叫賽會。吳文英在這裡把「喧」字結合在畫旗跟賽鼓之間了，一方面寫鼓的喧嘩，一方面寫旗在風中的招展。那麼他的感慨呢？我們回頭來看「三千年事殘鴉外」，朝朝暮暮，霧靄煙嵐，我們有這樣的古聖先賢，什麼時候能恢復我們自己的，眞的是光榮、眞的是美好的那一份功業，那一份傳統？然而一切感慨他都沒有說出來。所以周濟《介存齋論詞雜著》評吳文英的詞，說他「意思甚感慨，而寄情閑散，使人不易測其中所有」。他可以包含很深的感慨，而寫的卻只外面的景物，而不把感慨很清楚地寫出來，他的感慨都是在言外傳達的。

下面我們還要簡單地講一下他的另一首詞〈八聲甘州〉（陪庾幕諸公遊靈岩），以加深對他特色的理解。先把這首詞讀一下：

渺空煙四遠，是何年、青天墜長星。幻蒼崖雲樹，名娃金屋，殘霸宮城，箭徑酸風射眼，膩水染花腥。時靸雙鴛響，廊葉秋聲。宮裡吳王沉醉，倩五湖倦客，獨釣醒醒。問蒼天無語，華髮奈山青。水涵空、闌干高處，送亂鴉、斜日落漁汀。連呼酒，上琴臺去，秋與雲平。

靈岩，就是蘇州的靈岩山。這靈岩山上最有名的建築是館娃宮，館娃宮是吳王所築的一座宮殿。當年越王勾踐被吳國滅了想要復國，越王勾踐臥薪嘗膽，後來獻了西施給吳王，吳王就沉醉在西施的美色之中，越王就把吳王給打敗了。館娃宮是當年吳王蓋起來給西施居住的一個宮殿。這首詞當然也有很多感慨，我們看他怎樣寫。

「渺空煙四遠，是何年，青天墜長星」，寫的多麼高遠，是說你一望靈岩山，就會看到渺茫的、一片空朦的天空，一片煙靄的籠罩，四望這麼廣遠，而中間有靈岩山。「是何年」，是哪一年，「青天墜長星」，從那高遠的青天之上，墜下來一個流星。這眞是神奇的想像，騰天潛淵。他是說這個靈岩山是天上墜下來的流星的隕石化成的這一片青山。寫的都是神話，都是假想，而表現了蒼茫的遙遠的古史，人類的遠史。地殼怎麼形成的？人類怎麼形成的？怎麼就有山有水？那吳文英寫的眞是廣遠，他說「渺空煙四遠，是何年、青天墜長星」，從此就有了人間，從此就有了盛衰，從此就有了戰亂。「幻蒼崖雲樹，名娃金屋，殘霸宮城」，就是那個青天的長星一變，變出來了，變出了這一片蒼翠的山崖，變出了這一片雲煙籠罩的蒼翠的草木。這是大自然，有了流星，有了山和草木，然後就有了人世，有了這吳越的興亡，於是就有了名娃這美麗的西施，就有了吳王給她蓋的金屋的建築館娃宮。吳文英眞是快，一變就變過去了。「殘霸宮城」，這金屋是吳王的「宮城」，可是吳文英加了兩個字，說這是「殘霸」的宮城。就在他蓋了館娃宮不久，吳國就滅亡了。

周濟說吳文英是：「每於空際轉身，非具大神力不能」。他總是一變就變過去。「殘霸」放在「宮城」之上確實放的好，眞是寫出了宇宙、人類，從無到有，從有到無的變化滄桑。現在剩下的是什麼？是「箭徑酸風射眼，膩水染花腥」，相傳在靈岩山的館娃宮附近有一條小溪叫箭徑（一作「箭涇」），說當我今天來到靈岩山遊館娃宮經過箭徑的小溪，我所感覺到的是什麼？是「酸風射眼」。他不是用思力，而是用銳感來修辭。我們說酸梅、酸醋才酸呢，風是什麼味？它無所謂酸，但人的感覺有相通之處，所以你會感覺到風吹過來你的鼻子、眼睛有一種發酸的感覺，那眞是酸風。「酸風射眼」，是酸風吹過來，讓你的眼睛有一種被風吹刺傷的感覺。

「箭徑酸風射眼」，是隨便這樣說的嗎？不是的。原來唐朝李賀曾經說過這樣的話：「東關酸風射眸子」，所以吳文英的感覺，但卻是有一個出處的。唐朝李賀寫的「東關酸風射眸子」指的是什麼？李賀寫了一首題爲〈金銅仙人辭漢歌〉的詩，說漢武帝求仙，在他的宮中建了一個大銅柱子，上面鑄了一個銅的人像，手裡邊拿著一個盤子，接天上的露水，拌上藥，據說吃了可以長生不老。當然漢武帝也死去了，漢朝也畢竟滅亡了。漢朝以後是魏，當曹魏的時候就把這個金銅仙人給推倒遷移了。李賀就寫了這個金銅仙人要辭別漢朝時他曾經住過的地方——長安，這是寫的漢朝的敗亡。李賀說這個仙人被移走的時候是「東關酸風射眸子」，是說銅人被移出了東城，酸風吹到銅人的眼睛之中，銅人就懷念漢朝，「憶君清淚如鉛水」，銅人懷念故國掉下的眼淚，就如同鉛水一樣沉重。吳文英不像別人拿一個典故隨便用，他都是結合了自己的感慨的。「酸風」有感慨興亡之意。

「膩水染花腥」，又有個典故出處。這個典故是什麼？是杜牧之的〈阿房宮賦〉。秦朝有阿房宮，後來被楚霸王燒掉了。「阿房宮」中住的都是美女，每天早晨這些美女一洗臉是「渭流漲膩」，渭水就飄起一層油來。爲什麼飄起一層油？是「棄脂水也」，是那些宮中的美女化妝，把她們的頭油、臉上的油脂都洗到渭水裡去了，所以是「膩水」。而且這水濺到兩邊的花草上，花發出的氣味，他不說香，而說「膩水染花腥」。這就是吳文英幽深曲折的用字。花本來是香的，爲什麼是「腥」？有兩個原因，一個是草木本有一種草腥氣，還有一個是暗示經歷了戰亂興亡，像陸放翁的詩中就曾經寫過，「風吹雷塘草木腥」。我們看吳文英所用的字，如「酸風射眼」、「膩水染花腥」，寫的都是風景，但結合的都是吳王的盛衰，敗亡的悲慨。

「時靸雙鴛響」，「靸」是拖鞋。他說當我走過館娃宮，裡面有一個長廊，叫「響屧廊」。這裡的木板都是空的，西施穿著步屧在上面一走，就發出聲音。據說西施穿的鞋，上面繡著鴛鴦，叫作「雙鴛」。古人說女子的兩隻脚都說雙鴛，一則因爲鞋子都是成雙的，如鴛鴦之成雙，再則也可能是因爲兩隻鞋上邊有美麗的鴛鴦的花樣。他說我今天經過館娃宮，彷彿時時地聽到有拖著鞋走過的聲響，好像西施穿著雙鴛走在當年「響屧廊」上的聲音。是西施嗎？不是，是「廊葉秋聲」，是那響屧的長廊上的枯枝敗葉隨風捲掃的聲音。這是上半首。上半首都是從靈岩山的館娃宮寫盛衰之慨的。

下半首「宮裡吳王沉醉，倩五湖倦客，獨釣醒醒」，是說當年吳國怎樣滅亡的，就因爲吳王沉醉在歌舞宴樂之中，不重視國家的政治情況，就被越國的誰滅亡了。被越國的誰滅亡了？當時越國輔佐勾踐滅了吳國的一位大夫，當然大家都知道是范蠡，詞中的倦客就是指范蠡。他在滅吳以後就辭了官職，泛舟遊於五湖。他對於人生的盛衰都經過了，所以稱他是「倦客」。他一個人，獨自在五湖滄波之中垂釣，成爲一個釣魚的漁人。爲什麼是「獨釣醒醒」？意思是說只有他才是清醒的。范蠡能夠幫助越王勾踐復國，打敗吳王，但他也能潔身自退，保全自己泛舟於五湖。而這裡吳文英所感慨的，是說現在還有這樣的一個人嗎？有這樣一個清醒的、有謀劃的、能夠爲國家深謀遠慮的這樣的一個人嗎？有這樣一個人，可是沒有人用，就讓這個人做了一個在煙波之間垂釣的釣叟漁人。這裡邊有很多感慨曲折，既是說當年的范蠡，也是說今天有多少有遠見的、爲國家考慮安危的人，而當時南宋的君主不能夠重用。

「問蒼天無語」，他說我問蒼天爲什麼有這些個變化，爲什麼有這些個盛衰，爲什麼吳王這樣的沉醉？可是，「蒼天無語」。我在講辛棄疾的時候也曾引波斯詩人的詩說「天垂日月寂無言」。我一個詞人連科第功名都沒有的，是「華髮奈山青」。我的頭髮已經都花白了，對著那美麗的江山，無可奈何。這是非常深刻的感慨。他能爲南宋做些什麼？人們說了，吳文英是感慨的時候寫的很高遠，使人不覺，所以他後邊的感慨也不寫下去，反而再跳出來寫風景，說「水涵空，闌干高處，送亂鴉、斜日落魚汀」。我在靈岩山上四面一望，底下的水，裡面有倒映的天空。站在欄杆高處，向遠處一望，「長空淡淡孤鳥沒，萬古消沉向此中」(杜牧詩)，所見的是亂鴉斜日。我們幾次看到了詩人說斜日都是有喻託的，韋莊的殘暉，辛棄疾的斜陽。「送亂鴉、斜日落漁汀」，從那打魚的沙洲的魚灘的外面，斜陽沉沒下去了，而我滿心的感慨，卻無可奈何。「連呼酒」，我只好用酒來消愁，接連說酒來，酒來。「上琴臺去」，我要上到最高的琴台上去。而我往下一望，是「秋與雲平」，大地上的一片秋色，一直接到天上的白雲。寫衰亡的悲慨，寫的卻是那秋色直接到天邊，表現了這種高遠的境界。這是南宋吳文英的詞的特色。

現在簡單地說一下前人對吳文英的評語。

況周頤在《蕙風詞話》中說：「近人學夢窗，輒從密處入手。夢窗密處，能令無數麗字，一一生動飛舞，如萬花爲春，非若雕錦蹙繡，毫無生氣也。」他不是只是文字的雕琢。「如何能運動無數麗字」？你怎麼能讓這些能有生命？「恃聰明，尤恃魄力」，靠聰明，尤其靠魄力。「如何能有魄力？唯厚乃有魄力」。「厚」就是感情的深厚，就是我說的你內心的感發生命的深厚。「夢窗密處易學，厚處難學」。又云：「重者，沉著之謂，在氣格不在字句，於夢窗詞庶幾見之。即其芬菲鏗麗之作，中間雋句豔字，莫不有沉摯之思，浩瀚之氣，挾之以流轉，令人玩索而不能盡，則其中之所存者厚。沉著者，厚之發見乎外者也。欲學夢窗之致密，先學夢窗之沉著。」要想把詩寫好，先不要爭論什麼朦朧詩和第二次浪潮，先說你的感發生命有多少，你那些用來創作的語言語彙的材料有多少？這才是關係於一首詩之高低好壞的重要因素，而不在於表達方式的淺白或隱晦。吳文英詞從外表看來雖然似乎比較隱晦艱澀，但是卻因此而更傳達出了他的一份銳感和深慨，這正是吳文英詞的特色之所在。對不起，時間不夠了，我們對吳文英詞的介紹，就到此結束了，謝謝大家。

第十五講　王沂孫(上)

現在我們講南宋最後一個詞人，這是過去國內學校不大講授的南宋最晚的一個詞人。他經歷了南宋國破家亡的慘痛，一直到元朝才死去的。他的名字叫王沂孫。他出生的年代大約是一二三二年以後，死的年代大約是一三〇六年左右（請參看拙文〈王沂孫及其詠物詞〉，見《文學遺產》一九八七年第六期）。我們說大約，是不能確定的意思，因爲王沂孫是沒有什麼科第功名的一個人。

在中國歷史上，除了太史公司馬遷講什麼〈滑稽列傳〉、〈遊俠列傳〉、〈刺客列傳〉，記了很多平民之中的傑出人物以外，一般說起來，很多列傳都是記載達官顯宦的傳記。你如果有功業，有很高的職位，歷史上就有你的傳記。可是王沂孫呢，歷史上沒有他的傳記，因此他的生卒年代，我們不能詳細的知道。他留給我們的是什麼？曹丕（曹操之子，就是後來的魏文帝）在他的一篇文章裡曾經談到「年壽有時而盡，榮樂止乎其身，二者必至之長期，未若文章之無窮。」他說一個人的年歲壽命是有時而盡，到一定的時候就會終了的，榮樂，榮華富貴，我們有身體的時候享受了，沒有我們的身體也就沒有榮華富貴了，所以榮樂是「止乎其身」。你的生命是有限的，你的物質享受也是有限的。「二者必至之長期，未若文章之無窮」，二者都不如文章之可以傳世久遠。所以，雖然正史上沒有王沂孫的傳記，可是他的姓名卻一直流傳到今天。他所憑藉的只是留傳下來的六十幾首詞。比起兩宋的名家大家，像有六百多首詞的辛棄疾，那他這六十首詞不過是辛詞的十分之一而已。可是他的詞有他的特殊的成就，他的特殊成就在哪一方面呢？他的詞的特殊成就就是詠物的詞。

詠物詞是大家不注意的一個文類，王沂孫也是大家所不注意的一個作者。所以我說我不知道我今天的講話能不能使諸位滿意。但是，我願盡我最大的力量。我現在就想要把這樣一個偏僻的作者，把這樣一個偏僻的題目，結合在中國的詩歌的大傳統之中，來給他衡量出一個地位和價值。而且在我衡量的時候，可能會引用一些西方的理論。因爲我們生活在現在的年代，以我們現有知識而言，如果完全拘守在傳統之中，那我們就找不到我們的文化在世界文化中的一個座標。我們的地位在哪裡？既然現在整個世界交通信息是這樣的迅速，如果我們在這個時代環境之中不能把我們自己的文化放在世界的交通信息之中衡量，我們就看不到我們自己的文化的地位和價值。所以我們有的時候要用西方的眼光。當然我們也不能盲目地接受西方的觀念，而對我們自己一無所知。我常想，有些個人說是吃維他命可以有營養，增加自己體質裡邊的健康因素，可是我們要知道，一定要先有自己的生命，你接受外來的營養的時候，才能在你自己的身體之中發生作用。如果一個人自己的身體已經死了，而且是自己親自把自己的生命、文化、傳統扼殺的，而你卻說要接受西方的營養，那是不可能的。因爲沒有生命的人是什麼樣的營養、維他命都完全不能接受的。所以我們要結合多方面來探討一下王沂孫的詠物詞的成就。用我們中國流行的話來說，就是說我希望能夠做到對王沂孫的衡量既有一個宏觀的眼光，從我們整個歷史傳統之中去做宏觀的衡量，也從整個世界文化背景的宏觀中來做一番衡量。另外在我們分析他的詞的時候，我們也對他有精微細致的分析和解說，即也有微觀的賞析。我們的目的和希望就是如此的，不過我不知我能不能夠做到。西方現在最流行的學說，有所謂的結構主義。就是說你一定要把一篇文學作品放在他的整體結構之中來衡量。不但衡量一篇作品的好壞和成就應該如此，我們還要把這一篇作品放在它的整個文類之中做一個整體衡量。一篇文學作品要歸屬於一種文類、一種文類的體式。因此我們要把它放在整個文學體式、這個文類之中作一個整體的衡量，我們才能看到它的意義和價值。

王沂孫的詞在清朝的時候，曾經有很多人對之推崇和讚美，認爲他的詞可以比美於曹子建、杜子美，把他的詞推崇得非常高。可是從民國以來，一般講宋詞的人、講文學史的人都把王沂孫貶得很低，說他的詞晦澀、艱深，是不通的，是空泛的，是沒有價值的。我以爲這兩種衡量都不免有過分之處。清朝人對他的推崇有過分的地方，我們近年對他的貶低也有過分的地方，就因爲這兩種批評的人，都沒有能夠站在一個宏觀的歷史角度，也就是結構主義所說的，從整個文類的演進看這一類文學的特點。我前幾天在別的地方講話的時候還曾談到說衡量不同的文類，衡量不同的作者，要用不同的標準和尺寸。舉一個淺顯的比喻，比如說你衡量男子足球，總是用衡量女子排球的眼光去看，於是你覺得他什麼都不合乎標準。所以你衡量一種文類，要用這種文類它特有的性質來衡量它。既然我們要衡量詠物的詞，那麼我們就要把詠物的詞這個文類放在一個宏觀的整體的地位來看一看它的特色。

詠物的作品，在中國文學的傳統之中，所占的比例是很輕的一部分。然而這一類作品卻是淵源久遠的，是源遠流長的。清朝康熙時代編過一本書，叫《佩文齋詠物詩選》，它前面有一篇序文說：「蟲魚草木」都是物，而「蟲魚草木之微」可以「揮天地萬物之理」。就是說我們對草木鳥獸的觀察感受和詠吟，可以反映宇宙間的萬物的道理。這個說法未免又把詠物之作提得太高了。它的錯誤在哪裡？我現在就要講一講，這個物在詩歌當中，與我們寫詩人的心靈和感情究竟有一種什麼樣的關係呢？《詩經》裡面如「關關雎鳩，在河之洲；窈窕淑女，君子好逑」。「關關雎鳩」就是寫鳥。又如「碩鼠碩鼠，無食我黍。三歲貫女，莫我肯顧」。碩鼠就是寫一隻大老鼠。再如「桃之夭夭，灼灼其花。之子於歸，宜其室家」。「苕之華，芸其黃矣。心之憂矣，維其傷矣」。這些都是由草木鳥獸發興的詩。由此看來《詩經》所表現的〈關雎〉的這種和美快樂的求偶的感情，是從鳥引起的，〈碩鼠〉的對於剝削者的這種控訴也是借著物而引起的；〈桃夭〉的「宜其室家」的快樂的感情是借著植物的桃花引起的；〈苕之華〉的對於人生的悲哀苦難的感情也是借著草木的苕華而引起的。所以，廣義說來，《佩文齋詠物詩選》所說的也未嘗不對，草木鳥獸也能表現宇宙中的萬物之理。可是，我要說明的是，我們後來所說的詠物詩和詠物詞跟《詩經》裡的〈關雎〉、〈碩鼠〉、〈桃夭〉、〈苕之華〉是不一樣的。不一樣的地方在哪裡？我現在所要講的就是詠物詩最早的來源和傳統，也就是物與心的關係。一個人爲什麼要作詩？你怎樣想起要作詩？《毛詩》大序上說了「情動於中而形於言」，就是說當你的感情在你的內心之中有所感動的時候，才能引發起來你一種作詩的衝動，然後形於言，用語言文字表現出來。這就是你作詩孕育的開始，是詩的靈魂，詩的胚胎。它的孕育和成形的經過就是「情動於中」，然後才能「形於言」。可是，是什麼使得你情動於中的呢？你好端端的那個心是爲什麼動起來的呢？《禮記》的〈樂記〉上就說了：「人心之動，物使之然也」。人心之所以動的原因是「物使之然也」。是外物的感發使他如此的。那麼外物是怎麼使人心動了呢？一般說起來，是草木鳥獸這些外物使我們感動的。不錯，這是一方面，我們聽到睢鳩鳥的鳴叫，看到桃之夭夭的桃花，這是外物。這個外物是屬於大自然界的，是大自界的一種物象。這種心物的關係，《毛詩》大序跟《禮記》的〈樂記〉雖然注意到了，但還說得比較簡單。

中國的文學發展到我們對於詩歌有一個反省、覺悟的覺醒時代，就是魏晉南北朝的時代。在南北朝的時候就產生了最有名的兩部文學批評著作，一個就是鍾嶸的《詩品》，一個就是劉勰的《文心雕龍》。這個時代，是我國文學史上一個反省的批評的時代，他們對於中國詩歌的創作，有了更爲詳細的說法。《文心雕龍·明詩》就說：「人稟七情，應物斯感。感物吟志，莫非自然。」他說因爲「人稟七情」，包括喜、怒、哀、懼、愛、惡、欲，所以「應物斯感」。「感物吟志，莫非自然」，是說當外物使你感動，引發出自己內心的情意的活動。「感物吟志」，這是人類的一種自然現象。「感物吟志，莫非自然」，這是我國古老的詩歌傳統。我剛才說過，我也要把我們中國的文學、中國的理論，放在整個世界文化的背景之中，從一個歷史的宏觀的角度來看詠物的作品，這是合乎西方最新的結構主義對於文類的硏究的一個說法的。但另外我還要說，我們重視內心與外物感應的這一點，與西方的現象學也有暗合之處。現象學重視內心主體與外物客體接觸後的意識活動。他們所說的主體就是人的意識，我們中國稱之爲心。當你的主體的意識與外在的客體現象一接觸的時候，就一定會引起你主體意識之中的一種活動。所謂現象學就是要研究你這個主體投向客體的時候，你的主體意識的活動。你可以感受，你可以感動，可以是回憶，可以是聯想，各種活動都包括在其中了。而我們中國所重視的心與物，交相感應的作用就正是相當於西方現象學所說的主體意識與客體的外物現象相接觸的時候所產生的活動。這本來是我們所有的人類、凡是有意識的人類的一個共同的意識活動。我們中國《文心雕龍》談到這個心物交感的時候，說：「人稟七情，應物斯感，感物吟志，莫非自然」。許多年輕人以爲這種說法太古老了，說得太玄妙了，沒有西方的理論這麼有邏輯，這麼符合科學。其實它的基本的道理，本來是可以相通的。還有一點要注意的，從《詩品》的序文在「氣之動物，物之感人，故搖蕩性情，形諸舞詠」以後，也曾談到了使我們內心感動的物的兩大類別，一個就是剛才我說的自然界的物象。自然界有各種外物的現象，它說：「春風春鳥，秋月秋蟬」。這都是使我們內心感動的自然界的物象。可是使我們人心感動的只有外在的草木鳥獸嗎？孔子說：「鳥獸不可與同群，吾非斯人之徒與而誰與。」如果一個人看到鳥飛花落，草木鳥獸都感動了，難道你只爲花鳥而對月傷懷，而看到人民的苦難你反而不感動了嗎？所以，除了自然界的感動以外，一個更多的、更強大的感動來源，就是人世間的感動。杜甫詩寫過「朱門酒肉臭，路有凍死骨」；又寫過「孟冬十郡良家子，血作陳陶澤中水」。安史的戰亂，人民的苦難，使他受到了感動，這是人事界的現象給他的感動。所以鍾嶸《詩品・序》也說了：「至若楚臣去境，漢妾辭宮，塞客衣單，孀閨淚盡。」他前面說的「春風春鳥，秋月秋蟬」，是自然界給他的感動；至於人事界給他的感動，他說「楚臣去境」，楚臣屈原離開了自己朝廷，被放逐了；「漢妾辭宮」，漢朝的王昭君離開了漢朝的皇宮而遠嫁到異邦去了；「塞客衣單」，戍守在塞外的這些人在寒風凜冽的冰雪之中，他有他的感動；「孀閨淚盡」，那孤獨的寂寞的征夫思婦，這些人事的感情也更是使我們感動的因素。所以使「人心之動，物使之然」的物象，本來應是兩大類：一類是自然界的物象；一類是人事界的事象。只不過後來的詠物詩，特別偏重在鳥獸草木的一方面，而他們不把直接寫人間疾苦的算作詠物，因爲那是我們人事的情事，不算作物了。可是從廣義的說起來，使人心感動的本來是兩方面的現象，後來的詠物詩就只偏重在鳥獸草木的物象了。我們一定要把這個傳統說明白，才能眞正地欣賞詠物的詩篇。

很多年輕人還有一個觀念，認爲西方的一些理論是很詳細的、很科學的，我們中國的理論老說比興。這種說法我們是不能贊成的。我們中國所說的比興是什麼呢？我們應該贊成它還是不贊成它呢？我們也把它放在整個世界文化的背景中來加以一番反省。中國所說的比興，本來是詩的所謂六義中的兩個名稱。「賦比興」是寫詩的三種寫作方法。所謂賦，是直接地說。不需要假借外在的一個草木鳥獸的形象，而是直接訴說情事，那就是賦了。而比興的作法都要跟草木鳥獸的形象結合，那樣的詩歌的好壞，形象占著一個重要的地位。你的情意跟形象的結合，是不是恰當，那是重要的。可是賦這種作法，它不需要一個鳥獸草木的形象，它是直接寫人間的情事。那麼這樣的詩歌，它的好壞在哪裡呢？它的好壞就在你說話的時候，你的說法，你的句讀，整個的結構是如何的。西方語言學、符號學重視語言的重要因素有兩個：一個就是時間的進行；一個就是空間的聯想。時間的進行，比如「我說一句話」，這五個字是一個字一個字連下來的，是占了一段時間的，是有一個前後次序的。所以語言學符號學裡面說語言的一項重要的因素就是語言的次序，這是形成語言作用和效果的一個重要的因素，就是你在語言的次序上是怎樣說的，也就是語言學家所謂的「語序軸」。賦的作法最重要的就是你的語言句讀的結構，如同《詩經》中〈將仲子〉這首詩寫一個女孩子跟她所愛的對象說：「將仲子兮」，你不要看這麼短短的四個字，沒有草木鳥獸的形象，但它說的很好，已經帶著感發的力量了。它的感發的力量從何而來？從她說話的口氣而來。「將」，是一個語詞，沒有實在意義，只表示說話的口氣；「兮」字也是一個語詞，也沒有意義，也只是一個表示說話的口氣的字。「將仲子兮」，仲是中國古代的排行，伯仲叔季的第二位，估計她所愛的人在家裡的排行一定是老二，所以管他叫仲子。「將仲子兮」，你看這個女子，她那種多情的、柔婉的口氣，說得多麼好。甲午戰爭中有一位與日軍作戰而爲國捐軀的清軍將領名叫左寶貴，有一篇文章記載他的死難。這篇文章叫〈左寶貴死難記〉，說當左寶貴要上前線打仗的時候，他在家裡與母親告別，說我要上前線打仗去了，能不能回來，死生不能預卜。他母親說：「汝行矣」，說「你去吧」！然後左又跟妻子告別，他的妻子說的是什麼？是「君其行矣」。你看這妻子的多情婉轉就加了兩個虛字的語氣詞，是說「君行矣」，你去吧嗎？不是。她說：「君其行矣！」「你還是走吧！」這樣就把這個說話的多情婉轉的口氣表現出來了。這就是賦，是不用假藉外在的美麗形象而直接說出來的一種方法，很多人以爲作詩，非要用幾個漂亮的美麗的形象不可，說你的心靈眞是潔白，像天上的白雲，像潔白的鴿子，像潔白的白雪，一大堆美麗的形象，說得使人覺得簡直很難過。所以不是只有那些美麗的形象才能寫出詩。就是你用什麼樣的口氣，能夠傳達你內心的感情就是好詩。「將仲子兮」這四個字就已經很好了。不但這一句很好，你看他說的全篇結構：「將仲子兮，無逾我里，無折我樹杞。」接連兩個否定，說你不要跳我們家的里門。她後來又說「無逾我牆」，不要隨便地跳我們那個牆。她說「無折我樹杞，」不要折我們里門旁邊那杞樹，因爲你總是跳牆呀，這跳牆就把樹枝給壓斷了，你不要把我們家那個樹枝給壓斷了。你看，這是很傷感情的一段話嘛。人家男孩子跳牆跟你來幽會，她說「你不要跳牆，不要把那個樹枝弄斷了」，這不是很傷感情嗎？於是她趕緊往回拉。她說：「豈敢愛之」呀，我哪是愛我們的牆，愛我們的樹呢？難道我愛那樹比愛你還愛嗎？那當然是不可能的，是「畏我父母」。她說因爲我害怕父母的責備，這又否定了。你看，她先推出去兩句「無逾我里，無折我樹杞」，然後又拉回來，說「豈敢愛之」，接著又推出去，「畏我父母」。然後再拉回來說：「仲可懷也」，「仲啊，你還是我所懷念的、是我所愛的、是我晝夜都思念的。」「父母之言，亦可畏也」，可是父母的話，也是可怕的。這首詩不用草木鳥獸，女子的婉轉多情和當時的那種社會環境都表現出來了。這就是賦的好處，這就是西方的語言符號學所說的語序軸上的作用，這是非常重要的一點。

除此之外，更重要的我們還要講一講比興的作用。那麼比、興是什麼呢？我們剛才舉的《詩經》的幾首詩。我們說〈關雎〉，「關關雎鳩，在河之洲，窈窕淑女，君子好逑」。那是因爲我們聽到了關關的雎鳩鳥的叫聲，想到那河邊的沙洲上一對鳥這麼歡快、美好的生活，我們人類豈不應該也有這樣快樂、美好的生活嗎？所以「窈窕淑女」，就「君子好逑」了。這是很自然的由外物引起的聯想。這個我們就叫做「興」。西方現象學所注意的，也就是你的意念跟外在的現象的外物之間交接的關係。我們講的興，也就是其中一種交換的關係，是由外在的萬物引起的我們內心的感動，是由於先看到物象而引起的我們內心的感動，是由物及心的感動。你一定要先記住這個，這個傳統是非常重要的。那麼，比是什麼呢？我們剛才也念了一首〈碩鼠〉。〈碩鼠〉是怎麼說的？它說：「碩鼠碩鼠，無食我黍。三歲貫女，莫我肯顧。逝將去女，適彼樂土。樂土樂土，爰得我所。」這首詩是借著大老鼠的形象來諷刺那些剝削者的。它是先有了一個內心的情意，然後才找出一個外物的形象來表現。是先有內心的情意，然後找出一個物象來做比喻的。所以，它的活動是反過來的，是由心及物的。前一種由物及心的那種感發，是一種直接的自然的感發。有時候，你可以用理性來解釋，說雎鳩鳥是這麼一對和美快樂的鳥，所以人也想到自己應該有一個配偶，這是自然而然的聯想。有的時候這種興的聯想也不是完全能夠用理性加以解說的。《詩經》裡還有一首詩說「山有樞，隰有榆。子有衣裳，弗曳弗婁。子有車馬，弗馳弗驅。宛其死矣，他人是愉。」它說「山有樞，隰有榆，」高的山上有「樞」的植物，低窪的「隰」的地方有「榆」的植物。後面它就說了，你有衣服不好好的穿，你有車馬你沒有坐，你就死了，別人都享受了。我們剛才說了，關雎鳥的和美，可能與人要找個美好的配偶有相類似的關係。可是「山有樞，隰有榆」這首詩說你生命短暫，你不好好的享受，有一天死亡了就不能享受了，這與「山有樞」兩者有什麼關係？沒有直接的理性關係。所以「興」這種直接的自然的感發，它的感動，有的時候是有理的，有的時候是無理的。可是，比的感發，由心及物的這種感發，一定是經過理性的衡量，有一個相對的對等的對比的。那個吃糧的大老鼠和那剝削者是有相似之處的。這是「比」跟「興」

的區別：一種是由物及心，一種是由心及物。這豈不是我們人類的意識跟外物接觸時的最基本的兩種活動嗎？不是由物及心，就是由心及物，是必然如此的，是放之四海而皆準的。縱然我們沒有西方的那種術語，沒有明喻、隱喻這些個名稱，但是我們所掌握的本來就是一個根本，而且在這種根本之中，西方所說的所有的一切，他們那種用形象表現的手法，我們都是有的。他們所說的明喻，李白的詩「美人如花隔雲端」，說美人就如同花那麼美，可是卻隔得像天上白雲那麼遙遠，這是明喻，中間用了一個「如」字。至於杜牧之的詩「娉娉裊裊十三餘，豆蔻梢頭二月初」，用的則是隱喻。「豆蔻梢頭二月初」的花就如同娉娉裊裊的十三歲的年輕美麗的女子，但他沒有用那個「如」字，也沒有用那個「同」字，這就是隱喻。還有擬人，把物比做人。杜牧之的詩說「蠟燭有心還惜別，替人垂淚到天明」。就是把蠟燭比做人。他們說的舉隅就是舉出一個部分代表整體，像溫庭筠的詞說「過盡千帆皆不是」，一個帆是船的一部分，就代表了一只船的整體，就是「舉隅」。還有象徵，陶淵明的「青松在東園，衆草沒其姿」，那松樹，就是象徵（請參看《迦陵論詩叢稿》中〈形象與情意之關係〉一文）。所以西方所說的一切形象與情意的關係，基本上我們都有。當然我們也不要自以爲我們什麼都有了，我們也有我們的缺點。我們的缺點就是，我們缺乏那種科學的理論的邏輯的系統的說明，這是我們的一個最基本的缺點。我們之所以缺少法制，不守秩序，都與我們的這種根性有很密切的關係。而我們也有我們的好處，我們的直接的感發和感動，可以探索到一個基本的根源，我們有很豐富的生活體驗和實踐的智慧。我們要知道我們的好處，也要知道我們的缺點。所以我希望，能用西方的科學理論邏輯來補足我們的缺點，而另一方面還保存著我們的智慧。這是我所希望的。以上所講的比興的兩點，這是心物交感的基本因素。了解這些，我們就可以講詠物詩了。因爲《詩經》裡不論是〈關雎〉還是〈碩鼠〉，用草木鳥獸來表現情意，基本上就是由物及心和由心及物這兩種情況。

我現在就要講到詠物的傳統了。剛才我說：我們的詩歌「感物吟志，莫非自然」。所以《佩文齋詠物詩選》說草木鳥獸可以表現宇宙萬物之理。可是你要注意到，那不是詠物的詩，《詩經》裡的〈關雎〉是詠物嗎？不是。〈碩鼠〉是詠物嗎？也不是。〈桃夭〉、〈苕之華〉都不是詠物詩，因爲它的重點不在物。剛才我們說中國詩歌是「感物吟志，莫非自然」。雖然物是感發的因素，但是它感發了以後的重點已經不放在物上了。物只是一個觸發的媒介，而不是一個吟詠的主題。所以說詩先是「感物」，然後「吟志」，就是抒寫情志，不是詠物了。中國的以詠物爲主的作品實在是始於「賦」這種文體的。

《文心雕龍》講到「賦」的時候說，「賦」是「鋪也」，就是把它鋪陳展開，是「鋪采摛文」，是「體物寫志」。這是賦與詩的一個重要分別。賦要鋪陳，而鋪陳的時候，不是感發的情志了，只是寫這個物。不再是從物感發到情志，而是借著這個物來寫我們自己的志。這個物就是一個主題了，是「鋪采摛文，體物寫志」，所以寫的物就是我們所寫的主體了。《文心雕龍》舉了中國最早的重要的賦，就是荀卿跟宋玉的賦。《荀子》裡邊有〈賦〉這一標題，它裡邊有五篇很短的賦，是〈禮〉、〈智〉、〈雲〉、〈蠶〉、〈箴〉。他所吟詠的〈禮〉和〈智〉比較抽象，至於它所詠的〈雲〉、〈蠶〉和〈箴〉，就都是借著物作一個比喻來寫了。他說：像雲，是「精微乎毫芒而充盈乎大宇」。雲彩小的地方，那一絲一縷，它的精微像毫芒這麼微細，可是，當它散布開來，是可以充盈在天宇之間的，它有這樣的能夠澤及萬物的、廣被下土的這樣廣大的作用。像蠶，他說蠶的變化是可以通神的，蠶是可以給我們人衣服穿的。他就講了這雲跟蠶的各種作用。它表面上沒有離開他所詠的物，可是他借物所寫的，是要借著雲的特色和品質，借著蠶的特色和品質是來說明一種做人的品質應該是如何的。所以這已經是體物寫志，它的主體已經變成是物了。《文心雕龍》又舉了宋玉的〈風賦〉爲例。〈風賦〉說楚王在他的宮中，站在高台上。一陣好風吹來，楚王披襟當之，打開衣襟，迎著好風。他說：「快哉，此風！寡人所與庶民共者耶！」他說：這麼涼爽的好風，是我做帝王的跟我的平民百姓共享的好風。看起來他已經很關心老百姓了。可是宋玉就說了：這種風是大王單獨享有的風，不是跟老百姓共同享有的風。楚王就不懂了：風是大自然的一種現象，無偏無私，怎麼我享受他們不享受呢？宋玉回答說：因爲你居住的環境和他們居住的環境不一樣，他們所居住的環境汚穢雜亂，那種腥臭難聞，那種空氣汚染，是跟現在你所享受的好風不同的；所以他就把平民的風和大王的風都加以一番鋪陳的描寫。荀子和宋玉所寫的賦，是我們最早的賦，是以物爲主體的：以「雲」爲主體，以「蠶」爲主體，以「風」爲主體。而這樣寫的這種文學作品就形成了一種特色。這是我現在所要講的，我就要過渡到詠物的作品去了。《文心雕龍》上說：「荀結隱語」，而「宋發巧談」。說荀卿的賦的特色，好像是作謎語，它表面上說的，都說是雲，都說是蠶，都說是箴，可它裡面都說的是做人的道理，好像是一個謎語的隱語。這是「荀結隱語」。而宋玉呢？就鋪陳這樣的風，那樣的風，用了一大堆的形容描寫，所以是「宋發巧談」。最早的詠物的作品，就表現了兩種特色，一個是隱語的特色，一個是巧談的特色。大家看詠物的詩，先要認識這個基本的特點。

其後發展到了建安時代，詠物的代表作者曹子建就曾寫有這兩類詠物的詩，我以爲它是這樣兩類。如〈吁嗟篇〉、〈野田黃雀行〉是屬於隱語的性質，〈鬥鷄篇〉是屬於巧談的性質。這兩種性質是不同的。怎麼不同？它產生的因素不同，引發他的寫作的動機的環境不同。〈吁嗟篇〉裡邊所寫的，都是隱語的性質。〈野田黃雀行〉是借著一個被網羅的黃雀，說有一個少年要挽救這個黃雀，把這個黃雀放出去。隱語所比喻的，是他的朋友在當時的政治迫害之中的這樣的情境：〈吁嗟篇〉這首詩裡邊所寫的就是他自己在政治環境之中被迫害的情境，所以在〈吁嗟篇〉這首詩的後面，在《全漢三國晉南北朝詩》選這首詩的題目下邊有一段引《三國志》的話，說到曹子建當時的處境。曹操死了以後，他的哥哥繼位做了皇帝，他哥哥死了，他的侄子明帝做了皇帝。曹子建一直是在政治上被壓抑和被迫害的，他曾被封做一個藩王，可是他幾年之間，被三徙封地，有幾次被強迫遷徙他的封地。他上了〈求通親親表〉說，我就是要看一看我的親人，這都不能得到准許。他上了〈求自試表〉，說我曹子建也願意在功業上對國家有一點建樹，這也不被允許。就是在這種情境之中，他寫了〈吁嗟篇〉。他說：「吁嗟此轉蓬，居世何獨然，長去本根逝，夙夜無休閒。」吁嗟，是長嘆息，他說他就是這樣一個輾轉的飄蓬。居世，我生在這個世界，爲什麼單單遭遇到如此不幸呢？我爲什麼如此永遠離開我的根土而飄流在外呢？「夙夜無休閒」，永遠不停止。他所詠的是輾轉飄泊的蓬草。爲什麼蓬草這個植物是這樣飄泊呢？原來蓬草，它的頭是蓬起來的，被秋風一吹就斷下來，隨風飄轉。所以詩人常用「轉蓬」的形象表現飄泊的生活。它後面還說，我「願爲中林草」，跟這個轉蓬相對比，他寧可做一棵野草。「秋隨野火燔」，當秋天的時候，有人要把這乾枯的野草燒掉，變成土灰。我「願爲中林草，秋隨野火燔」。秋天就是隨著野火給燔燒了，我也甘心。他又說「糜滅豈不痛」，這個秋草的糜爛死亡難道不使人悲哀？但是我「願與根荄連」，我寧願做一個不離開本根的草，就是被燒死了，糜爛了我也不後悔。這是曹子建的悲哀，所以他的詠物詩所詠的轉蓬，是用一個隱藏的謎語，借著蓬草來喻說他自己在政治上被迫害的悲哀和痛苦，這是一類作品，而這也是使得這一種有託喻的詠物詩篇後來盛行的一個因素。這類詩篇大概都形成了隱語的性質。

還有另外的一類詩篇，就是如曹子建寫的〈鬥鷄篇〉一類。你如果把全漢、三國、晉、南北朝的這些個詩翻開來一看，你就會發現在建安七子之中，很多的人都寫了〈鬥鷄〉詩。劉楨也有鬥鷄詩，應瑒也有鬥鷄詩……這是什麼緣故？你要知道在建安的時代，有一批長於文學寫作的人，他們形成了一個社團，常有聚會。每當聚會的時候，大家都覺得，我的詩寫得不錯，你的詩也寫得不錯，所以大家就找個共同的題目來寫詩。因爲你有你的經歷和感發，我有我的經歷和感發，如果我們自己寫自己的詩，就沒有一個共同的題目，所以就找一個外物的共同的題目，來使大家能寫同樣的詩。這是使詠物詩產生的第二種因素。所以詠物詩的產生，一個是政治迫害的因素，一個是社交的因素。喻含政治迫害的詩多是隱語的性質，而社交性的作品呢，誰的文采最好，誰就算是成功，就是鋪張辭采，於是各逞巧談，就形成了詠物的另一類詩。從建安時代就有了這兩類的詩，就有了這兩類的風格。而你要知道，這兩類的風格形成以後，到了南北朝時代，當宮體詩一流行起來的時候，那南朝的梁武帝、梁簡文帝，還有一些文學侍從之臣，這些個宮廷中的人整天無所事事，精神空虛，生活淫靡，就把寫作詩篇當作一種遊戲遣玩的性質。大家找個好題目，什麼詠一個螢火蟲啦，詠一隻蝴蝶啦，詠一隻蠟燭啦，甚至詠一個美人的脚啦，美人的手啦，都可以詠一番的。這是詠物詩的一種墮落。因爲它內容這樣空泛，只是社交上的遊戲了。

而詠物詩經過這一個墮落的階段以後，到了唐朝，有一個詩人的詩對詠物的詩篇起了很大的革命作用的，就是陳子昂。很多人提到六朝詩歌的淫靡，說到唐朝詩歌的復古，常常把李太白跟陳子昂並列。說李太白在〈古風〉五十九首的第一首說：「大雅久不作，吾衰竟誰陳。……自從建安來，綺麗不足珍。」這是李太白說的。建安以來的詩歌只注重詞采的美麗，是沒有什麼價值的。而陳子昂寫過一首詩叫〈修竹篇〉，詩的前邊有一篇序，說：「齊梁間詩，采麗競繁，而興寄都絕。」說自從南朝的齊梁以來，這些個寫詩的人只注重外表的詞采的美麗。「競繁」，就是大家比賽，看誰的漂亮的字用得多、用得好。只是「采麗競繁」，所以「興寄都絕」。什麼是「興」？「興」就是你要有一份眞正的感發；「寄」就是內容有所寄託。「情動於中」，然後才「形於言」。「氣之動物，物之感人」，當你搖蕩了性情，你才「形諸舞詠」。你的心根本就沒有動，心就是空的，再用一大堆漂亮的字，內容也是空的。這就是「采麗競繁，興寄都絕」。他們就說陳子昂跟李太白一樣，是反對齊梁的淫靡，是唐朝詩歌的復古。從大方向看，這種說法是不錯的，但是你仔細的分辨就知道了，他們是不同的。李太白的「大雅久不作，吾衰竟誰陳……自從建安來，綺麗不足珍」，是從詩歌的整個源流發展來說的。可是陳子昂不是的，陳子昂所針對的，我認爲實在就是對詠物的詩篇而言的。爲什麼呢？我這樣說是是因爲陳子昂所寫的這首詩的題目就叫做〈修竹篇〉，寫的是筆直的竹子，別的樹木也許是盤根錯節，可是竹子總是筆直的一根長上來的。他爲什麼寫〈修竹篇〉呢？因爲陳子昂有個朋友，叫做東方虬的寫了一篇詩，叫做〈孤桐篇〉。他們兩個人都是用一個植物做比喻的，都是詠物的詩篇。東方虬的〈孤桐篇〉沒有傳下來，但陳子昂的〈修竹篇〉傳下來了。他說：「豈不厭凝冽！」難道竹子不怕寒冷嗎？但是我「羞比春樹榮」，我跟春天的植物是不同的，因爲「春木有榮歇，此節無凋零」。春天的花草有凋零，修竹是絕對不凋零的。他在〈修竹篇〉裡邊就表現了他隱語的託意。這是陳子昂在詠物詩上的成就。他認爲詠物的詩篇不應該像六朝的齊梁之間的詩，只是美麗的詞采的形容，而裡面沒有思想和感情。他反對這樣的詩。陳子昂曾留給我們有名的三十幾首〈感遇〉詩，其中大家常常選的一首是：「蘭若生春夏，芊蔚何青青。幽獨空林色，朱蕤冒紫莖。遲遲白日晚，嫋嫋秋風生。歲華盡搖落，芳意竟何成。」他所寫的是「蘭若生春夏」，說那是蘭花，那是杜若。用美人香草做比喻是中國自《楚辭》以來的傳統。所以說蘭若，在春夏的時間就這樣繁盛地欣欣生意地成長了，長得這樣地茂盛芊蔚。

「青青」可以念「qīng qīng」，就是碧綠的顏色；也可以念作「jīng jīng」，就是茂盛的樣子。「幽獨空林色，朱蕤冒紫莖。遲遲白日晚，嫋嫋秋風生。歲華盡搖落，芳意竟何成。」說的是蘭花和杜若，春天長起來，這麼茂盛。「幽獨空林色」，它有這樣幽靜的品質，有這樣不同流合污的操守。在沒有一個人欣賞的山林之中，它一樣表現了這麼美好的容色。它的紅色的花朵，長出來在它紫色的那種發紫的根莖之上，有這麼美好的生命。可是「遲遲白日晚」，一天天過去了，每天太陽從東方升起，向西方落下去了。日復一日，月復一月。於是變了季節，「春與秋其代序」，就「嫋嫋秋風生」了。《楚辭》上說「嫋嫋兮秋風」，秋風就吹起來了。當「遲遲白日晚，嫋嫋秋風生」的時候，「歲華盡搖落」，這一歲的芳華，這一年的生命的美好日子就零落了，就終了了，而「芳意竟何成」！你當年生春夏的時候，芊蔚青青的那一份美好的願望，完成了什麼？歲華搖落，芳意何成？你那美好的心意到底完成了什麼？他是在寫一個有才也有志的人，其志意落空，生命落空的悲哀。他是借蘭若的詠物來託喻的。這是陳子昂所提倡的詠物的詩篇，是「體物寄志」的，是有比興寄託的。好，從陳子昂這麼一提倡後，於是，唐朝的詩人的詠物詩裡邊，就紛紛地開始重視這種託意了。

而陳子昂以後，一個更重要的作者在詠物詩裡邊更開創出一條更博大的更富於感動力量的路途來的，他就是杜甫。杜甫的詠物詩跟陳子昂是不同的。等一下我就要把他們兩個作一個分別。杜甫的詠物詩很多，在仇兆鰲的《杜詩評注》上就有杜甫的很多的詠物詩篇。他引了很多人的評語。他說杜甫的詠物詩在所有的詠物詩裡邊成就最大。而且杜甫是從他早年一開始寫詩的時候就有了詠物的詩，一直到他晚年先後寫了不少的詠物詩篇。你要知道，杜甫有一首〈壯遊〉詩，曾說他自己「七齡思即壯，開口詠鳳凰」。這鳳凰詩沒有傳下來，它是杜甫自己說的。他說他七歲就會做詩了，開口第一首詩是詠鳳凰的詩，就是詠物的詩。總而言之，從杜甫自己的詩篇證明他從小到老寫了不少詠物的詩篇。可是杜甫的詠物跟其他人的詠物是迥然不相同的。杜甫的詠物詩寫什麼？我們現在就看一看。我們看杜甫編年的詩集，他早期的詩裡邊就有〈房兵曹胡馬〉、〈畫鷹〉、〈瘦馬行〉等詠物詩，他後來在秦州和成都寫的〈苦竹〉、〈病馬〉、〈枯棕〉、〈枯柟〉等，寫的都是詠物的詩。我現在要引舉他早年的一首詠物詩，最早出現在他詩集裡詠物的詩有一首〈房兵曹胡馬〉。兵曹就是軍隊裡的一個官員。他有一匹胡馬，因爲西北是當時唐朝所謂的胡地，是產馬的。不是西域生產良馬嗎？所以，他寫房兵曹的胡馬。他說：「胡馬大宛名，鋒稜瘦骨成。竹劈雙耳峻，風入四蹄輕。所向無空闊，眞堪託死生。驍騰有如此，萬里可橫行。」「胡馬大宛名」，說這個姓房的軍官有一匹胡馬，胡馬裡最好的，是大宛這個地方所產的馬。這個「宛」字在這個特別的地方應該念「yuān」。「胡馬大宛名，鋒稜瘦骨成。」說這個馬骨胳的稜角有鋒稜地露出來。你要知道，唐朝本來繪畫喜歡畫胖的東西，不但把婦女畫得很胖，而且把馬也畫得胖胖的。杜甫不喜歡胖馬，喜歡瘦馬。他曾有詩說，韓幹的畫馬，是「畫馬不畫骨」，「忍使驊騮氣沮喪」，說韓幹畫馬畫不出骨頭，看起來就沒有精神。他贊成「鋒稜瘦骨成」的馬，骨頭都挺立起來。「胡馬大宛名，鋒稜瘦骨成。竹劈雙耳峻」。好的詩人，形象跟情意都好，你看他的形象，寫得多麼生動，多麼眞切。什麼叫「竹劈雙耳峻」？峻是挺立起來的，這是說馬的耳朵的挺立如劈開的竹子一樣，而跑起來則是「風入四蹄輕」。跑起來，馬蹄下帶著風，「風入四蹄輕」。他寫了馬的容貌，馬的能力，馬的產地，更寫了馬的品德，「所向無空闊，眞堪託死生。」說這個馬是從來不膽怯的。凡是它所要面向的，凡是它所要去的地方，是無空闊。它決不計較有多麼遠，在它的眼中，沒有什麼空闊遙遠之說，我要去我就一定向前去，「所向無空闊」。不但如此，它還「眞堪託死生」。如果你有這樣一匹馬，可以把你整個的生命都交託給它，它可以在危難之中拯救你，這個馬有這樣的品德。「驍騰有如此」：「驍騰」是這個馬的強壯矯健的樣子；「如此」就是說像這個馬。「驍騰有如此，萬里可橫行」。不論多麼遠的地方，它都可以走到的，可以橫行萬里。這是杜甫早年志意風發的時候寫的詩，有這樣遠大的志向，有這樣對前途的艱險不懼的精神和感情。後來當杜甫經歷了苦難以後，我剛才不是說他寫病馬瘦馬嗎？他就寫了一個瘦馬。他說：「東郊瘦馬使我傷，骨胳硉兀如堵牆」。我走在東城的郊外，看到一匹瘦馬，「東郊瘦馬使我傷」。有人說詩一定要有形象，都是漂亮的字眼就好嗎？有人說寫感情一直說就沒有意思了，你要含蓄不盡才有餘味？人家杜甫從來不講這一套，他只要你眞正有感情，眞正有把自己的感情這麼眞實生動表現出來的能力，怎麼寫都好。「東郊瘦馬使我傷」，這「使我傷」多麼直接，多麼富於感情。他又說「骨骼硉兀」，「硉兀」是很奇怪的兩個字，大家可以去找杜甫的〈瘦馬行〉看一看。硉兀就是骨骼立起來的樣子。他說這一大片馬骨頭立起來，像一堵牆，稜角都出來了，「硉兀如堵牆」。「絆之欲動轉欹側」，你要給它牽絆，用韁繩動一動它，扶不起來了，它又倒下了。「此豈有意仍騰驤」，這樣一匹瘦弱得站不起來的馬，還有它的一份情意和理想，仍然要奔騰嗎？有這樣的精神嗎？「騰驤」是馬跑奔騰的樣子。「絆之欲動轉欹側，此豈有意仍騰驤」。他說就是這樣的馬，我們也應該愛惜它，珍重它，培養它的能力，說「誰家且養願終惠，更試明年春草長」。有哪一家人願意把這樣的瘦馬收留，把它的傷病都養好。「誰家且養願終惠」，我希望有這樣一個主人，全始全終地給這個病馬養好。「終惠」是全始全終的恩惠；「終惠」說的很好。有些人開頭有點熱心，但不能終惠，他中途就改變了，他把一件恩惠、一件美好的事情沒有完成。杜甫說誰家要是有這樣好心要養這個瘦削病弱的馬，我希望他有全始全終的恩惠。如果有一個人全始全終地把這一匹馬養好，你看一看：「更試明年春草長」，等明年春天草長起來的時候，你試一試我這樣的馬是不是仍然可以在草地上馳騁一番。再如杜甫寫的〈古柏行〉，他寫的是諸葛亮——孔明的廟前的古柏。「孔明廟前有老柏，柯如青銅根如石，霜皮溜雨四十圍，黛色參天二千尺。」「大廈如傾要樑棟，萬牛回首丘山重」。這麼一棵古柏樹，這麼強大的枝幹。有一個高樓大廈就要傾倒了，是「大廈如傾要樑棟」，正是需要這麼堅固的、這麼強大的木材做它的棟樑之才，「萬牛回首丘山重」，可是它們就是不能夠，沒有辦法把這木材運下山去。它所寫的是什麼？他所慨嘆的是「古來才大難爲用」，眞是大才人家反而不用他，因爲很多人願用聽話的奴才，不願用不聽話的英才。所以杜甫的詩，他所有的詠物詩裡邊都有這樣強烈的、激動的、奮發的情意，眞是一份感發的情意。

好，現在你就可以看到了，陳子昂的詠物詩與杜子美的詠物詩的分別在哪裡。我們剛才之所以開頭講了很多比興、賦比興，就因爲我們要說明這些問題。陳子昂所用來寫詠物詩的辦法，是屬於比的方式，杜甫所用的寫詠物詩的方式是興的方式。陳子昂所說的那個蘭若在春夏長出來了，很茂盛，芊蔚青青，「遲遲白日晚，嫋嫋秋風生」，不見得是眼前眞有的一株蘭草，不見得是眞有的一株杜若。就是說你做詩的時候，不是純眞的感情的感動，而是用思索的能力來安排的。要寫一個人才，寫有才有志之士的生命的落空的悲哀，他就想了，經過思想考慮就用了一個蘭若來做一個比喻。這種安排思索是屬於理性的思索。比較一下，他這蘭若就用得很好，他是有一種理性的思索的。可是杜甫所寫的詩，大概都是眼前眞有的實物，都是他親眼看到的，直接得到感動的。所以杜甫所寫的詩都是興，是直接地感發。這樣你就發現這兩類詩是不同的。我們現在就歸納出來幾點：

第一：詠物的詩，一定是貴在有託意，一定要有寄託的情意才好。不然的話，像齊梁間是「采麗競繁，興寄都絕」，用一些漂亮的形象，而你內心根本就沒動，什麼都沒有，是空空洞洞的，那不是好詩。所以，凡是詠物的作品，你裡面一定要有深一層的意思，才是好的，就算是你光是寫物，你一定要在物裡面也要有你的感發，才是好詩。杜甫的詩就是從感物吟志發展過來的。不過別人的感物吟志的詩，總是一半寫到物，一半就寫到志了。「關關雎鳩，在河之洲」，下面就是「窈窕淑女」，我這個「君子好逑」了，就是這樣寫的。可是你進一步，全篇都寫物而自己不站出來說話，這就變成了詠物的詩篇。杜甫的那些個詩，就是從這一個傳統傳下來的，是從中國的「興」的傳統，是從詩歌的感物言志的傳統發展下來的。這已經達到了詠物詩的一個最高的成就。所以現在就歸納出來有兩類的詠物詩：一類是用「比」的方法來寫的，像陳子昂的詠物詩；一類是用「興」的方法來寫的，像杜甫的詠物詩。

我現在就要回來說了。到中晚唐五代以後，有詞興起了。詠物詞是什麼時候發生的？我剛才說了，早期的詞，就是民間里巷之間流行的歌曲，無所謂專門詠物的詞。文人詩客揷手來寫的時候，都是寫美女跟愛情的。而他們寫美女的時候，寫愛情的時候，並沒有把美女當作一個物來寫，也沒有一定要在美女之中有託意。最早本來是沒有這樣的意思的，寫一個美女是她「脚上鞋兒四寸羅」，有四寸的金蓮，是羅做的鞋，「唇邊朱粉一櫻多」，她嘴唇上搽的紅色的胭脂就像一顆櫻桃那麼大；「見人無語但回波」，她看見人不講話，總是回頭一看，好像是似有情又無情的樣子。後邊他所寫的就是他看到這個女子以後的感情，是「料得有心憐宋玉，也應無奈楚襄何，今生有份共伊麼？」那純粹是風流浪漫的小詞。這麼美的女子脚上鞋兒四寸羅，唇邊的朱粉一櫻多，見人無語但回波。她既然是對我回眸一笑，所以我就料想，這個女子有心憐宋玉，宋玉是有才的，又浪漫的，他一定是對我也有點情意。可是這個女子已經結婚了，有主人了，是只應無奈這楚襄何。她是屬於楚襄王的，我宋玉再有才氣也是沒有辦法的。又說：「今生有份共伊麼？」這一輩子我能有幸運和她在一起嗎？這是什麼詞！這完全是風流浪漫的，一點寄託都沒有的。就是這樣一類的詞，詞裡是本來有這樣一類詞的。

還有一首詞，說：「晚逐香車入鳳城」，我們一起去遊春。傍晚黃昏，女的坐著車，男的遊春是騎著馬。有一個美麗的女子坐在一輛香車之中，這個女子很美，我不認得她，就追她的車，「晚逐香車」。她進城，我就跟她進城，「晚逐香車入鳳城，東風斜揭繡帘輕」。一陣春風吹過，把它車前的帳幔吹開了一點，我就看到了她。這個女子也是「慢回嬌眼笑盈盈」，冲我回眸這麼一看，而且臉上露出了一種微笑，是「慢回嬌眼笑盈盈」。這個男子說了：「消息未通何計是」，我不認識她，也沒法跟她通信。「計」就是計策。我有何好辦法，「消息未通何計是」，「直須佯醉且隨行」，我只好假裝喝醉了酒，反正我就跟她走吧，看她到底住在哪裡。「依稀聞到太狂生」，我就聽到這個女子在罵，這個人簡直發瘋，他太狂了。這樣的小詞既不是把女子當做物來寫，而且也沒有寄託的託意，就是寫美女和愛情的小詞。我剛才所講的，是晚唐五代、北宋的一類小詞，沒有深遠的情意的一類小詞，是我在北京唐宋詞系列講座中從來沒有講過的一類小詞。因爲我所講的詞是比這個更有內容的，是比這個更有思想的。用王國維的話說：是比這個更有「境界」的詞。王國維的《人間詞話》上曾說：「詞以境界爲最上，有境界則自成高格，自有名句。」什麼叫有境界？詞、小詞本來都是寫美女跟愛情的，什麼樣的小詞寫的才不只是這種風流浪漫甚至於淺薄的詞？而且有了境界，那是另外一類詞。總而言之，小詞在最初寫美女和愛情是沒有詠物的意思的。

詞在什麼時候，這詠物的作品慢慢地才多起來了呢？是蘇東坡的時候。那時這詠物的詞才多起來的。我以前說過，小詞本來都是寫美女和愛情的。這些個寫詞的作者，他們把治國安邦的大道理，遠大的理想和志意，是寫在詩裡邊，不寫在詞裡邊的。歐陽修的詩和歐陽修的散文是一種作風，歐陽修的小詞又是一種作風，就因爲他覺得詩才是言志的，詞，不是。

詩是說自己的志意的，詞就是遊戲筆墨，寫美女，寫愛情，寫傷春悲秋。他們把寫詞看做是一種消遣遊戲的筆墨。可是你要知道，雖然詞裡邊只寫美女和愛情，但無論按照西方的理論來說，或者按照中國的理論來說，都是說作品之中必定要反映作者自己的。你的感情、你的思想、你的人格、你的學識、你的修養，都會流露在作品之中，無論如何，畢竟有你的影子在裡面。因爲同樣寫美女、寫愛情，這個人寫美女和愛情就有品格，那個人寫就沒有品格。同樣是寫愛情，却有品格高低上下的不同。歐陽修不把自己治國安邦的道理寫進詞裡去，不把他〈五代史伶官傳論〉、〈一行傳論〉中的這些大思想大議論發表在小詞之中。可是他在小詞裡寫什麼呢？他在小詞裡邊道：「雪雲乍變春雲簇，漸覺年華堪送目。北枝梅蕊犯寒開，南浦波紋如酒綠。　芳菲次第還相續，不奈情多無處足。尊前百計得春歸，莫爲傷春歌黛蹙。」還有一首，他說：「尊前擬把歸期說，未語春容先慘咽。人生自是有情痴，此恨不關風與月。　離歌且莫翻新闋，一曲能教腸寸結。直須看盡洛城花，始共春風容易別。」他寫春天美麗的花，寫遊春，寫賞花，寫春天跟所愛的美麗女子的離別。他却於無意之中表現了他的思想，他的品格，他的感情，他的修養。他說的是什麼？他說，我「直須看盡洛城花，始共春風容易別」。我一定要把我能夠做到的事情都做完，才放下手去。人都有生老病死的，什麼事情都有一個終結，我也知道一切事情都要過去，一切事情都有終結，但是我能做的事情，我一定在我能做的時間盡我最大的努力去做。

馮延巳(馮正中)寫的詞，說：「日日花前常病酒，不辭鏡裡朱顏瘦。」我知道我是憔悴了，削瘦了，我爲了對花的愛惜，每天在花前飲酒、看花，不推辭，不避免我的憔悴和我的消瘦。我等待著一個人，期望著一個人。這個人沒有來，我的等待落空了。像我們現代、當代作家所寫的《車站》，像法國貝克特所寫的《等待戈多》，我等待一個人，那個人終於沒有來；我等待一輛車，那輛車終於沒有來。馮正中寫什麼，他說：「樓上春山寒四面，過盡征鴻，暮景煙深淺。」他說：「一晌憑欄人不見，鮫綃掩淚思量遍。」我在樓上站了這麼久，「一晌」是很久的時間。「一晌」，有時候是短時間的意思，像李後主李煜「一晌貪歡」是短的，但這裡是很久的意思。「一晌憑欄」，我這麼久地靠在欄杆上，等待盼望，可是我所盼望的那個人沒有出現，「一晌憑欄人不見」。他說我「鮫綃掩淚」，我當然是悲哀的，用鮫綃的手巾擦拭了我的淚痕。但是我放棄了嗎？我沒有放棄。縱然是鮫綃掩淚，我也要「思量遍」。小詞裡邊，就是寫美女和愛情的詞，但卻表現出了這些詞人們的品格，他們的修養，他們的心靈，他們的感情。這是我在唐宋詞系列講座中所講的要眞正認識的一種境界。

西方的符號學所說的：一切符號都有一個形式的價值和意義，也有一個材質上的價值和意義，而語言和文字就是我們最常見的、最普遍的符號。他外表寫的可能是傷春悲秋，是美女跟愛情，這是這個符號的形式和外表的意義和價值。但是他所表現的那種我要做一件事情，我要盡我的最大的力量做好，我「直須看盡洛城花，始共春風容易別」。這樣到我臨死的那一天，才不慚愧，才不虧欠，才覺得對得起我自己，也對得起春天。這是他的材質上的意義，眞正的心靈、精神、感情的本質上的意義。西方語言符號學也這樣講的，這也正是王國維講的「詞以境界爲最上」的境界。同樣寫美女和愛情，什麼叫有境界，就是在他的材質裡面給你一種感發，給你一種提升，給你一種興發感動的力量，這樣的小詞才是好的作品。所以王國維也說：「詞之雅鄭，在神不在貌。」雅就是典雅的雅，鄭是鄭衞之音的鄭。他說過詞是雅正的，是正當的；鄭衞之風，是淫靡的。王國維說詞裡所寫的美女和愛情，是裡面有更高的一層境界，還是只寫一種風流浪漫甚至輕薄的感情，是「雅」還是「鄭」，在神而不在貌，在他的精神而不在他的外貌。大家都寫美女跟愛情，但是每個人所寫的在精神上、品格上的價值是不同的，這就是在神不在貌的意思。我現在還沒有講詠物詞呢！早期的詞都是寫美女跟愛情的，只不過有這樣的在神還是在貌，有境界還是沒有境界的區分而已。

既然是像歐陽修，像蘇東坡這些人都來寫詞，他們不知不覺之間就把自己的修養、品德、思想、感情、心靈都流露出來了。不過歐陽修還是無心的流露，蘇東坡就不然了。蘇東坡這樣一個傑出的天才，人家就讚美他「一洗綺羅香澤之態」；又說他「使人登高望遠，舉首高歌。」

這說明蘇東坡把他的逸懷浩氣都寫到小詞裡邊去了，是眞正寫他自己了。他說：「大江東去，浪淘盡，千古風流人物，故壘西邊，人道是，三國周郎赤壁。」後邊還說：「故國神遊，多情應笑，我早生華髮。」這是蘇東坡遭到政治迫害以後，曾經被關在御史臺的監獄中，九死一生，後來被貶謫到黃州時寫出來的詞，表現了他的逸懷浩氣。所以蘇東坡是眞正把詞當作詩來寫的，是眞正抒發自己的逸懷浩氣，把他那種超逸的襟懷都寫進去了。小詞這種歌筵酒席的愛情詞已經詩歌化了。而蘇東坡這麼一詩歌化，就把詩歌中的作風都帶到詞裡邊來了。本來小詞是沒有題目的，你看溫庭筠的〈菩薩蠻〉有十四首之多，有一個題目嗎？沒有。馮正中的〈鵲踏枝〉一連十幾首，有一個題目嗎？沒有一個題目。人家蘇東坡的詞〈念奴嬌〉就有「赤壁懷古」的題目了，這詞的風格是詩化了。所以他就把詩的詠物作風帶到了詞裡面，這是一個原因。因爲他既然把詞詩化了，就把詠物詩的方法帶到詞裡面來了。這是蘇東坡詞裡面詠物之作數量較過去詞人爲多的一個重要原因。

除了這個原因(即他自己把詞詩化)以外，還有一個値得注意的原因：你要融合古今來看。前面我已經說過，詠物詩的出現，除了曹子建借詠物詩來抒寫自己的志意以外，還有一個原因，就是詠物詩有一種社交的性質。當有一個文學集團，幾個朋友大家都喜歡詩，碰在一起，做什麼呢？找一個共同的題目來寫詩，所以你把蘇東坡、黃山谷、秦少游等的集子都打開一看，就發現他們都有「詠茶」的詞。你也詠茶，他也詠茶，有的詞中還說，我們有一個宴集、一個雅會，可見是在一個集會之中，找個題目來寫茶。宋朝時，飲茶是比較講究的——茶要怎麼烹，怎樣冒出蟹眼，怎麼樣做成龍團，怎麼樣分茶，那個時候有一種流行的方式。當時蘇東坡和他的朋友們大家都寫茶，這就具有一個社團的性質。他們之間有時還作一些彼此唱和應答的詩篇。蘇東坡最有名的一篇詠物的詞，大家都學過，就是〈水龍吟・詠楊花〉的和詞。當時他的朋友章質夫寫了一首詠楊花的詞，所以蘇東坡也寫一首和他的韻：「似花還似非花，也無人惜從教墜，拋家傍路，思量却是，無情有思。縈損柔腸，困酣嬌眼，欲開還閉，夢隨風萬里，尋郎去處，又被還、鶯呼起。　不恨此花飛盡，恨西園、落紅難綴。曉來雨過，遺踪何在？一池萍碎，春色三分，二分塵土，一分流水，細看來，不是楊花，點點是離人淚。」這眞是詠楊花而能得其神理的。你只要把東坡的詞跟章質夫的詞一對比，馬上就會發現，章的詞只能寫楊花的一些有關外表的東西，但不能掌握楊花的精神和感情，而蘇東坡掌握了楊花的精神。這是他跟朋友唱和的一首詠物詞。

更值得注意的還有一首，是大家都在爭論的東坡的〈卜算子〉：「缺月掛疏桐，漏斷人初靜。時見幽人獨往來，縹緲孤鴻影。　驚起却回頭，有恨無人省。揀盡寒枝不肯棲，寂寞沙洲冷。」這首詞很多人在爭論，有人說他說的是他認識的一個女子，跟這個女子有幽會。

我認爲這種說法是最不可取的，因爲它把本來可以給人以豐富聯想的詞講的那麼狹窄。連中主李璟的詞「菡萏香消」，只是寫荷花的，本來不見得有託意的詞，王國維還可以從裡面看到「衆芳蕪穢，美人遲暮」的意思呢。我們講詞要看它的本質是什麼。他說：「缺月掛疏桐，漏斷人初靜。」有人就講了，這首詞一定是有比喻和寄託的，張惠言《詞選》中就曾引用鮦陽居士的話說：「缺月，刺明微也；漏斷，暗時也……」說「缺月」就是指那個朝代的光明是這麼微弱，代表了那個朝代政治不夠清明，說「缺月」是「刺明微也」。我們先不這樣講，先從文字本身講：一個殘缺的斜月掛在秋天稀疏的梧桐樹梢上，「缺月掛疏桐」是表現了這樣一個幽靜的境界；「漏斷人初靜」，是說漏壺中的水已盡，夜已經很深了，人已經睡眠了。「時見幽人獨往來，縹緲孤鴻影。」有一個人沒有睡。爲什麼沒睡呢？清人黃仲則說：「如此星辰非昨夜，爲誰風露立中宵？」阮嗣宗說：「夜中不能寐。」爲什麼不能睡呢？總是你心裡有所思索，有一種內心感情的活動無法安排。「幽人」有兩種解釋：有人說「幽人」是擬比下面的「孤鴻」；有人說是東坡自己談自己。其實不必這麼狹窄地指說，「幽人」可能是蘇氏自己，也可能是「孤鴻」。西方文藝理論有一種「多義之說」，有一位英國學者叫威廉恩普遜 William εmpson，寫過一本書 *Seven Types of Ambiguity*，朱自清先生把這本書的名字譯爲《多義七式》。多義是可以並存的，我們要認識到這一點，這正是詩歌可以給人以豐富想像的原因。所以這「幽人」既可以是蘇東坡，也可以是「孤鴻」，是一而二、二而一。爲什麼他這樣孤獨？爲什麼那隻鴻雁沒有跟它的同伴在一起？鴻雁都是結隊而飛的，它們或者排成「人」字形，或者排成「一」字形，爲什麼它只剩下斷鴻零雁的孤單的一隻呢？爲什麼這個人在夜深人靜、沒有一個人的時候，他獨自起來彷徨？他爲什麼落得這樣的孤單、寂寞呢？所以上半闋只給你這樣一個形象，「時見幽人獨往來，縹緲孤鴻影」，「驚起却回頭，有恨無人省」。他說鴻雁被人驚起，因爲鴻雁落在沙灘上，常是心懷恐懼。辛棄疾一首詞說：「秋江上，看驚弦雁避，駭浪船回。」說你看那害怕受傷的雁，常常要警惕有沒有人要射殺它。蘇東坡在新黨時議政不合，曾遭貶斥；舊黨執政以後，他仍然是議政不合，又被舊黨貶斥。蘇東坡曾說：「昔之君子唯荆是師，今之君子唯溫是隨。」這是說，以前的士大夫們都追隨王荆公，現在在朝的士大夫們又都追隨舊黨的司馬溫公(司馬光)。但蘇東坡有自己的政治理想，不盲從這一邊，也不盲從那一邊。所以他自己才平生遭受到這樣多次貶斥，曾被下監獄，幾乎被殺，晚年直貶到海南。他所說的「驚起却回頭」，意思是說有沒有人又在忌恨我，有沒有人又想誹謗我，有沒有被貶斥的危險。「有恨無人省」，是說我內心有這樣一種幽怨，就是有自己的理想而不被人理解，而且被人多次傷害。那我就隨便改變我自己了嗎？陶淵明說：「紆轡誠可學，違己詎非迷。」你讓我繞個圈子走你們那條路，我也不是不會走。「紆轡」是把我的纏綿紆曲，轉個圈子，跟你們走。「誠可學」，我也不是不會學。可是那違背了我自己的理想，出賣了我自己的人格，人生沒有比這更大的失敗了，這不但是沒完成外在的事業，就連你自己也沒有完成。違背了你自己，那是你人生的最大的失敗，是人世間最大的困惑。所以，儘管我是「驚起却回頭」，我也「有恨無人省」。但是我不隨便的就棲落下來，「揀盡寒枝不肯棲」，我要選擇一個理想的樹枝去棲落，揀遍了寒枝，我不肯隨意降落在我認爲汚穢的、卑俗的、沒有品格的樹枝上。我寧可忍受現在的孤獨，現在的寒冷，現在的寂寞，所以是「寂寞沙洲冷」。他寫的是鴻雁，也寫的是他自己。這裡面有他自己幽深委曲的一份平生的經歷遭遇。他的志意，他的挫傷，他的情懷理想，都隱藏在裡面的。他寫的也可能是鴻雁，但是，這是眞正在物裡寄託了自己的情意，隱言了這麼深的情意。這是蘇東坡的另外的一類詠物的詞篇。

〈水龍吟·詠楊花〉也寫得很妙，不過那是社交性質的跟別人唱和的詞篇。只是因爲蘇東坡的天才畢竟與人不同，雖然是遊戲、社交的小詞，他也寫出了他自己的、天才的豐富的想像，對楊花深切的同情。而他另外的，寫鴻雁表現他自己的詞，更寫了這樣幽深的、細緻的感情。從此以後，詠物的詞就逐漸多起來了，而寫詠物詞最多的是下面我們要講的作者——王沂孫。他一共只留下來六十幾首詞，而裡面有四十多首是詠物的詞。他的詞是怎麼樣的呢？在我所講的整個詠物之作的歷史發展的這一大背景之下，他的詞有什麼樣的地位和作用呢？關於這個問題，在下一講我們再詳細討論。

第十六講　王沂孫（中）

我們上一次曾說到在蘇東坡的詞裡詠物的作品開始較多地出現了。蘇氏的詠物詞一般說來還是感情的感發，所以他寫孤鴻說：「缺月掛疏桐，漏斷人初靜。誰見幽人獨往來？縹緲孤鴻影。驚起卻回頭，有恨無人省。揀盡寒枝不肯棲，寂寞沙洲冷。」我們上次所講蘇東坡的這首〈卜算子〉，寫的是一隻孤獨的鴻雁，這原是不錯的。可是我一定要把這個層次說清楚。蘇東坡的詞寫的雖是一隻孤鴻，可是他的題目並不叫做「孤鴻」，他的題目叫「黃州定惠院寓居作」，所以是他被貶在外面的時候，當他在政治上遭到挫折、失意，自己的政治理想不能實現的時候，他寫的這首詞，因此題爲「黃州定惠院寓居作」。他是以感發爲主，所以他雖然寫了孤鴻這個「物」，但是他的題目並不是詠物的詞，這是一定要注意的。

眞正以勾勒描繪的手法，用思索安排來寫的詠物詞的是從後來的周邦彥才開始的。周邦彥所走的是安排思索的路線，不是感發的路線。安排都是用腦子想出來的，都是用思力的安排。如果你要詠一個物，而你不是寫對這個物的直接的感動，你要用思想來安排，於是就形成詠物詞的另一特色，就是用典故。你要寫梅花，你就要用有關梅花的典故，你要寫燕子，你就要用與燕子有關的典故。這樣我們就遇到了一個牽涉到西方文學領域的另外一個問題了。

我們在上一講的時候，講到中國古代詩歌寫作有賦比興三種寫作的方法。我們說賦是直言其事，是直接地寫這個情事，不需從物到心，也不需要從心到物。不用說「關關雎鳩，在河之洲」，然後才「窈窕淑女，君子好逑」，不用從雎鳩鳥到君子的尋求配偶。不用說「桃之夭夭，灼灼其華」，然後才說「之子于歸，宜其室家」，不用說美麗的桃花，再說美麗女子的出嫁、結婚。不需要用鳥獸草木的形象來寫，而是直接地敍寫。像〈將仲子〉，寫一個女孩子與她所愛的談戀愛的對象說：「將仲子兮，無逾我墻」，你不要跳我們家的墻，不要把我們家的樹折斷。她馬上返回來就說「豈敢愛之」，我不是愛我家的樹，我還是愛你的。這種敍述的方法，將這個女孩子的委婉曲折的心情都表現出來了。所以這種賦的寫作方法，它重視的是口氣和句法。瑞士語言學家索緒爾說在語言文字之中，語言最重要的有兩條軸線，一個就是語序軸，就是我們上次在講〈將仲子〉的「賦」的寫法時所說的，就是你的語言的排列次序是怎麼樣的。這一點與你的說話的效果有很大的影響。你說的方法不同，所形成的作用和效果也是不同的。這是屬於賦的寫法。

而我們今天要講的詠物詞，我們就發現形成語言之效果的，除了語序軸以外，我們的語言裡面還有一種情況也是很重要的，那就是聯想軸，是屬於聯想的一條軸線。就是你說的時候，用了什麼樣的詞彙，這個詞彙可以給讀者什麼樣的聯想，這個聯想也是很重要的。以前講唐五代的詞、講溫庭筠的詞時我曾經講過，溫庭筠的詞說「懶起畫蛾眉」，說一個女孩子早晨很晚地起床，然後慢慢地起來畫眉、畫她美麗的像飛蛾一樣彎曲的眉。我上次曾經說了語序軸講它的次序，聯想軸就講它的聯想的作用，這是瑞士語言學家索緒爾提出的說法。而蘇聯有一個符號學家更提出說：語言作爲一個符號，每一個符號都帶著它的文化的背景，它歷史的文化傳統的背景。聯想軸上引起什麼樣的聯想，與這個國家、民族的歷史文化都有著密切的關係。我講溫庭筠詞時曾講過「蛾眉」，我們說「蛾眉」可以引起我們想到楚辭「衆女嫉余之蛾眉兮」，他是借用一個美麗的女子來比喻一個才志之士的。這是一個聯想軸上的作用，而且跟中國的歷史文化結合，有很密切的關係。「畫蛾眉」也有一個傳統，因爲中國古人既然把蛾眉的容貌的美好比做一個才志之士品德的美好，所以畫蛾眉就表示一個人對自己的才志品德的美好追求，一種向完美的層次和境界的追求。從「畫眉」想到這些品德的修養，這正是我們中國文化歷史的背景之中的一個傳統，而這也就正是西方的語言學家索緒爾跟俄國的符號學家羅特曼所說的聯想軸上的作用。於是乎這些個用思力來寫詞的人，他們要想出一些典故來鋪寫，而這些典故是帶著我們悠久的文化歷史的傳統的。不管是哪一個作者，無論是詩人還是詞人，一個人沒有辦法超越自己的時代、超越自己生長和教育的環境背景而超然獨立的。從來沒有！中國沒有，外國也沒有。所以每一個人都是帶著自己的個人經歷，帶著你的生長環境，你本身所秉賦的感情、性格，你過去所受的教育而成長的。所以我們在看這些個詞人的作品的時候，我們就一定要了解他寫作的背景，他的時代的背景，他的個人的經歷。

我們現在就要講王沂孫的詠物詞了。我們本來是一個系列的講座，是從唐五代一直講下來的。我們講了北宋的詞過渡到南宋的詞。當北宋剛剛敗亡，當南宋的君臣剛剛遷都到南方以後，那個時候，有些個作者也曾經有過一種忠義奮發的感情。中國有一句古話說：「生於憂患，死於安樂。」不是說你在憂患之中長大的，你死的時候一定是安樂的。孟子所說的「生於憂患、死於安樂」，是說一個人沉溺在安樂之中，就失去了奮發圖強的意志，就反而走向敗亡了。歷史上所有的朝代給我們借鑒的鏡子都是如此的。每一個朝代剛開創的那些個君主都是非常有作爲的，都是非常英勇的，所以才奠下了基業；可是他的子孫卻宴安鴆毒，沉溺在宴樂安逸之中，把國家送向了敗亡。歷史上的反映是如此的。

南宋本來剛剛經過了北宋的敗亡，有一度忠義奮發的階段。像當時的辛棄疾，他從北方的淪陷區來到南方，想恢復北方的失地。可是南宋有一批君臣，不願意戰爭，南渡來的國君又有些個私心，不免會想我現在是皇帝，要把我父親從北方接回來，我還做皇帝不做皇帝了？大家各存私心，謀求自己眼前的權勢和利祿。當他們遷都到杭州之後，便「暖風熏得遊人醉，直把杭州作汴州」了。這些君臣便沉溺在歌舞享樂之中了，因此南宋就走向敗亡了。而王沂孫就是一個經歷了南宋敗亡的這樣的一個詞人。他生在南宋理宗的時代，因爲他沒有做過達官顯宦，所以在歷史上沒有傳記，因此他詳細的生卒年代我們不知道。我們只知道他生於南宋理宗時代。理宗之後是度宗，度宗在位只有十年，那蒙古的騎兵就打進來了。這時南宋的太子顯不過四歲，四歲的孩子做了小皇帝，不到兩年就亡國了，就被俘虜了，歷史上把他叫做恭帝。中國過去有一個觀念，因爲這是外族人侵略進來，所以皇帝被俘虜之後，他們就又立了一個小皇帝，當時也只有八、九歲，就是所謂的端宗。後來端宗逃到福建，在逃亡中死去了。

後來又立了一個更小的皇帝，中國歷史上把他叫做帝昺。那個時候，南宋政權在大片的陸地上已經沒有立足之地了，所以當時幾個忠義的、不肯投降的臣子，就隨著帝昺逃到了海上的崖山，國家就更不能保存了。最後一個忠臣叫做陸秀夫的，就背著帝昺跳海自殺了，於是南宋就整個地滅亡了。你要知道，南宋的都城是杭州，王沂孫是會稽人，就是現在紹興附近這個地方的人。當南宋敗亡，元兵殺進來的時候，那慘痛的情景他是親身經歷的。元朝立國以後，當時有一個和尚叫楊璉眞伽，他掌管南方所有的佛寺，而楊璉眞伽盜發了南宋歷代皇帝的陵寢。盜發以後如何？一般中國的皇帝死了以後，往往在他的身體裡面灌了水銀，口中含了珍珠，據說這樣屍體就不腐爛了。根據後來的宋元之間的人們的筆記記載，有一個叫陶宗儀的人，他寫有一本《輟耕錄》；還有一個當時與王沂孫同時代的人叫周密，寫了許多的筆記，懷念自己的故國，其中有一種叫《癸辛雜識》。在周密和陶宗儀的作品裡面，淸楚地記載了這些陵寢被發掘的故事。這是歷史，是事實。王沂孫就親自經歷了這樣一段歷史。一個人的作品永遠是反映自己的經歷的。當時這些皇帝的屍骨被發掘出來了，掘墓者就把皇帝的屍身倒掛起來，把屍體裡面的水銀都空出來，因爲水銀的値錢的。據說當時還搜到一個皇后的陵寢，在她盤起來的髮髻上還有一支黃金的髮簪插在那裡。

而親身經歷了亡國的慘痛的這些詞人，包括王沂孫，還有年歲比王沂孫稍微大一點的另外一個作者周密，還有張炎、仇遠，還有唐珏等。當時作詞的共有十四個人，平常是好朋友。在南宋沒有亡國以前，當元兵還沒有兵臨城下的時候，南宋的君臣多少都是想苟且偷安的。賈似道一方面出了很多的金錢和敵人議和；一方面說謊。他向皇帝說：我把戰爭打勝了，把敵人擊退了。就是在這種欺騙當中，南宋君臣一直沉溺在享樂之中。這些詞人們也常常集會填詞。現在一旦亡國了，可是他們填詞的這種習慣還存在。經過這種亡國的慘變，這十四個人就集會來填詞。他們填的詞，後來被人編成一個詞集叫《樂府補題》。樂府本來是漢朝的一個官府，是給歌詞配音樂的，因此後來就把這一類合樂的詩歌叫做樂府。樂府裡面有各種詩歌，像李太白寫的〈靜夜思〉，就是樂府中的詩題。可是有些個題目，樂府裡面沒有，這些人寫的詞題就是樂府中沒有的。他們寫的詞是樂府裡面沒有寫過的主題，所以叫做《樂府補題》。這卷詞集所留下來的都是詠物的作品。我們選的王沂孫的前兩首詞就都是《樂府補題》中的作品。我們現在就把這兩首詞簡單地談一下。

第一首是〈天香〉。〈天香〉下面有一個題目是「龍涎香」。涎，是口涎。有一種香，叫龍涎香。相傳海裡的龍，它口中的唾液，就是龍涎。龍口中的唾液吐出來之後，就漂浮在海面上，經過風吹日曬，龍涎就凝成一層白色的膜，透明、堅硬。於是製造香料的人就把這個搜集起來做成香料。可是我們都知道，龍本來是神話傳說之中的一種動物。是龍嗎？不是的。根據科學的研究，那不是龍涎，是海裡面有一種叫抹香鯨的鯨魚，它的身體裡面有一種分泌物，是香的，就跟麝這種動物能分泌出來一種香料一樣。有些動物的分泌物是有香氣的，抹香鯨分泌的這種香就是龍涎香。你要知道，南宋的君臣，還不只是南宋的君臣，從南唐以來的這些個君臣，他們都曾經一度沉溺在歌舞宴樂之中。從南唐的中主、後主的時代就重視香料，宮中有主香的宮女。南宋也是特別講究焚香的。南宋人陳敬就曾作有《香譜》，專門記載各種香的收集、製作及焚燒的方法。我所說的都是有根據的。現在這些詞人們在亡國之後，仍然結社塡詞，就以「龍涎香」爲題。除了這個歷史的政治背景之外，我們還要講這類詞在文學藝術上的表現手法。我們先來看一看這首詞：

孤嶠蟠煙，層濤蛻月，驪宮夜采鉛水。汛遠槎風，夢深薇露，化作斷魂心字。紅瓷候火，還乍識、冰環玉指。一縷縈簾翠影，依稀海天雲氣。

幾回殢嬌半醉。剪春燈、夜寒花碎。更好故溪飛雪，小窗深閉。荀令如今頓老，總忘卻、樽前舊風味。謾惜餘薰，空篝素被。

王沂孫的詞，我們上次已經說過了，在清朝的時候，曾經受到很多人的讚美推崇，把他的詞說成是「忠愛纏綿」，比做曹子建，比做杜子美。可是自從民國，到解放以來，一般講文學史的人，對於王沂孫的詞，卻多半是貶低的。胡適的《詞選》，胡雲翼的《宋詞選》，劉大杰先生的《中國文學發展史》，都批評王沂孫，說王沂孫的詞晦澀，不通，不連貫，如同是謎語。那是不錯的。我們現在馬上一讀，覺得我們果然眞的是對他不大了解的，是晦澀的，好像不通。

這是因爲我們與他的時代有了距離，因此對於他們所使用的語言文字有了隔膜。不過我相信，大家都是可以懂的，因爲同學們如果能夠把另外的國家、另外的民族的法國語、英國語、德語、日語都學好的話，我們自己中國古代的這個語言，我相信大家是一定可以懂的。我們既然知道我們學習了他們西方的外國語言文字，我們可以了解接受他們的文化對我們有好處，我們就知道我們學習了我們自己的祖國的古代的語言文字，對於了解我們的文化也同樣是有好處的。所以大家如果能學英文、學法文學得懂，我就相信大家對於中國古代的詩詞是一定可以懂的，而且是必然可以懂的。而且我也還相信，你了解中國古代的語言文字，能夠體會他們的修辭句法的妙用，對於我們今天創作當代的詩歌，不管是朦朧詩還是第二次浪潮，也同樣是會有幫助的。

好，現在我們就來看這一首詞。開端說：「孤嶠蟠煙，層濤蛻月，驪宮夜采鉛水。」我剛才曾經特別提到說，寫詩的時候，寫詞的時候，有兩種方式，一種是直接的感發。像李後主的詞：「林花謝了春紅，太匆匆。」他是寫落花的，寫的多麼直接一開頭就使你感動了。說「林花謝了春紅，太匆匆」，是「無奈朝來寒雨晚來風」，多麼直接，帶著強大的感染力。有一類的作品是這樣的。

但是王沂孫的這一類詞是從周邦彥發展出來的，走的是另外一條路，就是我多次說明的，你不能用裁判女排的規則來裁判男子的足球。因爲他有另外一種規則，這是經過思力的安排來寫的詞，所以你念了，沒有直接的感動，很多人說這寫的是什麼呀？什麼「孤嶠蟠煙，層濤蛻月」，什體「驪宮夜采鉛水」，我念了一點都不感動嘛！因爲你還沒有想呢？由於他是經過了思索而寫的，我們讀的時候就一定要經過思索才能欣賞。人家從這條路走出來的，你一定要從這條路走進去，才能登堂入室。他走的是這條路，你南轅北轍，走另一條路，所以你老走不到他的家裡去。他用思索寫的。怎麼寫的？其實你要懂得了，就知道他寫的藝術手法是極高的。現在他寫的是什麼？「孤嶠蟠煙」，這是龍涎香的產地。他不是要寫龍涎香嗎？龍涎香是從哪裡出產的？是從海上搜集來的。中國就是這個地方不太科學化。他說這是龍，其實不是龍，科學的說法，是抹香鯨。所以是從海上採來的。「孤嶠」，就是海上的一個孤島，而在海上的孤島上，常常有「蟠煙」。「孤嶠蟠煙」，你一定要慢慢體會他的好處，說是產龍涎香的地方，你會看見海上有一個地方常常有雲霧環繞。那是爲什麼呢？從科學上解釋，抹香鯨這種鯨魚，它身體上有一個孔，在它頭頂的背後，可以噴水。它的水噴出來，噴的水柱很高再散開，所以常有雲霧的樣子，這是非常科學化的。龍涎香的產地是哪裡？是遠海的孤島，而且上面常常有雲霧繚繞的所在，所以是「孤嶠蟠煙」。好，你現在就要注意到他用字的好處了。

有的時候，我讀我們當代的詩歌，覺得有些個年輕的詩人，寫得很好，有很好的感覺，有很好的內容，可是我有時讀起來就會覺得，偶然他會用了幾個字，很生硬，很權枒，很不合適，就是因爲他對於文字的選擇和掌握運用的能力還有所不足。有人常常跟我說，我要學作詩、作詞。我說，很好，這是好的事情。可是我說了，你要想蓋一所房子，你要先有建築的材料，你沒有建築的材料，你只有這三兩個字，這你就不能寫出更好的、更精美的作品。我們已經講過，語言學中有語序軸，有聯想軸，而根據語言學家的說法，你一句話說出來，造成它的效果和作用的，有兩點最重要，一個就是你的選擇，一個就是你的組織。是這兩種能力，你的選擇能力和你的組織能力。但是要做到選擇，你一定要有很多的東西，才能選擇，只這麼一個，你怎麼能夠選擇?所以選擇是很重要的。

同樣是寫龍涎香，如果我把當時跟王沂孫同時結社集會的別人寫的龍涎香拿出來一比較，你就知道王沂孫是寫得最好的。我們都知道龍涎香的產地是在海中的海島上，常常有雲霧籠罩。怎麼寫?王沂孫說是「孤嶠蟠煙」。蟠是縈迴、曲折盤旋的樣子。本來寫這種情況，一般常用的、帶著說明性的字，你可以用一個「縈」字，是「縈繞」的意思，說上面常常有雲霧縈繞著，這不是很好嗎?可是語言學家，西方的語言學家、符號學家也說了，你的語言作爲一個符號，除了給讀者一個認知的意義、理性上的意義以外，作爲一個詩人，更重要的是要使你的文字帶著形象化的能使人直接感受的力量,所以「蟠」字就更好了。「蟠」是什麼?我們說，南京是龍蟠虎踞的石頭城。南京不是我們號稱龍蟠虎踞的石頭城嗎?想到龍，所以用一個蟠字。你要寫的是龍涎香，所以就用一個「蟠」字。那個蟠字用得非常好，是跟龍涎香的「龍」的聯想一致的。所以說「孤嶠蟠煙」的「蟠」字用得很好,使我們對於它的主題，所寫的這個龍更有了一種聯想。「孤嶠蟠煙」這是地點，是採這個龍涎香的地點。

「層濤蛻月」，這是去採龍涎香的時間,是說去採龍涎香的人都是趁著夜晚漲潮時去採的。所以他所寫的都是符合科學的、寫實的，可是他都用藝術的想像來寫。你想他所用的「層濤蛻月」，寫得多麼好。剛才的「蟠」字是個有「虫」字邊的字，「層濤蛻月」的「蛻」字呢，又是一個有「虫」字邊的字。怎麼樣的「層濤蛻月」?你看人畫的水的波浪都是有如鱗的水紋的，那麼這樣的一個一個湧起的細碎的水的波紋，就跟龍身上所長的鱗甲相似，在身上不是有一片一片的龍鱗嗎?跟魚鱗差不多的，跟這個很像，而這個「蛻」呢?就是與這個龍之類的聯想有關的，龍有時要把這個長著鱗片的皮蛻下來，正如鱗波的層層蛻退，而月光照在這正如鱗的水波中，所以用「蛻」字。「層濤蛻月」這寫的多好!所以我說，如果寫現代的當代的詩歌的人，學一些中國古典詩歌，一定對你的修辭有幫助。月亮的倒影，照在海上，而在這個波紋的動蕩之間，就好像是魚龍的鱗向後一蛻，這月亮就出來一下，再過去一蛻，這個月亮又出來一下。你看「層濤蛻月」寫得多麼生動，多麼眞切！「層濤蛻月」寫得非常好！那個月亮在波浪之間的倒影，像從這個鱗甲之中蛻退出來，一下一下地露出來。那個想像的聯想多麼豐富，而且是多麼切合他所寫的主題。「孤嶠蟠煙，層濤蛻月」，這兩句是對偶的。「孤嶠」是形容詞、名詞，「層濤」也是形容詞、名詞；「蟠煙」是動詞、名詞，「蛻月」也是動詞、名詞：兩個平行的句子。這是中國語言文字的妙用。因爲這是中國所特有的，因爲我們是單形體、單音節，所以我們才特別有所謂的對偶的形式產生，就是說天生來我們中國的語言文字有一種喜歡把它對起來的一種特質。而這種文字的美，聲調的美，就在它這種語言的對偶之中表現出來了。假如我們畫一張圖解，是「孤嶠蟠煙，層濤蛻月」，這是一對，並排的，而下面的「驪宮夜採鉛水」是一個單句。後邊呢，「汎遠槎風，夢深薇露，化作斷魂心字」，又是兩個駢偶的句子，一個單句。兩個駢一個散，再兩個駢一個散，它那種變化是非常美的，是中國文字的一個最精美的形式上的表現。我們說「孤嶠蟠煙」是產香的地點，「層濤蛻月」是寫去採香的時間，可是你就這麼說了，我怎麼知道你說的是要採龍涎香呢？所以後面的單句就是一個說明，是「驪宮夜採鉛水」，驪，就是驪龍，「驪」字從「馬」，本來是說馬的，黑顏色叫做驪，指黑色的馬。有一種龍，相傳是黑色的龍，叫做驪龍。而我們說，驪龍，它的頸下有一個珠，說「探驪得珠」，說你探手到驪龍的頸下，會得到它那個藏珠，這是傳說。

總而言之，是有一種龍，叫做驪龍。這個「驪宮」，當然就是龍宮，想像中就是產龍涎香的動物所住的地方。而他們來採香的人都是在黑夜來，是「驪宮夜採」。他們乘夜晚到龍宮來採龍涎香，而他不說採的是龍涎香，是「驪宮夜採鉛水」，這就有了更妙的作用了。剛才我說了，因爲抹香鯨的這種分泌物，它不是普通的水，普通的水一蒸發，那就沒有了，而所謂「龍涎」，也就是抹香鯨的分泌物裡邊蘊藏著某一種物質，所以才能夠在被曬乾了以後，留下了一層白色的、堅硬的、透明的物體，它是含有這種物質的，所以說是鉛水。這個也是科學的，含有一種近於礦物質的成分，所以說鉛水。而且鉛，我們說鉛粉、粉白。剛才我不是說語言要有聯想軸嗎？鉛水使你聯想到，這個結晶體是白色的。而且不只如此，更重要的一點是中國的語言文字帶著中國的歷史文化背景的聯想，這才是重要的。鉛水就有一個歷史的文化的背景了。唐朝李賀的詩，有一首叫〈金銅仙人辭漢歌〉，其中有一句是「憶君清淚如鉛水」。什麼是〈金銅仙人辭漢歌〉呢？金銅仙人，是中國歷史上的漢武帝想長生不死，就在他的宮中做了一個銅柱，銅柱上做了一個銅人，是所謂金銅仙人。這個銅人的手中托著一個銅盤，而這個盤是承接天上的露水的。據說用這麼好幾丈高的銅人的銅盤裡邊的露水，和了藥吃下去，可以長生不死。漢武帝當然是死了，但是這個金銅仙人還存在。漢朝滅亡了，東漢在漢獻帝時被篡奪了，曹丕做了皇帝。曹魏的人就把這個漢朝長安宮中的金銅仙人推倒了，遷走了。

於是李賀就把這一段的歷史故事寫了一首詩，叫〈金銅仙人辭漢歌〉。李賀就是借著這首詩，諷刺了當時唐朝的一些君主、達官貴人，一些個興建自己的宮殿、勞民傷財的人。漢武帝如何？金銅仙人不是被遷走了嗎？所以他就在這首詩中寫了這樣的一句詩，說當金銅仙人被推倒了移走的時候，金銅仙人就流下淚來。「憶君清淚如鉛水」，傳說金銅仙人流下淚來，是因爲懷念他過去的君主。「憶君清淚如鉛水」，是說他們的淚水這樣沉痛，如同鉛水一樣。這鉛水在中國的文化歷史中，就有一種暗示國家敗亡的意思了。這是王沂孫在南宋滅亡了的那個時代寫詞時候的聯想。這是「驪宮夜採鉛水」。

下面「汎遠槎風，夢深薇露，化作斷魂心字」，是說採龍涎的人乘坐的是什麼呢？他們是「乘槎」。「槎」就是古代的一種用木排編在一起，很多的木頭編在一起，浮在水上的，這就是浮槎。那些採龍涎香的人乘坐的是浮槎，是「汎遠槎風」。這個「汎」，我們書上寫的是「言」字邊的這個「訊」字，版本不同，原當作「水」字邊的這個「汎」，這兩個字可以互相通用。「汎遠槎風」，是說乘著風坐著浮槎，乘著潮汎。不是說當潮水漲，他們就去採龍涎香嗎？所以隨著潮來潮退。隨著海上的風吹，那個浮槎到那麼遠，把這個香料的原料採回來。而採回來以後，這種原料的龍涎，就離開他自己的產地很遙遠了。他要是懷念故地，想知道他自己原來產地的消息，那海風吹到的「孤嶠」，那個音信是這樣的遙遠，是「汎遠槎風」。所以是潮汛的「汛」字，但卻也有音訊的「訊」字的意思。它離開他的故鄉，離開他的產地，被人家採集了，再回想那海上的「孤嶠」，那音信是如此的遙遠，隨著潮落潮生，隨著海上的風吹，那麼遙遠了。「汛遠槎風」，當它懷念海上的時候，就「夢深薇露」，這是王沂孫的特色，就是他把所寫的物能夠比作一個人，所謂擬人化，寫得極爲有情。「夢深薇露」是說他懷念過去的生活，有著這麼多的魂牽夢想，很深幽的一個夢。而這個夢是伴隨著什麼的夢呢？是那麼香的一個夢，是陪伴著薔薇露的夢。薔薇露是一種香水，是伴著薔薇露的香氣的一種夢，這是多麼浪漫多情的夢。但爲什麼說陪伴著薔薇露呢？這是詠物詞的特色。詠物詞，你一定要寫得貼切。你要寫龍涎香，我們剛才說南宋陳敬寫的《香譜》說，龍涎香的製作，是要在裡邊混合上薔薇露的。既切合所詠的物的主題，也有擬人的情思，所以說「夢深薇露」。而做出來的香是什麼樣子？中國古人做出來的香有一種是所謂心字的香，所以說「化作斷魂心字」。我們的蚊香都是盤起來的，都是迴旋的；古人是做成一個篆體的心字的樣子，所以說「化作斷魂心字」。龍涎香就被製成這樣一個形狀了。

後邊它接下來寫「紅瓷候火，還乍識冰環玉指」。這個香做好了，要放在一個紅瓷壜子裡，用火來烤它。「紅瓷候火」的「候火」，是寫烤製龍涎香的火候。等到把香焙烤出來，打開一看是什麼樣的香，根據宋朝的《香譜》所記載的，那些香有時是做成一條一條的，像手指的形狀，也有的時候是做成圓形的，是一個環的形狀，所以說是「冰環玉指」。瓷罎中的龍涎香做好了，一打開就看見這些形狀的香，「還乍識冰環玉指」。這當然是詞人要把這個龍涎香寫得很美，說圓形的是像一個晶瑩皎潔的「冰環」，因爲它是透明的；而白色的直形的則像是女子的潔白的手指，所以是「玉指」。以上所寫的，是從龍涎香的採集到製作到出現的一個過程。而且，「還乍識冰環玉指」這句話還可以有另外的一層意思。一方面可以是寫這個香，就是龍涎香的形狀。而王沂孫這裡很妙的，就是現在他已經把人結合進來了。使這句的另方面也可以指焚香的女子，是添香焚香的那個女子。用她的手指把這個龍涎香放在香爐之中薰燒。所以那「冰環玉指」就不只是香的形狀，同時也是那女子的焚香的手指了。因此它就有了一種多義的效果。「紅瓷候火，還乍識冰環玉指」，這香就開始焚燒了。從採香到製作，然後到焚燒。下面就寫焚燒起來的情況，是「一縷縈簾翠影，依稀海天雲氣」。「一縷縈簾翠影」，那是寫實。所以你一定要眞正懂得龍涎香，根據陳敬的《香譜》記載說，龍涎香焚燒起來，它的香煙的顏色，是「翠煙浮空」。說它是「翠煙」，是藍綠色的香煙浮在空中。不但是藍綠色的香煙浮在空中，根據《香譜》的說法，這個「翠煙浮空」之後，就盤旋而上，而且「結而不散」。這個香的特色跟別的香不同，就是它浮在空中盤結成一團而不散開，所以在《香譜》上就又說了，最好是在「密室無風處」，不要把門、窗打開，不要叫風把香煙吹散，要讓香煙盤旋在空中，那就不但有香氣，而且形象上也是非常美的。所以他一方面寫實，說這個香煙開始燃燒了，是「一縷縈簾翠影」了。這個簾子是垂下來的，在簾子的前面你可以看到「縈簾」，是縈迴的旋轉的，是盤結的翠影，是翠色的煙影，「一縷縈簾翠影」。可是他後面的一句就更妙了，這就是王沂孫的詠物詞跟別人的詞不同的一點。詠物的詞有兩種，一種是用思力來安排的，一種是用感覺來興發感動的。而王沂孫的詞一方面可以說具有深思，一方面也有銳感。我們看到他思力的安排，也看到他銳感的聯想。他說「一縷縈簾翠影」，依稀，彷佛，好像，這個香雖然已經被焚燒了，雖然形狀跟原來完全不同了，被磨碾了，製作了。可是他原來的故鄉，原來海上產它的「孤嶠蟠煙」，它沒有忘記。就算它現在化作「斷魂」的「心字」了，經過焚燒以後，它的香煙成爲了「一縷縈簾翠影」，幻化出來的，也仍是「依稀海天雲氣」，彷佛仍然是當年它在海上的時候那個雲霧盤結的形狀，表現了對於故鄉，對於它自己產地的不能忘懷。這是王沂孫的深思跟他的銳感的那種感受能力相結合的成就。

後面就從這個香過渡到人了：「幾回殢嬌半醉，剪春燈夜寒花碎。更好故溪飛雪，小窗深閉。」這就由物到人了，是王沂孫自己回憶懷念他自己當年焚香的情景。你要注意他的修辭，每一個字都是有他的效果和作用的。詞的好壞，就是看你每個字的效果和作用。「幾回」兩個字，這樣尋常，有什麼效果和作用呢？「幾回」者，是不只一回的意思。而凡是說不只一回的意思，都是回憶之辭，都是回想從前的話。是從前，想當年。我「幾回殢嬌半醉」，什麼叫做「殢嬌半醉」？這個「殢」字的意思，是女子的一種嬌慵的樣子。曾經有一個他所愛的女子，那個女子就「殢嬌」，就這麼嬌慵的姿態。他跟那個女子在一起飲酒，微醺半醉，她帶著半醉的嬌姿，「幾回殢嬌半醉，剪春燈夜寒花碎。」這個女子剪燈，是春天的日子，早春，天氣還冷，「剪春燈夜寒花碎」，那是寒冷的夜晚，而花是碎。剛才我們不是在講修辭，講什麼語序軸了，聯想軸了，講它的句法的組織結構安排。他本來說的是在一個寒夜，這個女子剪燈。而這個「花碎」呢？是燈花的細碎，是剪下來的帶著燃燒的餘燼的火星，一閃一閃的。剪下的那個細碎的火花，就飛落下來，像王維詩所寫的「春窗曙滅九微火，九微片片飛花渣」，說的是那個燈花剪下來，落下來，一點一點的小的細碎的火星。他說「幾回殢嬌半醉，剪春燈夜寒花碎」。本來這個花應該跟著燈的，而他沒有這樣寫。他寫夜，用了一個「寒」字；寫花，用了一個「碎」字的形容詞。剪春燈，是做一種事情的動作。剪春燈的背景的情景，是夜的寒，花的碎。這就把那種寒冷，那種幽微的感覺寫出來了。這也是王沂孫的特別好處。他說「剪春燈夜寒花碎」。好，現在我就要問了，你本來是寫的龍涎香，現在你寫人，寫你過去所愛的女子，寫這女子的嬌姿，寫女子的飲酒，寫女子剪燈花，與龍涎香何干？他後邊說了：「更好故溪飛雪，小窗深閉。」他說更好的是我的故國、我的故園，沒有亡國以前的生活。是在故溪，是春天還下著雪的時候。「更好故溪飛雪」，那個時候我們的門窗是深閉起來的，是「小窗深閉」。現在你就知道，他所寫的不是人，他在回憶之中，寫的都是龍涎香，他不過是用人事作陪襯，陪襯他以前焚香的情景。是在這樣的場合，有一個女子殢嬌半醉，剪春燈，焚著香，而且是門窗都關閉的，所以才能欣賞那個龍涎香的特色，是一縷浮空不散的「依稀海天雲氣」的翠煙。「更好故溪飛雪，小窗深閉」，這是從「幾回」兩個字做爲領字寫下來的，詞裡面有一個帶領的字，領起一段。王沂孫用「幾回」兩個字就領起了下面一大段。「幾回」表現的是回憶。「幾回」什麼？「幾回」的「殢嬌半醉」，「幾回」的「剪春燈夜寒花碎」，「幾回」的「故溪飛雪」，「幾回」的「小窗深閉」，都在那「幾回」兩個字的貫串之中。而且「故溪飛雪，小窗深閉」也是切合龍涎香的特質的。因爲龍涎香的焚燒是要在門窗關閉的密室中才好，這是《香譜》記載的。以上一大段是寫當年焚香的情事，後邊就轉到現在了。

「荀令如今頓老」，這是個急劇的跌宕的轉折，用一個「頓」字，一個表示突然的「頓」，是突然間出現的，是突然的轉變。「荀令如今頓老，總忘卻樽前舊風味」，他是說他自己國破家亡了，而自己也年齡老大了。爲什麼要說荀令呢？因爲三國時代，有一個人叫荀彧，他做官曾做到尚書令，所以人稱他荀令。這個荀令喜歡薰香。他是個男子，不是個女子，但喜歡薰香，所以《三國志》上荀彧的傳記中記載著說，他要是去拜訪一個朋友，坐在人家的帳幕之中，他走了以後三天，香氣都不散。在歷史上是這麼記載的。李商隱有兩句詩說：「橋南荀令過，十里送衣香。」這個荀令是喜歡薰香的，王沂孫就用荀令自喻，用荀令來說是爲切合著薰香。所以說：「荀令如今頓老，總忘卻樽前舊風味。」而今國破家亡，年齡老大。「荀令如今頓老」，是跟剛才那個「殢嬌半醉」做一個對比。「荀令如今頓老，總忘樽前舊風味」，於是我就完全忘卻了。「總忘卻」，我完全不記得了。我當年在樽前，跟那個女子飲酒的酒樽之前，那個「剪春燈夜寒花碎」的那種風味，那種情調再也沒有了。所以說「總忘卻樽前舊風味」。「謾惜餘薰」，「謾」是徒然，我徒然的愛惜這一點殘餘的我衣服上的香氣。「謾惜餘薰，空篝素被。」篝就是薰香的竹籠，所以這個字從「竹」字頭。古人不是喜歡薰香嗎？像荀令荀彧，喜歡薰香。用一個竹籠，裡面放一個薰香的香爐，把你的衣服跟被子都罩在竹籠上，於是你的衣服跟被子就是香的了。他說「謾惜餘薰，空篝素被」。現在只剩一個空的竹籠了，這個竹籠裡是空的，裡面的薰香沒有了，我的那個素白的被是不再有新的薰香了，只剩下舊的餘香。「謾惜餘薰」，我徒然地珍惜愛惜我過去的一份美好的回憶。但是現在我是一無所有了，只剩下一個空的竹籠，已經再也沒有薰香了。我的素被只留下過去的一點香氣而已了。這是寫他對於過去的生活的懷念，也是他對於自己故國的懷念。

我們常常說詠物詞要有寄託，如果我們結合著他生活的歷史背景來看，這裡面有幾個地方是要點明的。因爲這是個系列講座，有一些關於詞的欣賞問題，我在這裡一定要把它說明白。近代有個詞學家叫詹安泰寫過一篇論文叫《寄託》。寄託的意義是說，你的詞表面上是寫一件事情，可是深一層中另有寄託在裡面，有託意在裡邊，假託這個物來表現的，有你另一層的情意。關於這一種詞，怎麼來解釋？一首小詞裡，有寄託還是沒有，應該怎樣判別？我以前也寫過一篇論文《論常州詞派的比興寄託之說》，提出要判斷一首小詞裡有無比興和寄託的意思，有幾種判斷方法。好像我們遼寧師範大學還安排著我有一次講話，我在那次的講話要做一個整體的結論，要把從唐五代一直到南宋最後的結尾，把整個詞的欣賞作一個總體的結論，要把它完成一個系統。現在我要講一講，是爲了我們的結論作一個準備。因爲詞在中國所有的各式文學體式之中，是一種非常特殊的文學體式。我們中國的文學體式，有散文、有詩歌，而我們中國的文學傳統一向說，文是要載道的，詩是要言志的。我們一貫的文學批評是重視道德、倫理上的意義和價值的。所以西方人一說起來都批評我們文學的這個理論，說我們常用道德倫理的價值取代文學藝術的價值，說這是重點的誤置。對於文學作品，我們應該把批評重點放在文學藝術上的成就，而我們中國的傳統，只喜歡從道德倫理的價值來作衡量，這是把重點放錯了地方，這是不對的。文老說載道，詩老說言志，可是現在我們中國就有一種文體在它產生的時候就完全沒有道德、倫理的意識在裡邊的，那就是詞。爲什麼叫做詞呢?詞本來就是歌詞的意思，是在歌筵酒席之間交給美麗的女孩子去歌唱的歌詞，本來沒有道德和倫理的價值。可是很奇怪的一點，就是當寫愛情和美女的歌詞出現了以後，就慢慢地開始有了道德倫理的意義和價值了。詞本來是突破了我們的「載道」和「言志」的倫理跟道德的規範的一種文學體式，可是怎麼又逐漸有了倫理道德的意義了呢?這個轉變是非常值得注意的一件事情。怎麼來判斷它，也是非常重要的一個問題。我們在以前講了溫庭筠的「懶起畫蛾眉」，蛾眉在語言文學裡面成為一個語言的符號，就想到屈原在〈離騷〉中所寫的「蛾眉」，就有了寄託的意思了。可是溫庭筠寫「懶起畫蛾眉」時有屈原的意思嗎?不見得有。溫庭筠所寫的很可能就是一個美麗的女子，起床畫眉。可是張惠言說它有，說有寄託，這是一種牽強附會。我在一開始就講了，張惠言的解說，是一種聯想的作用，是讀者的聯想。西方講了美學的接受美學和讀者反應論，重視讀者的聯想，張惠言從蛾眉想到楚辭，就認為溫庭筠也有這種意思。可是溫不見得有這種意思。而他為什麼用蛾眉?就因溫庭筠是在中國文化傳統之中長大的，他一說美女就想到蛾眉，而且我以前也還證明過:溫庭筠寫的雖然是美女，但溫在他的生活經歷中，他確實在政治上是很不得意的，所以，他是在無心之中，無意之中，流露出來了。他寫一個美女的寂寞，得不到人的欣賞，而在無心之中，把他自己在政治上不能得到欣賞的寂寞流露出來了。張惠言認為他是有託意，這是作者不必有這個意思，而讀者居然有了這樣的聯想了。後來的作者，像晏殊、歐陽修的詞，是不知不覺地把自己流露在其中的。其後到了辛棄疾這個英雄豪傑的詞人，從北方的淪陷區來到南方，他一生一世的志意是要恢復他自己的故鄉，收復故國的失地。他曾經寫了詠梅花的一首詞，也是一首詠物的詞，說這個梅花是「溪奩照梳掠」。他說這個梅花面照一條小溪。奩，是古代女子化妝的鏡奩，妝奩，一個小盒子，一打開有一個鏡子，那是鏡奩。他說這個溪水就像一面鏡子，溪奩，就照著這一樹梅花梳掠。她在梳妝、在打扮，這個梅花從它的含苞到它的開綻，到它的怒放盛開，然後他就寫，這個梅花就盛開了。當她對著溪水梳妝打扮好了，辛棄疾說這個梅花「倚東風，一笑嫣然，轉盼萬花羞落」。春天的花開得很多，有桃花、杏花、李花、梨花，很多花，他說當梅花一開放，當她梳妝打扮好，「溪奩照梳掠」，「倚東風」，就在春風吹拂之中，「一笑嫣然」，這是梅花的綻放。梅花的花朵一開，像是一個美麗的女子開顏一笑，「倚東風，一笑嫣然，轉盼萬花羞落。」它轉頭一回顧之間，所有的花，都在梅花的美麗、梅花的品格之中，因爲羞慚而零落了，所以是「轉盼萬花羞落」。他後面就說了「寂寞」，說這個梅花是寂寞的。他說是「寂寞，家山何在，雪後園林，水邊池閣」。他想到了自己的故園，他說那「寂寞，家山何在」？我記得「雪後」的「園林」，梅花開放在水邊的池閣之畔，而現在是「寂寞，家山何在」？那「雪後」的「園林」，那「水邊」的「池閣」。這裡邊他不只寫了由於梅花而引起的回憶和懷念，而且還蘊藏著有關於梅花的典故。因爲林和靖所寫的「梅花詩」裡有「雪後園林才半樹，水邊籬落忽橫枝」兩句。不過這些出處、典故你不知道也沒有關係，你從表面上同樣會有感動和興發的。他說「寂寞，家山何在?雪後園林，水邊池閣」，那「瑤池舊約」，意思是我曾經想要回到故鄉去，把我山東的故國的土地收復。「瑤池舊約」，舊時的約言，它是那麼美好，好像是瑤池的神仙的約言。可是我現在已經流落在南方了，「鱗鴻更仗誰託?」「鱗」是魚，「鴻」是鴻雁。中國古代說魚可以傳書，鳥也可以傳書。我懷念我的故鄉故國。這裡的「我」指梅花。我要寄一封信回去，但是那「鱗鴻更仗誰託?」我憑著誰，託付給誰?他後邊又說了，「粉蝶兒只解尋桃覓柳，開遍南枝未覺。」他說那粉蝶兒只懂得在桃花和柳葉中飛舞，只知道欣賞那庸俗的桃花和柳樹，而梅花開放的時候蝴蝶卻沒有來。「開遍南枝未覺」，向南的梅花樹枝完全都開了，而那蝴蝶兒卻一點也不認識，「只解尋桃覓柳。」他寫的是梅花，但是他借梅花所表現的卻是他自己來到南京志意未酬的悲慨，是他的沒有被眞正任用的悲哀，是他的沒有實現收復失地的壯志的悲哀。所以作者在寫詞的時候，總是不知不覺地就把自己寫進去了。這種情況，有的像辛棄疾是自然的感發；有的像王沂孫是思索的安排。王沂孫用了很多思索，用了很多思想。他的詞是經過安排而寫出來的。這種安排的寫法跟感發的寫法不同。感發的寫法，一讀就能感覺到。「寂寞，家山何在?」一讀就會感覺到，這是辛棄疾對於自己的故鄉故國的懷念。一讀「粉蝶兒只解尋桃覓柳，開遍南枝未覺」，是說南宋朝廷還不認識他辛棄疾的才幹和收復失地的志意。這裡，他不用思想，因爲作者是以他的直接感發寫的；讀者也就會自然地得到這種直接的感發。可是，如果是安排著來寫的呢？我們就要用思想去想了。所以像王沂孫這首詞，你就要結合著他當時的時代和他所用的典故來想一想了。他的「驪宮夜採鉛水」，用的是關於龍的典故。在中國，龍一向是屬於語碼的性質的，就是語言學裡所說的，它是一個語言的符碼。一說到龍，人們就會想到朝廷，想到君主。「驪宮夜採鉛水」，從驪宮裡把鉛水採出來。如果結合著歷史背景來看，這一句很可能指南宋亡國之後，那些君主的屍體被人倒懸在樹上，把肚子裡面的水銀都空出來的那一段歷史故事。這裡就有一種結合，一種思想上的聯想。他後邊又說了：「一縷縈簾翠影，依稀海雲天氣」，南宋最後的滅亡地點是海上的崖山。所以這龍涎香所懷念的那海上的「孤嶠」，那「孤嶠蟠煙」，那焚燒的香的「一縷縈簾翠影，依稀海雲天氣」，也就很可能是指南宋的最後滅亡，就是崖山的滅亡。所以它隱約之中就有了一些符碼的暗示，引起讀者的某種聯想。這種聯想是用文字的符碼來進行的。這是張惠言的聯想方式。看到「蛾眉」就想到屈原的「蛾眉」，看到「驪宮」就聯想到宮廷。這是一種聯想的方式。還有一種，它不是用思想安排的，不是從語言符號學的符碼方面聯想，而是從直接的感動來聯想。像辛棄疾那是另外一種感發的方式。王沂孫的詞屬於前一種性質。「驪宮夜採鉛水」，使你聯想到南宋陵墓被發掘，帝王屍骨被倒垂下來，瀝取水銀的事。龍，使你聯想到朝廷；「依稀海天雲氣」，使你聯想到崖山的敗亡。至於別的詞句說的是什麼？那「幾回殢嬌半醉，剪春燈夜寒花碎」的美女是什麼寄託？這就很難指出了，只能說那是王沂孫對自己過去的美好生活的懷想和回憶。不見得也不必要每一句話都能夠指出來他有一種忠愛的託意。詹安泰寫了一篇論寄託的文章，他說：「夫必借物言志，其不敢明言之隱衷可知也。」你如果要借一個物——鳥獸草木來表現你的情意，你就一定會是深隱、晦澀，讀者就不能直接感發，因爲你不是從直接感發寫的，你是用思想和語碼寫的，所以詠物的詞經常顯得晦澀。你責備王沂孫作品的晦澀，因爲你不懂中國的詠物作品的傳統原是從荀卿的詠物的賦開始的，這就是「荀結隱語」。這是詠物作品的特色，一定會有隱晦的結果。它的隱晦的原因有很多外在因素，其一即是政治上的壓迫。所以我講了曹子建的「吁嗟篇」，講了「轉蓬」，像這些作品的隱晦的原因即是曹子建遭受了政治上的壓迫。王沂孫就更不用說了，亡國了。你說我懷念祖國，而不喜歡敵人的控制，你敢這樣說嗎？這正是王沂孫詠物詞特別具有隱語性質的緣故，今天就講到這裡，謝謝大家。

第十七講　王沂孫(下)

我們現在所講的，按照系列講座的次第排下來，已是結尾的一個作者——南宋的最後一個詞人王沂孫了。王沂孫是唐宋詞這些詞人裡面最難懂的一位作者。我曾經說王沂孫是以詠物詞著名的作者。我們教材上選錄了他的三首詞，都是詠物的作品。第一首〈天香〉，詠的是龍涎香，這是一種焚燒的香。第二首是〈齊天樂〉，是詠蟬。第三首是〈眉嫵〉，詠新月。在講王沂孫的作品之前，我曾經把中國的詠物詩詞發展的歷史作過一個簡單的介紹。詠物詞是有幾點特色的。一個就是它有一種像作謎語一樣的「隱語」的性質，它是通過假借一個外物來表現一層更深刻的情意的。這個外物好像是一個謎語的謎面，而他自己所要表現的這個情意就是這個謎語的謎底，是有一種「隱語」的性質的。我們也說過，我們既然要寫一個外物，就要對這個外物做一些鋪陳和描寫。所以這一類作品也是帶著一種鋪陳和描寫的「巧談」的性質。今天，我們要把王沂孫的詞做一個結論。要透過唐、五代、兩宋詞的整個發展的歷史，談一談對不同性質的詞應該採取的不同的欣賞的角度，並對此做一個結論。

究竟應該怎樣來欣賞詠物詞呢？怎麼樣判斷一篇作品的好壞呢？我今天要逐步回答這些問題。先看王沂孫的作品。王沂孫這個作者，現在的同學們對他不熟悉，有一點隔膜。但是在清朝的時候，他是非常受到推崇和尊重的一個作者。清朝的時候，有一位詞學評論家叫周濟，他曾經選了一部詞選，叫《宋四家詞選》，他認爲在兩宋詞人裡邊最有代表性的、最值得注意的、最有成就的、最可以作爲我們後一代的學習模範的四個作者，其中一個就是王沂孫。除王沂孫外，其他三個人是周邦彥、辛棄疾、吳文英。他認爲學詞的人要找到入門的臺階，是應該先從王沂孫下手的。周濟《宋四家詞選》的〈序論〉中曾讚美王沂孫詞說：「碧山饜心切理，言近旨遠，聲容調度，一一可循。」碧山，是王沂孫的號。他說王沂孫詞的幾點好處，第一是「饜心切理」，饜是滿足，饜心，即是使人的內心得到滿足。王沂孫所寫的詞在感情這一方面、在內容的情意這一方面，有很深刻的情意，能使我們的內心得到滿足。同時還能做到切理。他的細節描寫也切合事物的理法。他要寫一個外物，不管他寫的是我們上次講的龍涎香，還是我們這次要講的蟬，他都能夠切合這個「香」、這個「蟬」，「饜心切理」。而且不止是「饜心切理」，還是「言近旨遠」。他說的語言，好像就在我們的耳目之間，好像就是寫一個外物而已，可是他眞正的含義，他的要旨，他的眞正指向的隱藏的含義，卻是非常深遠，即所謂「言近旨遠」。「聲容調度」的「聲」，是字的聲調，「容」是作品外表的詞藻，「調度」是他整個作品的結構和安排。「一一可循」，他所寫的，無論哪一方面，都可以給我們當做模範，是我們可以遵循的。周濟又云：「碧山胸次恬淡，故黍離麥秀之感，只以唱嘆出之，無劍拔弩張習氣。」這一點是值得我們探討的。等一下，我要把我講過的一系列的唐、五代、兩宋的作品，究竟應該怎樣欣賞它們，欣賞詞這一類作品與欣賞詩的作品有什麼不同，要對比地作一個詳細的有系統的說明。我要結合著中國的古老的傳統，也結合著西方現代的最新的文學理論來作一個說明。要說明什麼呢？就是周濟所提出來的，他說王碧山這個人「胸次恬淡」。「恬淡」，是沒有追求功業利祿的心，是說他的內心的懷抱是比較平淡的。王沂孫在《宋史》裡沒有傳記，他的生平不見於史傳，他從來沒有做過達官顯宦，所以周濟說他「黍離麥秀之感，只以唱嘆出之」。「黍離麥秀」，用的是中國《詩經》裡的兩句詩：「彼黍離離，彼稷之苗」，和〈箕子之歌〉：「麥秀漸漸兮，禾黍油油」。這兩句詩都是慨嘆故國的敗亡。王沂孫對於南宋國家的滅亡，沒有明白的「劍拔弩張」的習氣，這一點是最值得我們注意的。

詞裡邊有豪放的一派詞，如辛棄疾的詞。辛棄疾的生平，辛棄疾的遭遇，表明他是一個英雄豪傑。他「壯歲旌旗擁萬夫」，帶著起義的兵馬從淪陷區來到了自己國家所在的南方，他的詞裡充滿了忠義奮發的英雄氣慨。而現在的周濟居然讚美王沂孫這樣一個詞人，說他沒有激昂慷慨的表現，沒有劍拔弩張的表現是好的。這是好的嗎？難道面臨亡國的人，不應該表現劍拔弩張的這一份忠義奮發的感情和氣慨嗎？這就是我們中國古典詩歌在理論上不夠細膩，不夠完整的地方。

我在講辛棄疾詞時說過，詞既然是從歌筵酒席的歌女那裡轉移到士大夫、文人詩人的手中，文人詩人自然就在不知不覺之間把自己的感情、自己的遭遇表現到他的作品裡面去了。這是必然如此的。所以儘管是唐五代的作品，李後主亡國之後的作品，如「獨自莫憑欄，無限江山，別時容易見時難」，他也是一樣要寫得這樣悲哀感慨的。晚唐五代的另外一位作家、後蜀的鹿虔扆，他從前蜀到後蜀，經歷了前蜀的敗亡。他在小詞裡也寫了「金鎖重門荒苑靜，綺窗愁對秋空。翠華一去寂無踪。」他後邊又說「暗傷亡國」，那野塘之中的藕花是「清露泣香紅」。可見小詞裡面也是可以表現悲哀感慨的感情的，也是必然如此的。表現這種感情的作品絕不是壞的作品。所以在南宋的作者裡面，我最推崇的是辛棄疾，因爲別人還是把詞當作歌筵酒席的歌詞來寫作的時候，他卻把自己的理想志意都投入到詞裡面去寫了。然而周濟居然說經歷亡國的人寫出來的作品，沒有劍拔弩張的習氣是值得讚美的。我以爲這是在理論上不夠十分完美的地方。那麼，應該怎樣說呢？我認爲詩和詞是有分別的。它們的分別在哪裡？

從它的源起來說，詩有一個言志的觀念，即是說我寫詩，要寫我自己的感情志意。杜甫說「致君堯舜上，再使風俗淳」，就是寫自己的志意。而詞，是一種奇妙的文體，在我們文學發展的歷史上，它是唯一的這樣的一種文體，在最早開始的時候，完全沒有倫理道德的觀念，是給歌筵酒席唱歌的女孩子寫的歌詞。沒有那種言志的用心。後來的小詞，雖然有了言志的用心，但它有一個發展的過程。在溫庭筠、韋莊以後，經過晏殊、歐陽修，經過柳永、蘇東坡，從蘇東坡開始把酒席歌筵的曲子提高到了與詩同等的地位了，可以寫自己的襟懷志意了。辛棄疾是從這個傳統裡面發展下來的最好的一位作者。儘管如此，但詞在過去形成的傳統風格的影響一直是很重要的。詞雖然可以寫自己的感情志意了，可是因爲它在傳統上過去本來不是直接表現志意的，所以詞的特色是對於自己的感情志意要作委婉的表達。就以辛棄疾來說，我在瀋陽講過他的一首詞〈水龍吟·過南劍雙溪樓〉：「舉頭西北浮雲，倚天萬里須長劍。人言此地，夜深長見，斗牛光焰。我覺山高，潭空水冷，月明星淡。待燃犀下看，憑欄卻怕，風雷怒，魚龍慘。 峽東蒼江對起，過危樓，欲飛還斂。元龍老矣，不妨高臥，冰壺涼簟。千古興亡，百年悲笑，一時登覽。問何人又卸、片帆沙岸，繫斜陽纜。」他表現的是他自己忠義奮發的志意。第一句「舉頭西北浮雲」，所暗示的是西北的敵人，是西北方淪陷的、被敵人侵占的自己的祖國和故鄉。他的「倚天萬里」的「長劍」，象徵著、代表著的是他自己忠義奮發的志意。可是他並沒有直接地說我們要收復失地，我們要打回去。這是詞的最值得注意的特色。詞的特色是表現的情調要委婉曲折。連文天祥這一個忠義奮發的人，他的一首〈滿江紅〉裡面有兩句詞也說：「世態縱如翻覆雨，妾身原是分明月。」他也是用一個女子的口吻來表達自己志意的。原來北宋淪陷時，有一個北宋的宮中的昭儀叫做王淸惠的寫了一首詞。文天祥認爲這個女子的詞表現的情意不夠好，所以他就假託她的口吻來寫。他說外邊的世態變化，縱然像翻覆的雨一樣，(「翻覆雨」用的是杜甫的詩，杜甫詩說「翻手作雲復手雨」)雲雨翻掌之間就變化了。但是「妾身原是分明月」，我的光明皎潔還是跟天上的明月一樣的皎潔。

詞的發展，自從唐五代以來，如溫庭筠、韋莊的那些寫美女跟愛情的小詞，就已經有了很深遠的含義了。只不過作者不一定有這樣明確的用心，而自然地表現出來這樣一份情意。一個作者不能夠隱瞞自己，他的修養、品德、感情是會自然的在作品之中表現出來的，自然能夠引起讀者的一份深遠的聯想。這是詞的一個特色。所以周濟認爲，王沂孫的詞沒有把亡國的悲哀直接寫出來是好的。這種認爲不是完全的錯誤，因爲詞有這樣一種特質。即使是辛棄疾的忠義奮發，也是往往假藉大自然的景物形象來表現的。如假藉「舉頭西北浮雲」來暗喻淪陷的北方故國，用「潭空水冷，月明星淡」的這種現實環境的冷漠，來表現他自己在南宋被排擠的這種悲慨。而且長調需要鋪陳，鋪陳就要找材料塡進去。而這個塡進去的材料，作爲詩歌的這種韻文的創作來說，是重視形象的表現的。除了大自然的形象以外，還有典故、古典，就是另外的一類形象。辛棄疾的〈水龍吟・過南劍雙溪樓〉所寫的「倚天萬里須長劍」的形象就是古典的典故，是另一類形象。因爲據傳說在南劍雙溪樓前的劍潭裡，沉沒了兩把寶劍。這是個歷史典故構成的形象。詞的寫作要用委婉曲折的筆法來表達，有的時候他所假藉的形象是自然的形象，也有的時候是典故的歷史的形象。所以，委婉曲折本來是詞的一種特色。王沂孫詞沒有劍拔弩張的習氣，並且不作直說，這本來是詞的一種特質，但他跟辛棄疾不同。辛棄疾雖不直說，但是他有一種豪壯的氣勢。「舉頭西北浮雲，倚天萬里須長劍」，你看他那種雄偉的豪壯的氣勢。他爲什麼有氣勢？因爲他本身有這樣的感情。不但有這種收復淪陷失地的感情，他也相信自己有收復淪陷失地的本領。他不只是一個在紙上談兵的詞人，而且他也是一個有才幹、有謀略的眞正的英雄豪傑。王沂孫的詞的委婉曲折的一面，雖與辛棄疾有相似之處，可是他畢竟沒有辛棄疾那種忠義奮發的精神，沒有那種深厚博大的志意和感情。爲什麼？因爲他本來就沒有，因爲他本來就是一個在國家沒有滅亡的時候既沒有追求過功名利祿，在國家敗亡以後，他也不曾有過眞的在實踐上作出執干戈衛社稷的拯救危亡的行動。所以這樣的人就只剩下了這樣一種悲哀，所謂「亡國之音哀以思」了。國家滅亡以後的作品是亡國之音，所以寫得悲哀。它充滿了對過去往事的思想和懷念，這是他不得不如此的，是外在的環境跟自己本身的感情品格結合的結果。詩詞這個東西，你是什麼樣的感情和品格，是無法隱藏的，你必然表現出那樣的感情和品格。這是從王沂孫本身來說的。可是從寫作的方式上說來，他是合乎詞的委婉曲折的表達方式的。

周濟又云：「詠物最爭託意。」他說詠物的詞，最重要的一點，是要爭託意。即是要有深刻的含義，因爲詩歌這類作品主要是先有一份感發的生命。「情動於中」然後「形於言」，是「氣之動物，物之感人，搖蕩性情」，才「形諸舞詠」。你如果確有一份蠢蠢欲動的情意，在你內心搖蕩，那麼你寫出的作品才能夠眞正的帶有一種感發的生命和感發的力量。可是你還要注意到，能感之，這當然是一個重要的因素，可是儘管你有感動，甚至是一百二十分的感動，但是你沒有寫作的修養和訓練，你還是寫不出好詩的。所以除了「能感之」以外的第二個因素是「能寫之」。你要在你的文字語言的傳達上，眞的能夠把你的這種內心性情的搖蕩表現出來，才是好的作品。你如果只看見一個外物，青山碧水，綠草紅花，每個人都看得見，你看見了以後，內心感動了嗎？清朝另外一個詞人況周頤曾寫過一本書叫《蕙風詞話》，他說：「吾觀風雨，吾覽江山，常覺風雨江山外，有萬不得已者在，此萬不得已者，即詞心也。」看外在的風雨和江山，不管是斜風細雨，是狂風暴雨，是青山碧水，綠草紅花，在「風雨江山之外，有萬不得已者」，在眼睛所看到的以外，更有一份打動我內心的地方，心中感到有這樣一種搖蕩性情的感動力，那麼這就是詩詞創作的一個孕育的開始。你要能夠把你的這一份感動，用最恰當的字句傳達出來，這就是言中的「意」。至於傳達得是不是成功，就要看你對語言文字的掌握、運用的能力了。

西方的語言學家和符號學家曾說語言的選擇和運用，一個是它的次序，表現在「語序軸」上，看你的語序是怎樣安排的。還有就是你所選擇的語彙是一個什麼語彙？同樣說一個美麗的女子，你用的是什麼樣的語彙？你用的是紅粉？用的是紅妝？用的是蛾眉？用的是美人？用的是佳人？你用的是哪一個語彙？每一個語彙，它們各自表現了不同的品質。我在遼寧師大中文系和各位老師見面的時候，有一位老師提出一個問題，說我在第一次講話的時候，曾經提到了詩歌的寫作有表面的意思，有材質的意思，問我具體該怎麼看？我現在對我上次所說的話，仔細地說明一下。所謂 content form，就是內容的形式，還有 content substence 就是內容的材質，還有 expression form 是表達的形式，和 expression substence 是表達的材質。什麼叫表達的形式呢？即如李璟的〈山花子〉詞有這樣兩句：「菡萏香消翠葉殘，西風愁起綠波間。」「菡萏」是代表荷花的意思。《爾雅·釋荷》說：「其花『菡萏』。」所以「菡萏」就是荷花。你用哪一個語彙？你是用荷花這個語彙呢，還是用菡萏這個語彙呢？這是表達的一個符號，一個外表，一個形式。這是表達的形式。你選擇一個表達符號，這個符號就是表達形式。但「菡萏」與「荷花」兩者在表達的材質上有不同，因爲荷花在品質上給我們的感覺是比較通俗，比較一般性的，可是你用了「菡萏」兩個不常見的比較古雅的字，就表現出一種讓讀者感覺到比較珍貴的品質，這就是表達的材質了。我們再看整首詞，「菡萏香消翠葉殘，西風愁起碧波間，還與韶光共憔悴，不堪看。 細雨夢回鷄塞遠，小樓吹徹玉笙寒，簌簌淚珠多少恨（一作「多少淚珠何限恨」），倚欄干。」我們現在就要討論到內容的形式和內容的材質的問題了。所謂內容的形式就是它的內容的最表面的一層意思。以這首詞來說，它的內容的形式上最外表的意思是什麼呢？《南唐書》記載著說：南唐中主李璟寫這首詞，是交給一個樂師叫做王感化的。可知這本來是爲了演唱的一首歌詞，作者沒有要寫自己的情志的意思。內容寫什麼呢？中國詞的傳統本是寫美女愛情、相思離別的。這首詞從內容的形式的表面的一層意思來看，寫的是思婦，是閨中的妻子懷念她遠方的征夫的一首相思離別的詞。它主要的意思是在這首詞的下半首「細雨夢回鷄塞遠，小樓吹徹玉笙寒」二句。這是這首詞的主旨，是它的內容的形式一方面的意思，是它的內容最表面的一層意思。可是它還有所謂內容的材質的一方面的意思呢。什麼叫做「內容的材質」呢？就是除去它表面上所寫的一個閨中的懷念征夫的思婦的感情以外，它眞正感情的本質上表現是什麼？它的材質上表現的是什麼？剛才我說了，這首詞外表上來看，是「菡萏香消翠葉殘，西風愁起碧波間。」這是這個女子看到外面的風景：荷花也凋零了，荷葉也殘破了，在水池中寒冷的秋風吹起來了。當花草凋零的時候，女子就想到了我的容光，我的美好的年華，是跟這草木一樣也會凋零的。這是說這首詞的內容的情意。〈古詩十九首〉寫一個懷念遠人的妻子，也曾說「思君令人老，歲月忽已晚。」所以一個思婦的悲哀是恐懼自己的年華老大，而她這種感發的情意是由外在的景物引起的。所以這首詞的內容的形式在外表上只是寫思婦之情，而在整個的本體上的材質則是表現了一種年華、容光、人的生命，跟草木的生命一樣的共同的凋零的恐懼和悲哀。對於這個女子而言，雖然從外表的情事來說，是思婦對征夫的懷念，但是隱藏在她內心深處的，是年華的衰老和草木生命一樣的凋零，所謂「還與韶光共憔悴」。這是它所隱藏的眞正感情上的本質，是他的內容的材質上的重要的一點內涵。過去人們欣賞這首詞，都讚美「細雨夢回鷄塞遠，小樓吹徹玉笙寒」這兩句寫得好。這兩句寫得當然好，因爲這是外表的形式上的主題的高潮所在，是一個思婦的感情的主題的高潮所在；但王國維讚美的卻是「菡萏香消翠葉殘，西風愁起碧波間」這兩句，說它有「衆芳蕪穢，美人遲暮」的感慨。他是掌握了這首詞的感發的生命的那個本質而言的，連這個思婦的悲哀，都是與恐懼生命的衰老凋零結合了密切的關係的。而女子看到了外界草木的凋零衰老，便恐懼自己的衰老，這是與有才幹的有理想的人恐懼自己生命的衰老，在本質的感受上有相同之處的。所以王國維所說的「美人遲暮」、「衆芳蕪穢」，是用屈原的〈離騷〉所代表的有才學的有理想的人的恐懼生命的落空的意思來解說的。他所掌握的是那個感發的生命的本質，是從感發來講的。

剛才我說，詞不是要重視委婉曲折的表現嗎？委婉曲折的表現的口吻也不一樣。文天祥、辛棄疾就與王沂孫的表現不一樣。我又說感發的表現要結合著形象，有自然的形象，有典故的人事的形象，都可以結合著用來表現；至於表達的好壞，則可以分成兩層來看。一個是表層的意思，一個是底層和本質上的意思。這是幾個基本觀念。當我們把這幾個基本觀念弄清楚了，我們就可以對詞的欣賞做一個整體的歸納了。寫美女和愛情的小詞，就像中主李璟的這首詞，本來沒有深刻的含義，可是卻可以使得讀者從他感發的生命的本質上而引發了聯想。這是小詞的一個微妙的作用。中國的詞就是一直有這樣的一個傳統——除了表面的一層意思外，還有它內涵的一個意思。你怎麼樣去體會它內涵的意思呢？那體會的方式是不同的，因爲詞的表現方式不同。我個人以爲簡單歸納起來有三種解說和欣賞小詞的路途和方式。第一類欣賞小詞的方法是可以以張惠言的《詞選》作代表的。他說：詞之「緣情造端」是「興於微言，以相感動，極命風謠里巷男女哀樂，以道賢人君子幽約怨誹不能自言之情，低徊要眇以喻其致」。詞是「極命風謠里巷男女哀樂」，指詞本來是市井之間的流行歌曲，所寫的內容是里巷之間的男女哀樂、男女愛情。「極命」是說發展到極點，寫愛情的歌詞發展到極點的時候。

「以道」，可以說明。「賢人君子幽約怨悱不能自言之情。」可以表現那些有理想、有志意、有才能、有品德的賢人君子他們內心之中的最幽深的、最隱藏的、最含蓄的他們自己的理想不能實現的怨悱的感情和悲哀。這是張惠言的說法。但我還沒有講他說詞的方法，他欣賞詞的路子是什麼？他憑什麼說寫愛情的小詞就可以表現賢人君子的用心呢？張惠言說：溫庭筠的小詞有屈子的用心。這首詞寫的：「懶起畫蛾眉，弄妝梳洗遲。照花前後鏡，花面交相映。新貼繡羅襦，雙雙金鷓鴣。」這首詞從外表看，只是寫一個美麗的女子懶懶地起床後畫她的蛾眉，然後梳妝，然後照鏡子，然後戴花，然後穿上最美麗的繡著有一對對金線盤的鷓鴣鳥的一個絲羅的短襖。他外表上本來只是寫這些事情，有賢人君子的用心嗎？很可能是沒有的。而張惠言說他有。張惠言憑什麼說它有呢？我今天就要給它下一個結論。我將要用西方的詮釋學、符號學給張惠言的說法做一個歸納。西方理論認爲一篇文學作品，特別是詩歌，如果一個作者完成了一首詩歌，在沒有經過讀者，沒有經過欣賞評價的人鑒賞之前，它只是一個藝術的成品(artefact)而已。寫得再好的作品如「國破山河在，城春草木深」，你給一個不懂詩歌的人去閱讀，他也是不能欣賞他的好處的。它只是一個藝術成品，但不是一個美學的客體(aesthetic object)。它沒有生命，沒有美學上的意義和價值。所以文學上的欣賞是從兩方面完成的：一方面是作者寫出一篇作品的時候，要賦予這個作品發揮功能的潛力，這一點是必須注意的。這是西方符號學的說法。同樣寫花紅柳綠，你寫的有沒有深刻意義，這就要看你所寫的作品的形象符號有沒有給你那個作品一種潛藏的、可能發揮的功能和作用。我們剛才讀了一首南唐中主的小詞「菡萏香消翠葉殘」，試想，你假如不用「菡萏香消翠葉殘」而換一種說法，說：「荷瓣凋零荷葉殘」，這與原句平仄相同，意思也相同。這就是我剛才所提出的你的表達形式跟表達的材質以及內容的形式，還有內容的材質上的分別。「荷瓣凋零荷葉殘」，是很浮淺的一句話。可是「菡萏香消翠葉殘」用「菡萏」這樣的一個珍貴、古雅的語字，不直說荷花；而且在荷葉上加了個「翠」字形容，「翠」字就不只表現荷葉的顏色的碧綠美麗，它本身也給你一種翡翠、翠玉那樣的珍貴的感覺，這樣在材質上你就有一種珍貴的感覺。它沒有直接說「荷瓣凋零」，而說「菡萏香消」，「香」在材質上也給你這麼美好的一個感覺，給你很多材質方面的感覺。「菡萏」所表現的材質的珍貴，「翠葉」的「翠」字所表現的材質的珍貴，「香消」的「香」字所表現的材質的珍貴。這樣，「菡萏香消」這幾個帶著這種材質的字彙集中起來，就發揮了一種潛力。凡是帶著這種材質的字彙集中起來，就使得這一篇作品除了表面所寫的荷花凋零、荷葉殘破之外，還提高到了可以有象徵意味的高度。它不只是表現了一種現象，而且如此集中地表現了許多美好的材質。於是這句詞就給人一種所有美好的生命都要走向消亡殘破的一種本質的感覺，這是最值得注意的。

你，一個作者創作一篇作品，你在語彙的選擇上，在語序的排列上，在句法、章法的結構之中，帶著多少潛力？作者要賦予作品一種發揮功能的潛在力量，而當作品被讀者讀的時候，就要由讀者發現其潛能。會讀的讀者就要從作品之中把作品所潛藏的本質的感發的力量都發掘出來，這才是會批評的、會欣賞的讀者。好，我們既然說作品中要隱藏著可發揮的潛能，那麼張惠言是怎樣從溫庭筠的愛情詞中看到賢人君子的用心，看到〈離騷〉的用心的呢？我們剛才也提到了西方的詮釋學、符號學，說作品所潛在的能力都是通過符號來傳達的，是在語言符號之中潛藏著這種能力。那麼讀者對這些作品如何解釋呢？據西方理論，在讀者解釋時，就將他們的創造力也加進去了。不同的修養、不同的學識的作者會創作出不同層次、不同等級的作品，同樣，不同層次的讀者也會從作品中讀出不同層次的意思，於是在詮釋作品時就分別做出了能發揮其不同潛能的詮釋。這也是要透過作者所使用的符號來獲得的。我們說它用「菡萏」而沒有用「荷花」，是因爲這兩個符號意思雖同，本質卻不同。而且符號還有另外一種作用。如果這一符號是我們傳統詩歌中常常使用的符號，於是乎當這一符號出現的時候，它的作用就不只是本身這一符號的作用，而是帶著傳統文化的作用了。即如溫庭筠的「蛾眉」，在中國傳統中屈原的〈離騷〉也使用了。屈原〈離騷〉中的「蛾眉」是有比喻意義的，所以張惠言就會從溫庭筠詞中的「蛾眉」想到〈離騷〉中的「蛾眉」。這是由符號所代表的傳統引起來的一個聯想。這個「蛾眉」，常常出現在中國詩歌裡面，所以這一符號就帶著語碼的性質，一看到「蛾眉」，便想到屈原〈離騷〉中的「蛾眉」了。這是張惠言從寫愛情的詞中看到有賢人君子用心的主要方式，所以他講詞都是從語言符號入手。他說：歐陽修的「庭院深深深幾許」中的「深深」，相當於〈離騷〉中的「閨中既已邃遠」（「邃」就是「深」的意思），它都是從語言的符碼引起聯想的。

我們理解了張惠言欣賞詞的道路，就可以談一談如何欣賞王沂孫詞的道路了。溫庭筠的詞只是一個短小的小令，看他一個「蛾眉」的符號，就可以引起聯想，但這只是一個語言符號的單獨的聯想。可是王沂孫的詞不是短小的令詞，而是長篇慢詞了，所以這裡邊除了符號語碼以外，還要有一種安排組織的功夫。長的調子是怎樣安排組織的？我們所要講的另外一種欣賞詞的方式，就是剛才所念的周濟這一段話：「詠物最爭託意。」詠物的詞最好是可以給人一種聯想和感發，引起託喻之想。你只說桃紅柳綠，那不會給人以感動，你要在風雨江山之外表現你的內心的感動，這是第一重要的，有託意的詞裡面要有一種可以引起人感動的情意。周濟又說：「隸事處以意貫串，渾化無痕，碧山勝場也。」「隸事」是用典故。詞的創作可以用大自然的形象，也可以用典故中歷史的形象，特別是詠物的詞。你有什麼話好說？一個「龍涎香」有什麼好說？「隸事」就是用典故，用典故時要用情意貫串起來，這就牽涉到安排、組織的功夫了。而安排組織是不能只憑直覺感受的。短小的令詞可以憑直覺感受，長篇慢詞的安排則要用思力。你就要想一想怎樣說，怎樣安排，不能只憑直覺，還要用一種安排組織的思力來思考。而你要安排得很好，使它「渾化無痕」。讓它在感發作用方面給人完整的感覺。在這一方面，王沂孫是很突出的。周濟說：這是「碧山勝場也」，這是王沂孫詞的最好之處。他又說「詞以思筆爲入門階陛，碧山思筆可謂雙絕」(周濟《宋四家詞選・序論》)。周濟爲什麼在那麼多的詞人中只選周邦彥、辛棄疾、吳文英，還有王沂孫四個人呢？他是有他的用意的。他說初學寫詞要從王沂孫入手，因爲詞是「以思筆爲入門階陛」的。「思」是內容的情意；「筆」，是寫作的技巧和結構組織的安排。詞是以思筆爲入門臺階的。周濟認爲王沂孫的詞的內容的情意跟它安排的筆法，這兩點是「雙絕」，是最高水平的。在這裡，周濟把王沂孫的地位擡得很高。但只是周濟把王沂孫抬得這麼高嗎？不是的。陳廷焯在他的《白雨齋詞話》中也曾說：王沂孫的詞是詩中的曹子建、杜子美，說他的品格最高，味最厚，意境最深，力量最重。他把王沂孫擡到最高的地位。只是周濟跟陳廷焯推崇他嗎？不然，清朝的詞人如朱祖謀、王鵬運等最有名的詞學家都是推崇王沂孫的詞的。陳廷焯曾說：「讀碧山詞須息心靜氣，沉吟數遍，其味乃出。心粗氣浮者，必不許讀碧山詞。」王沂孫的詞是不易懂的，應當細心玩味，才能體會出其中的好處。而現在一般人常喜歡讀比較容易懂的詞，而不喜歡讀王沂孫這一類詞了。我認爲既然有這一類作品，我們就應當會欣賞它。它代表了中國韻文中一種精美的成就。

現在，我們再看王沂孫的另一首詞。就是〈天香〉以後的第二首〈齊天樂〉，是詠蟬之作。第一次講詠物詞的時候我說過，王沂孫詞中所以有這麼多詠物的作品是由於他所生存的時代環境造成的。因爲他是經歷了南宋的敗亡之後，在敵人控制下，有很多不能明說的地方。所以他不得不假借詠物詞來表現自己對於祖國的懷念。除此以外，還有第二個原因。我在講詠物詞的發展的時候也講過，那是在文學發展到相當興盛的時候，有一個文學社團，大家共同聚會，就要找一個共同的題目來作詩填詞。我也說過王沂孫常常和他的朋友在一起聚會，寫詠物詞，其中的一部分被編成集子叫《樂府補題》。清朝的一個詞人叫做厲鶚的，他寫過幾首論詞絕句，裡邊有一首談到了這一卷的詠物詞，他說：「頭白遺民涕不禁，補題樂府在山陰，殘蟬身世香蒓興，一片冬青冢上心。」說是南宋敗亡之後，元朝統治初期，有一個和尚叫楊璉眞伽的到江南把南宋皇帝、皇后的陵墓發掘了。當時有些南宋的遺民也是王沂孫的朋友，像唐珏，也是《樂府補題》裡面的一個作者，他們管他稱作義士的。他們這些人就把被盜發的陵墓的那些被拋散的皇帝皇后的屍骨整理了，找了一個地方埋葬，並且把舊日皇帝陵墓前面的一些冬青樹，移種在他們埋葬這些被發掘的屍骨所在的地方。厲鶚說：「頭白遺民涕不禁」，像王沂孫他們這些經歷了南宋亡國之痛的遺民，年歲都老了，頭髮都白了，他們的涕淚難禁，內心的悲哀是無法禁受得住的。所以他們就寫了《樂府補題》，寫了這些詠物的詞。而這些題目是以前樂府中沒有的，所以叫《樂府補題》。在哪裡寫的？在會稽山陰，也就是南宋陵墓的所在地，也是這些南宋詞人家鄉的所在地(王沂孫就是會稽人)。所以說：「頭白遺民涕不禁，補題樂府在山陰。殘蟬身世香蒓興。」什麼是「殘蟬身世香蒓興」呢？他們這一卷詠物詞所謂的《樂府補題》一共詠了五種物，就是「龍涎香」、「白蓮」、「蟬」，還有「蒓」和「蟹」。厲鶚說：「殘蟬身世」是他們吟詠秋天快要死亡的蟬，借這個物寄託他們身世的悲哀。他們所詠的蒓菜，也是有他們比興的深義的。是什麼樣的比興深義呢？是「一片冬青冢上心」。他們把被發掘的皇帝皇后拋散的屍骨埋葬了，把原來宋朝陵寢之前的冬青樹移栽在他們埋葬屍骨的所在地。他們把故國的冬青樹埋葬在自己故國的君主和皇后的陵墓之前。這是一片對於故國的忠愛懷念的情意，是一片什麼心？是「一片冬青冢上心」，是埋葬在皇帝皇后的陵墓之前的一份對祖國的懷念的情意。我們現在所要講的〈齊天樂〉詠蟬的詞，就正是包含了「殘蟬身世香蒓興」的作品。你要欣賞王沂孫的詞，粗心浮氣的是不能的。王沂孫是以思筆著稱的，我們只有沉下心來才能欣賞王沂孫的詞。

現在讓我們來看這一首詠蟬的〈齊天樂〉詞，他說：

一襟餘恨宮魂斷，年年翠陰庭樹。乍咽涼柯，還移暗葉，重把離愁深訴。西窗過雨。怪瑤珮流空，玉箏調柱。鏡暗妝殘，爲誰嬌鬢尚如許？

銅仙鉛淚似洗，嘆移盤去遠，難貯零露。病翼驚秋，枯形閱世，消得斜陽幾度？餘音更苦。甚獨抱清商，頓成淒楚。漫想薰風，柳絲千萬縷。

人家不喜歡王沂孫的詞，不講王沂孫的詞，說他好像謎語，無法讀懂。我想這是因爲人們對於古典的語言及其所提示的語碼不熟悉了。你要看王沂孫的「思筆」。頭一句「一襟餘恨宮魂斷」，這與所詠的蟬有何相干？對他們這一類的詞，你要透過他們對詞的安排，透過他們的思考的思力來體會。這裡有一個關於蟬的典故。有一本書叫《古今注》（作者崔豹），記載著古今傳說的一些神奇的故事。《古今注》上說，從前春秋戰國時代，齊國有一個齊王，他對他的皇后非常不好，這個王后後來就死了。她是懷著滿心的哀怨痛苦而死去的。這個王后死後，變成一隻蟬，飛到皇帝的宮廷庭院的樹上，不斷發出悲哀的叫聲。可能我們對這個典故很生疏，但古人不生疏。李商隱就有兩句詩說：「鳥應悲蜀帝，蟬是怨齊王。」他說鳥應該悲哀，悲哀的是什麼？悲哀的是蜀帝，因爲蜀國的望帝相傳死後變成杜鵑鳥了。「蟬是怨齊王」，齊國的王后變成蟬了，怨齊王對她不好。「一襟餘恨」：「襟」就是胸懷；「一」就是整個的、滿懷的；「餘恨」，殘留的恨，到死都不能消除的怨恨；「宮魂斷」，因爲它是王后變的，是宮中的王后的魂魄，她的斷魂就變成這一隻哀鳴的蟬。「一襟餘恨宮魂斷」，王沂孫的詞寫得好，典故用得很貼切。他的情思，他的筆法，也著實是好。光只是以詠蟬來說就已經是很好了，而還不只如此，因爲這些遺民是通過蟬來寄託他們亡國的悲哀，而當時南宋被發掘的陵墓，有皇帝的，也有皇后的，所以「一襟餘恨宮魂斷」。不但有這麼美麗的詞句，而且有這麼深刻的託意。王后變成了蟬，蟬是怎樣地生活？「年年翠陰庭樹。」每年夏天，它都在庭院的碧綠的樹陰中鳴叫。「翠陰庭樹」，一方面是用典，另一方面也還有他的情意。什麼情意？李商隱的詩詠〈蟬〉說：「本以高難飽，徒勞恨費聲。五更疏欲斷，一樹碧無情。薄宦梗猶泛，故園蕪已平。煩君最相警，我亦舉家清。」你現在就可以看到詠物的方式的不同了。李商隱是完全從這個物的直接感受來說的。「本以高難飽，徒勞恨費聲。」本來就爲你的棲身的地方這麼高，所以你只能餐風飲露。你能像鳥那樣的啄食地上的螻蟻這些個昆蟲嗎？不能的。「徒勞恨費聲」，你一天不斷地從早到晚地放開了喉嚨在叫，誰聽你叫？誰關心你叫？誰理解你叫？李商隱對於蟬的感發是直接的感發。王沂孫寫蟬是繞著典故轉了一個圈子，經過了思想安排出來的，這是兩種不同的詠物的方式。還不只如此，我引李商隱的這首詩，還不只是要用李商隱的詩跟王沂孫的詞作一個對比，我是要借著李商隱的這一句「五更疏欲斷，一樹碧無情」來說明王沂孫的「翠陰庭樹」一句詞。綠色的樹，本來是美麗的，可從蟬的感受來說，是「碧無情」。我棲身在這碧綠的樹上，鳴叫得這麼悲哀，整天不斷地鳴叫，你們哪一片樹葉對我關心了？你們哪一片樹葉對我了解了？我從白天叫到夜晚，到五更寒冷的天氣，我的聲音都叫斷了，可你們哪一片樹葉對我關心了？所以是「五更疏欲斷，一樹碧無情。」王沂孫的詞「年年翠陰庭樹」一句，一方面既合於《古今注》上關於齊王后變爲蟬在庭樹上哀鳴的典故，而另一方面結合李商隱的詩來聯想那「年年翠陰庭樹」，同時又有「一樹碧無情」的悲慨。那翠陰，那美麗的碧樹是無情的。

我這樣講，是我故意這樣聯想嗎？不是的。古人欣賞詩詞，能在詩詞中看到比較深的意思，得到比較大的感動，是因爲當他們讀到這些作品的時候，可以引起這樣的聯想。而這樣的聯想只是我們中國的這些古典的詩人學者才有的嗎？不是的。西方最新的文學理論也是這樣講。我也不是說，我們什麼都有，我們什麼都是好的。不是的。很多成就我們早已有了，但我們不會說明。我們從來沒有建立過像西方那樣精密的、那樣完美的、那樣博大的理論體系，我們只能使用一些抽象的評語，所以青年人不喜歡。他們說，什麼比興，老講比興，我們才不要聽。他們不知道這比興之間所講的本來就是人基本的意識活動，是人的意識跟外在的現象接觸時的最基本的活動，它不但是創作的根源，也是宇宙一切認識的根源。而我們所謂「比興」所掌握的，其實正是那最基本的兩種心物交感的形式：從心到物，從物到心。

我剛才說，中國的古人喜歡引證，說這個古典，那個古典，是我們才喜歡這麼引證的嗎？不，你去看一看艾略特的〈荒原〉，裡邊都是古典。而西方的理論就恰好可以給我們的這些解釋作了一個很好的說明，他們叫做書篇聯想軸(intertextuality)。我們以前講過了，瑞士的語言學家索緒爾說，我們的語言有語序的一個軸線，有聯想的一個軸線。「蛾眉」這一語彙是個語碼，可引起聯想軸上的聯想。西方理論又說，你欣賞一個作品的時候，可以從這首詩想到那一首詩，從這一篇作品想到那一篇作品，就是說，用「書篇的聯想軸」的理論來進行聯想。這是絕對重要的，西方的理論上有很詳細的說明。在接受美學，在讀者反應論裡面有很詳細的說明。這一點，不管從中國古代的理論來說，還是從西方的最新的理論來說，這都是想要更深入地欣賞一篇作品的一個重要的方式，這就是書篇聯想軸。

李商隱說：「五更疏欲斷，一樹碧無情。」這句詩正可以用來結合王沂孫的詞句「年年翠陰庭樹」來體會。我們剛才說，長調都要鋪陳，都要安排，所以他後面就寫了蟬的生活，「乍咽涼柯，還移暗葉，重把離愁深訴」。王沂孫之所以被周濟讚美，是因為他「思筆可謂雙絕」。你看他寫的蟬過什麼生活？「乍咽涼柯」的「咽」，嗚咽，好像哭泣一樣的叫聲。蟬在那麼寒冷那麼高的枝頭上啼叫，從這個樹枝飛到那個樹枝，從這一片茂密的樹葉的樹蔭之中移到那一片的樹葉的樹蔭之中。而且按我剛才講過的表現的形式跟表現的材質來看，他所用的材質上的形容詞是什麼？「乍咽」的是「涼柯」，「還移」的是「暗葉」。不管你嗚咽的嘶鳴的場所，不管你生活的遷移的場所，一個是「涼柯」，一個是「暗葉」，你的環境就是如此的。「乍」就是才，它才離開了涼柯，又飛到了暗葉，都是寂寞淒涼的；不管是在涼柯之上，還是在暗葉之中，蟬總是「重把離愁深訴」。它往復重疊的鳴叫所表現的都是離別的愁恨，蟬跟她的配偶——齊王離開了，那是離愁。以寄託來說，南宋的這些皇后，有的被帶走了，被俘虜了，有的死亡了，她們的墳墓卻被發掘了。所以不管是在涼柯之中，也不管是在暗葉之下，它所鳴叫的訴說的都是離愁。「重把」的「重」是再一次，永遠不斷地訴說的都是離愁。

下面「西窗過雨，怪瑤珮流空，玉箏調柱。鏡暗妝殘，爲誰嬌鬢尚如許！」是寫經過了一場風雨之後。本來蟬就是淒涼的，何況「過雨」之後，現在也就更淒涼了。「瑤珮流空」，「瑤珮」就是蟬。蟬爲什麼叫瑤珮？這是這一派的詞人用思力安排出來的。原來古人的玉珮有蟬形的，叫玉蟬。這個蟬飛過去了，就是「瑤珮流空」。「瑤」就是玉，「珮」就是蟬的形狀。「瑤珮流空」，就是經過了風雨的吹打，蟬棲身不住，就飛到了另外一棵樹上去了。「玉箏調柱」，是蟬飛過去的聲音，這聲音好像是又換了一個音調。你要知道彈箏的時候，把柱(弦底下支弦的柱)一調整，音調就改變了。「瑤珮流空，玉箏調柱」，是說蟬經過了風雨的吹打，它彈奏出來的、它鳴叫出來的是一種更悲哀的音樂的聲音。我現在又要說到書篇的聯想軸了。

馮正中有一首小詞，說「誰把鈿箏移玉柱，穿簾海燕雙飛去。」從表面上看，小詞都是說美女和愛情。這首詞是說誰在彈一個美麗的鈿翠裝飾的箏？而在彈的時候，把箏弦下面的玉柱移動了一下，「誰把鈿箏移玉柱」。在彈箏的聲音之中，在箏的聲調改變之中，就有「穿簾海燕雙飛去」，一對海燕穿過了簾幕飛走了。表面寫的如此，聯想的內涵就深了。當代學者、香港饒宗頤教授說：「誰把鈿箏移玉柱，穿簾海燕雙飛去」這兩句詞引起他的感想是「嘆旋轉乾坤之無人采」(饒宗頤《人間詞話評議》)。他所想到的是箏的聲音的改變、弦柱的推移，是代表了國家的形勢的改變。馮廷巳是南唐的作者，當南唐走向敗亡的時刻，南唐的國勢一轉變，所有的情事都改變了，都消失了。饒先生有過這樣的說法。因此王沂孫的「瑤珮流空，玉箏調柱」，也就可以使人有這樣的聯想。像我剛才這樣講，很多年輕人可能認爲：這是中國的老古董、老先生們就喜歡這麼胡說。然而西方也重視這種聯想，這就是所謂「書篇的聯想軸」。

王沂孫說：「鏡暗妝殘，爲誰嬌鬢尙如許？」這裡又用了一個典故，用典是這一派詞人的特色。他們都用典故，都用隱語，這是詠物詞的特色。爲什麼要說「鏡暗妝殘」呢？因爲中國古人有這麼一個傳統的語碼，就是「蟬鬢」。因此說蟬的時候，常是跟女人的鬢髮結合在一起的。相傳曹魏宮中有一宮女叫莫瓊樹，她把自己的髮型梳爲蟬鬢，望之縹渺如「蟬」。把頭髮從兩邊梳出來，像蟬的兩個翅膀一樣，望去是張開來的，而且好像是透明的，這種頭髮的裝束就叫做「蟬鬢」。這是一個大家都熟悉的典故。駱賓王的〈在獄詠蟬〉就說：「不堪玄鬢影，來對白頭吟。」黑色的鬢髮如同蟬翼。這是一個傳統，是一個語碼。既然把蟬說成是蟬鬢，比做一個女子了，這個蟬還梳它的鬢嗎？「鏡暗妝殘」，鏡子上滿是塵土，被暗塵封鎖了，過去美麗的妝束也已經殘毀，不那樣美麗了。雖然如此，可是她的頭髮還沒有改變。「爲誰嬌鬢尚如許？」已經「鏡暗妝殘」了，但是你的頭髮爲什麼還是這麼嬌美的形狀呢？我們講過陸放翁有一首小詞，他說「零落成泥碾作塵，只有香如故」。就算我「鏡暗妝殘」，環境都改變了，我的嬌鬢是仍然存在的。從所詠的蟬來說，他的感情的感發的情意是很不錯的了。而如果結合著他的時代背景來說，南宋有一個孟皇后，死屍被挖掘出來以後，她的頭髮還是完好的，黃金簪還插在頭髮上。這與當時的情事相符合，所以王沂孫的詞眞是「思筆可謂雙絕」。他的安排的手法，他的感發含蘊的力量，有的是一讀就知道的，有的是要你想一想才能體會的。讀王沂孫的詞你要想一想，要講一講，你才能體會到他確實是有這麼深的感動的意思。這是上半首。

下半首「銅仙鉛淚似洗，嘆移盤去遠，難貯零露」。在講〈天香〉這首詞的時候，我曾提到「鉛水」兩字出於唐朝李賀的〈金銅仙人辭漢歌〉，是說漢武帝立了一個很高的銅柱，上面有一個銅人，銅人兩個手托著一個盤子，承接空中的露水，用這露水可以調和長生不死的藥物。漢朝滅亡以後，曹魏的時候，就把金銅仙人遷移走了。在講〈天香〉的時候，我也曾引這首詩的「憶君清淚如鉛水」一句，說這個「鉛水」只是作爲一個語碼出現的。然而在這首詠蟬的〈齊天樂〉裡的「銅仙鉛淚似洗」，這一個典故不只是做爲一個語碼，而且是做爲一個結合著蟬的整個的典故出現的。是說這個金銅仙人流下了沉重的淚水，臉上像被淚水洗過似的。「銅仙」爲什麼「鉛淚似洗」？是因爲「嘆移盤去遠」啊！因爲他悲哀，因爲這個銅仙被推倒了，因爲這個銅盤被遷移走了，因爲漢朝滅亡了，因爲曹魏把金銅仙人和他的承露盤都給移走了。而金銅仙人的「鉛淚似洗」，金銅仙人的「嘆移盤去遠」，與蟬何干？這就是王沂孫思想的深刻之處。因爲「移盤去遠」，所以「難貯零露」，盤子不能再接存那天上的露水了，盤子都拆毀了，倒下來了，還接什麼露水？接露水這個典故與蟬有著密切的關係。古人說：「覆巢之下，安有完卵！」人民的命運一定與國家相關。當一切都被摧毀了，一切都敗亡了，你作爲一個蟬還有露水嗎？所以王沂孫的思筆眞是深刻。

我讚美王沂孫的思筆深刻，還需要舉一些例證加以說明。同樣是詠物詞，同樣是寫蟬要飲露水的故事。在與王沂孫一同結社聚會，共賦詠蟬的十四個人中，思筆就有高下之分。例如一個作者寫「綽約冰綃，夜深誰念露華冷」。說蟬的翅膀很薄如透明的冰綃，在深夜那寒冷的露水降下的時候，誰關懷它？誰想到它的寒冷、孤獨、寂寞的生活？這個意思只是一層意思。另一個作者寫道：「綃衣乍著，聊飲人間風露。」說蟬有冰綃般的翅膀，好像一個女子穿著冰綃的衣服。它姑且地飲一點人間的風露（蟬本身是很高潔的，不吃世間的汚穢的東西，它只是吃一點人間的風露而已）。這個意思也是比較單純的。還有一個作者說：「涼生鬢影，獨飲天邊風露。」當寒冷的季節來臨時，作爲一個蟬，只飲一點天邊的風露。又有一個作者說：「與整綃衣，滿身風露正清曉。」說正是破曉最冷的時候，它滿身披著風露，要把冰綃似的翅膀整理整理。這四首詞也不是不好，也都切合了蟬的生活，可是與王沂孫比較起來，就顯得比較淺顯，比較單純。而王沂孫所寫的「銅仙鉛淚似洗，嘆移盤去遠，難貯零露」，卻層層轉折，寄託了深遠的悲慨。所以周濟讚美王沂孫「思筆可謂雙絕」。

後邊一句「病翼驚秋，枯形閱世，消得斜陽幾度」，是說蟬已經衰老了，多病了，他的翅膀已飛不起來了。「露重飛難進，風多響易沉。」這是駱賓王詠蟬的詩。「病翼驚秋」，那觸目驚心的秋又來了，死亡就到了。「枯形閱世」，蟬已慢慢地枯萎了，這個枯萎的蟬曾經看遍人世的盛衰。這裡句句說的是蟬，也句句有他自己家國的悲哀。「消得斜陽幾度」，秋天的快要僵死的蟬，還能忍受幾天黃昏的日落，沒有幾天，它的生命就要結束了。「餘音更苦」，說蟬的殘留的哀鳴的聲音，越來越悲苦了。「甚獨抱清商，頓成淒楚」，此時情形忽變，它再唱的就是淒楚的音調了，過去美好的年華不再回來了。「謾想薰風，柳絲千萬縷」。「謾想薰風」，薰風者，是南風，是夏天的風，是蟬的美好的生命的季節。而這裡又使我們有一個書篇的聯想，相傳古代有一首帝舜時代的〈南風歌〉，說「南風之薰兮」，可以「解吾民之慍兮」，美好的南風可以解除人民的痛苦。它歌頌的是美好的帝舜時代。用了一個「薰風」，既切合了蟬的夏天的生命，也因爲〈南風歌〉中的「薰風」而引起我們對宋朝盛世的聯想。如果我們看一看吳自牧的《夢粱錄》，就知道當年南宋的杭州曾是何等的繁華。「謾想薰風，柳絲千萬縷」，空自懷想過去的日子，千萬柳條披拂，那是多麼美好，多麼興盛的時代。王沂孫用蟬的口吻來說，「柳絲千萬縷」，而如今只是「謾想」，徒然地回憶追想了。杜甫對盛世的懷念則與此不同，他說：「憶昔開元全盛日，小邑猶藏萬家室。稻米流脂粟米白，公私倉廩俱豐實。」杜甫的這幾句詩也表達了他對開元盛世那一段美好日子的懷念。同是懷念，但詩跟詞不同，杜甫寫的是詩，用的是賦的手，把他的感發直接表現出來了。王沂孫懷念的也是過去國家全盛的日子，感情是相似的，可是他寫的詞，用的是詠物的手法，所以就「謾想薰風」那「柳絲千萬縷」。他以「薰風」、「柳絲千萬縷」代指兩宋盛世。這就是王沂孫的詞的好處，「思筆可謂雙絕」。

欣賞這樣的詞的方法，你不能夠只用直覺的感受，也不能簡單地只用一個語碼就聯想了，你要從他整個的安排、結構，從他的語言文字與他所寫的物的結構，並透過他所寫的物與他寄託的託意的聯想的關係層層深入想下去。現在雖然很多人都不能欣賞這一類的詞，但是又確實存在著這一類詞，而且在清朝曾爲很多人所推崇，不但是周濟、陳廷焯，連清朝最有名的詞學家朱祖謀、王鵬運推崇的都是這一類的詞，所以我們還是應當學會對這類詞的欣賞的。當然清朝的那些作者之所以推重這一類的詞也有他們的幾種原因。宇宙之間的任何現象都有一個發生的理由，都有一個存在的意義的。清朝的詞人爲什麼推重這一類的詞？一個原因是因爲從張惠言開始的清朝的詞論家要給中國的本來不在倫理道德約束之內的男女愛情的歌詞，找一些道德倫理的意義和價値，抬高詞的地位。所以他說溫庭筠的詞有屈原〈離騷〉的意思。但就算用了「懶起畫蛾眉，照花前後鏡」，這跟屈原〈離騷〉所寫的「蛾眉」又有什麼必然的聯繫？「蛾眉」的語碼及衣飾的美好，可能只是偶然的切合，未見得溫庭筠就是用這樣的託意來寫詞的。所以張惠言用屈原〈離騷〉的說法講溫庭筠的詞，很多人不同意，很多人不相信。可是王沂孫這一類的詠物詞是確實有託意的。每一個語彙、每一個語碼都含著很深刻的意思。這個就正符合他們的詞的理論，是他們最好的證據。他們特別推重王沂孫的詞，是因爲王沂孫的詞是他們最好的見證人。這是一個原因。還有一個原因，是因爲朱祖謀、王鵬運他們所生活的時代是晚淸時代，是經歷過「鴉片戰爭」、「庚子之亂」、北京曾經被八國聯軍所占據的時代，他們跟王沂孫有相似的生活體驗和經歷。朱祖謀、王鵬運這樣的作者在北京被八國聯軍占領的時代，心中很悲哀。但是，因爲現實的限制，他們沒有能夠拿起刀槍跟敵人鬪爭。他們幾個悲哀的詞人只有在一起塡寫歌詞。他們也留下了一卷歌詞叫做《庚子秋詞》，也是有託意的歌詞。所以清朝的那些人推重王沂孫的詞既有文學理論上的原因，也有他們個人身世環境的原因。這是王沂孫詞當時所以特別受到推重的原因。從用「思」與用「筆」的路線去欣賞，是一條專門針對王沂孫詞這一類作品的欣賞的路子。

溫庭筠的那一類詞是從語碼來聯想的，那是另一條欣賞的路子。但不管是溫庭筠的小令也好，是王沂孫的長調也好，是單純只從語碼去聯想也好，是從整篇的思筆結構來聯想也好，我要把這兩種歸納合一，就是說他們的解釋都是從理性的思索來進行的。說「蛾眉」，屈原〈離騷〉有「蛾眉」，說「銅仙鉛淚似洗」，李賀詩的「金銅仙人」寫的就是國家敗亡的感慨；都是從理性上去思索，從他們所用的語碼、所用的典故找一些相似的地方來比附解釋。這一類作品欣賞的路子，我以爲用我們中國最基本的詩歌的理論的批評術語來說，都是屬於「比」的性質。不但是作者用「比」的方式進行創作，讀者也是用「比」的方式來評說的。我們以前說過，評論詞的方法共有三種：一種只講語碼；一種是結合他的「思筆」的安排來講的；這二種都屬「比」的方式。

另外一種是屬於「興」的欣賞方式。創作的時候有見物起興的方法，聽到雎鳩關關的叫聲，就會想到君子好逑；評論的時候也同樣可以用「興」的方式。剛才講西方的符號學、接受美學、讀者反應論的理論，其中有這樣的觀點：作者寫作品的時候，在作品裡創作出來多少引人聯想的潛在的感發的力量？讀者讀一篇作品的時候，能從作品中發現多少本質上的感發的力量？這是另外的一種批評欣賞的方式。不假借語碼典故，而是他本身的語言符號的本質的材質就傳達出來一種感發力量，這就是「興」的欣賞方法。王國維說「菡萏香銷翠葉殘，西風愁起碧波間」，大有「衆芳蕪穢，美人遲暮」的感慨。他的這種解釋是從「菡萏香銷翠葉殘」的這些語言文字的符號所帶有的材質上的感發中引起來的聯想。我說過，如果換一種方法說「荷瓣凋零荷葉殘」，這個感發就沒有了，「菡萏香銷翠葉殘」一句，就把這麼多美好的品質集中起來，然後用一個「銷」字，一個「殘」字，一個「銷毀」，一個「殘破」，而「菡萏」的美好，「香」的美好，「翠」的美好，就都在「銷」與「殘」之間凋零消逝了。這是整個的語言文字的符號的本質之上產生的感發的力量。王國維的《人間詞話》中說：「南唐中主詞『菡萏香銷翠葉殘，西風愁起碧波間』，大有衆芳蕪穢，美人遲暮之感，乃古今獨賞其『細雨夢回雞塞遠，小樓吹徹玉笙寒』，故知解人正不易得。」他說這兩句詞中有「衆芳蕪穢」的悲哀，可是他說別的古今評賞詞的人都卻只欣賞他的「細雨夢回鷄塞遠，小樓吹徹玉笙寒」，他因而認爲眞正懂詞的人不容易找到，意思是說那些人不懂得這首詞的眞正好處所在。這首詞是南唐中主寫給樂工王感化的詞，寫的是征夫思婦男女離別相思的感情，本來不見得有「衆芳蕪穢，美人遲暮」的感慨。從內容所寫的表面的情事來看，人家說的是對的，欣賞「細雨夢回鶴塞遠，小樓吹徹玉笙寒」是對的。可是王國維怎麼敢說人家都是理解不了，只有他王國維才懂呢？他敢這樣說，是因爲他是從詞的感發的材質方面而言的，這是王國維說詞的一種方式。

王國維另外還有兩種說詞的方式，我們再引一段《人間詞話》。他曾說：「尼采謂『一切文學，余最愛以血書者』，後主之詞眞所謂以血書者也。宋道君皇帝〈燕山亭〉詞，亦略似之。然道君不過自道身世之戚，後主則儼有釋迦基督擔荷人類罪惡之意，其大小固不同矣。」從這段話可以看出，他是以爲作品中所傳達的感發力量，是有深淺、大小、厚薄、廣狹的不同的。還不說你寫了壞詩，它根本沒有傳達出來感發的生命，根本就不是有生命的作品。就算是感動人的詩，但你所寫的只是自己一個人的感情嗎！像沈佺期、宋之問所寫的「魂飛南翥鳥，淚盡北枝花」，也未嘗不美麗，但這只是他個人的悲哀。杜甫所寫的「關塞三千里，煙花一萬重」，「國破山河在，城春草木深」，他的感發的生命自然就博大，自然就深厚。詞的高低好壞，作爲一個大詞人跟一個小詞人，作爲一個大作家跟一個小的作家，他們的層次的不同就在於他們感發的生命大小厚薄的不同。還不只是他自己的感發生命的不同，他傳達出來的時候，所帶著的力量也是不同的。就算是同樣寫破國亡家的悲哀和感慨，你寫出來使別人感動多少？他寫出來使別人感動多少？你所傳達的效果和力量如何？這是分辨作品好壞的主要的標準。所以王國維說李後主的詞有「釋迦基督擔荷人類罪惡」的意思。李後主當然不是釋迦基督，王國維說他有釋迦基督擔荷人類罪惡的意思，是因爲李後主所寫的雖然只是一個人破國亡家的悲哀，可是由於他從自己一個人的痛苦中，忽然體會到了所有人間的這種無常的悲哀。所以他說：「胭脂淚，留人醉，幾時重？自是人生長恨水長東！」他寫的已經是整個人生的悲哀了。再如「春花秋月何時了，往事知多少」，他寫的也原只是自己個人的悲哀，因爲「小樓昨夜又東風」他的「故國不堪回首月明中」了。可是當他寫「春花秋月何時了，往事知多少」的時候，我們每個人都在「春花秋月何時了」的永恒跟「往事知多少」的無常的消逝的對比之中了，所以他是以一個人的悲哀寫出了所有人類的悲哀。這是他與徽宗的不同。宋徽宗的〈燕山亭〉詞則相形見絀。他說：「裁剪冰綃，輕疊數重，淡著臙脂勻注。新樣靚妝，艷溢香融，羞殺蕊珠宮女。」他也寫落花：「易得凋零，更多少無情風雨。愁苦！閒院落凄涼，幾番春暮」他的感動的力量，不像李後主所傳達的那麼強大。而且我剛才說過，感發有一種材質，不只是表面。表面上道君皇帝也說風雨，也說落花。與李後主的「林花謝了春紅，太匆匆。無奈朝來寒雨晚來風」，好像差不多，兩個人的詞表面意思是一樣的。可是道君皇帝只寫了一個外表，李後主却用「林花」的總體的概念，表現了滿林所有的花。又用「春紅」所表現的「春」的季節的美好，「紅」的顏色的美好，集中起來表現了一種美好的品質。他的「謝了」跟「太匆匆」，兩個詞重複的說，表現了深沉的哀悼。「朝來寒雨晚來風」，一個「朝」跟「晚」對比，一個「雨」跟「風」對比，朝晚風雨對比中，表現了朝朝暮暮、風風雨雨的普遍的、包舉一切的這種摧傷。這就是作品傳達的感發力量有多少的分別，這就是王國維從感發來衡量作品的第一個標準，是以感發力量的大小多少爲標準來評詞的。我們剛才還講了王國維曾從中主詞的「菡萏香銷」聯想到「衆芳蕪穢，美人遲暮」，那是王國維另一種說詞的方式，是從作品的材質給人的感發來說詞的。

此外，王國維還有另一段詞話，說「古今之成大事業大學問者必經過三種境界」，然後他舉了三首小詞代表這三種境界，這種說詞方式與西方的接受美學及讀者反應論有相合之處。有一個意大利講接受美學的學者 Franco Merlgalli，他曾說，作爲接受者對於一個美學的客體，不管是一首歌曲、一首詩，它們的讀者，可以分成三種不同的類型：第一種是一般的讀者，他們能夠從表面把作品看過去，這是最普通的讀者。第二種是透明性的讀者，能夠透過表層的意思，看到裡邊的最本質的作用。像王國維對中主的那首詞，不是只看表面的情意，他能夠透過眞正的感發生命的本質，把美人的遲暮跟草木的零落結合起來，看出一種所有美好的生命志意落空的那種走向衰亡的悲慨。這是所有的有理想的人的悲哀，是「恐年歲之不吾與」者的悲哀。每個人都知道你的人生是有限的，你要掌握你的人生，要眞正愛惜它。所以對於生命的消逝有一種「草木搖落」、「衆芳蕪穢」的悲哀。不只看外表的故事的意思，還要看到裡邊眞正的本質，這是第二類透明性的讀者。還有第三種創造性的讀者。就是說，一般讀者只能做到作者說一，你懂得一，作者說二，你懂得二。但是創造性的讀者可以做到作者說的是一，你可以一生二，二生三，三生無窮，你可以有這樣自由的、豐富的聯想。晏殊、歐陽修等人所寫的詞，就曾經引起王國維這樣創造性的聯想，他曾經舉晏殊的詞「昨夜西風凋碧樹，獨上高樓，望盡天涯路」，說這是成大事業、大學問的第一種境界。晏殊當年是按著這個意思寫的嗎？當然不是的。晏殊所寫的是愛情、是相思、是離別、是懷念。所以在這兩句詞的前面，他寫的是「明月不諳離恨苦，斜光到曉穿朱戶」。他說一個女子晚上不能成眠，懷念他所愛的人。「明月不諳」，不知道、不理解我們離別的愁恨，它的西斜的月光，從深夜到天明，穿過朱紅色的窗戶，照在我的床前，使我一整夜都沒有成眠。這是上半首的最後兩句。所以下半首開頭就說：「昨夜西風凋碧樹，獨上高樓，望盡天涯路。」我整夜懷念他，第二天早上我就站在樓上遙望天涯，懷念我所愛的人。我發現昨天一夜的寒風，把我樓頭窗外的樹葉都吹落了，所以我今天就能看到天涯更遠的路。我希望在那天涯的盡頭能看到我所愛的人，但是我終於沒有看到。這首詞所寫的是離別，是相思，是愛情。可是王國維居然說它是成大事業、大學問的第一種境界。這就是讀者的創造性的聯想了。好，也許你們就以爲讀者可以自由聯想了，可是不然。西方的接受美學專家，德國的 Walfgong Iser 就說了，「讀者的反應是一定要受到作品的肌理、組織所左右的，你不能隨便聯想」。杜甫〈秋興〉詩有一句「聞道長安似奕棋」。有人解釋說，杜甫是說長安的街道都是南北東西的方向排列的，像棋盤似的。可是作者的本意不是這個意思，而且在品質方面也不合這種感發的聯想。因爲杜甫曾經在長安居住過，他親眼看見長安的街道，而詩句的前兩個字是「聞道」，若寫長安的街道，怎麼說「聞道」呢？杜甫寫的是長安再次的淪陷（本來安史之亂時，長安曾經陷賊，後來廣德年間再一次被吐蕃攻陷）。當時杜甫不在長安，所以說「聞道長安似奕棋」。他的言外之意是說，難道國家的首都長安也跟下棋一樣，說敗就敗了，說淪陷就淪陷了嗎？而且還可能指當時政策的反覆，如舉棋不定，是這種悲哀。所以說詩的人不是可以隨便聯想的，聯想一定是受作品本身的約束。

什麼叫肌理？這是一個翻譯的名詞。英文是 texture，指的是物品的質地。摸一摸這個材料，它是絲的，是麻的，還是棉的？是化學纖維的，還是滌麻混紡的？它織成的花紋，是凸起的花紋？還是凹下去的花紋？還是平織的花紋？這所有的一切都叫 texture。「肌理」就是一個材料的本身質地。而作爲一個作品的 texture，它所用的形象、它的結構、它的組織、它的聲音、它的語碼，所有這一切結合起來給人的感覺，就是它的肌理。剛才我說，作者要寫一個作品，他就要給這個作品以發揮的潛力。每一個人的作品都能叫王國維想到成大事業大學問嗎？絕不是的。只有最好的作者、第一流的作者才能夠在作品之中隱藏蘊蓄著這麼多的潛在的力量。這種潛藏的力量，作者自己都未必知道，而它却是確實蘊藏在裡邊的，使讀者可以隨時發掘，可以聯想，可以發揮的。「昨夜西風凋碧樹，獨上高樓，望盡天涯路」。「凋碧樹」的「凋零」，它在本身的材質上，是說當萬紫千紅都零落了，樓頭的蔭蔽都消除之後情景，人常常被眼前身外的蠅頭利祿、蝸角功名所限制，所牽絆，所以你就沒有更遠的理想，沒有更遠的目光。你要想成大事業、大學問，第一，就要有「昨夜西風凋碧樹，獨上高樓，望盡天涯路」的境界。你不要總是那麼眼光短淺，想一學一幹就可以馬上得到什麼成績。學習的用處有遠近大小的種種的不同，你要成爲創造眞正的偉大的事業的人，你就要脫除這眼前的利益得失的牽絆，要有高瞻遠矚的目光。這是成大事業、大學問的第一種境界，是由這個作品的本身的內容材質引起的聯想。「昨夜西風凋碧樹」的「凋碧樹」所表現的「凋落」，「獨上高樓」所表現的「高遠」，「望盡天涯路」所表現的「瞻望」的眼光，它本身的本質便帶著這種感發的力量。

下面的兩句話是柳永的，柳永說：「衣帶漸寬終不悔，爲伊消得人憔悴。」這兩句本也是寫愛情的，說我爲我所愛的人，因爲懷念，我就憔悴、消瘦，衣服的帶子都寬鬆了，可是我不後悔，因爲他值得我這樣懷念。爲什麼王國維說這是第二種境界呢？因爲如果眞正追求大學問、大事業，你要付出代價，不是那些個急功好利、想走最短的捷徑來求取最大成果的人所能做到的，所以要有「衣帶漸寬終不悔」的不惜犧牲的追求精神。急功好利的人儘管有眼前的一點小的成就但他永遠不會取得大事業、大學問的成就。王國維既然說成大事業、大學問，就不是說只追求不獲得，而是說你最後要眞的完成。所以說，「衆裡尋他千百度，驀然回首，那人却在、燈火闌珊處」，是第三種境界。大家都追求萬紫千紅，大家都在那個繁華燦爛的地方，但我最後發現，我眞正追求得到的是在燈火闌珊的地方。絕沒有盲目的只追求眼前的繁華的人能夠成就大事業、大學問的。一定要能夠忍耐孤獨，付出犧牲、勤勞的代價，才能得到成功。「那人」是「在燈火闌珊處」的地方，絕不是衆人喧嘩的所在。王國維體會到這三種境界，是從這些詞的本質上體會出來的。王國維又說：「此等語皆非大詞人不能道，然遽以此意解釋諸詞，恐晏、歐諸公所不允也。」

我剛才說，作者創作作品，你賦予了作品發揮的功能以多少潛力，讀者才有可能發掘到作品的潛力。眞正偉大的作者他給予作品的潛力一定是多的，所以這麼多的人研究「紅學」，却老也研究不完，這是因爲作者賦予了作品這麼豐富的潛藏的可以發揮的功能的潛力。詩歌是如此，小說也是如此，偉大的作品都是如此的。所以王國維說，這是大詞人才能夠寫出來的。但是，他又說我要用這些個意思勸來解釋這些詞，「恐爲晏、歐諸公所不許也」。這是什麼意思？四川大學有個學生問我：「你看除了第一個例證兩句詞是晏殊的，其餘兩個，一個是柳永，一個是辛棄疾的，他幹嘛不說柳永、辛棄疾，而是要說晏、歐諸公呢？我認爲原因有二：一則是，「衣帶漸寬」一詞本來也見於歐詞集中，所以他說晏歐；再則是因爲如果以小詞帶著豐富的感動興發的力量來說，是晏殊跟歐陽修的小詞裡邊更富有這種特色，是以南唐的馮延巳到北宋初年的晏、歐的小詞裡邊所帶著的這種豐富的感發的力量最多。它不用語碼，不用故事，不用典故，而它却能帶著這樣大的感發的力量。我們以前講過一首馮正中的詞〈蝶戀花〉，他說「日日花前常病酒，不辭鏡裡朱顏瘦」，也是如此。他說的是飲酒，看花，說對於我的憔悴、消瘦不推辭。可是饒宗頤教授却從這裡看到了一種「開濟老臣」的懷抱。「日日」、「常」都是常常的意思。「不辭」，是說我絕不逃避的這種口氣。「朱顏瘦」，是憔悴消瘦，又不只是這點，是「不辭鏡裡朱顏瘦」，我不是不知道自己的憔悴消瘦，我寧願付出我的消瘦憔悴的代價，也要賞花，因爲我對花有一份感情。人一定要對於你所做的事業、學問，有這樣的感情。馮正中說的「日日花前常病酒」，就是這樣的一種感情。歐陽修的詞說：「直須看盡洛城花，始共春風容易別。」春天總是要走的，花總是要落的，每個人都會生病老死的。你在有限的生命的過程中，要完成一些什麼呢？歐陽修說的「直須看盡洛花城」，我要把我所要看的花都看過，那個時候，我才「始共春風容易別」。聖經上保羅的書信說：「該走的路我已經走過了，該守的道我已經守住了。」我就是離開，也沒有遺憾了。所以歐陽修的詞說：「直須看盡落城花」，那時候我跟春風告別，我才沒有遺憾。只有大詞人、大詩人，不管寫看花，不管寫飲酒，不管寫愛情的相思懷念，才能寫出這樣一種境界，才能夠蘊藏含蓄這麼豐富的潛藏的力量。這是第三種評說詞的辦法，是帶有創造性的評說，不是胡思亂想的評說。這種方式雖然自由，但它是要受這個詩歌作品本身的本質的限制的。這種欣賞的方式是王國維一個人發明的嗎？不是的。這是我們中國最古老的、最傳統的詩歌的欣賞方法，不是只有西方的什麼接受美學，什麼讀者反應論才有的觀點。

《論語・泰伯》篇曾說：「子曰：『興於詩』。」興是一種興發，一種感動，跟作者的見物起興一樣，你讀詩，也會引起一種感發的。詩的作用就在於能夠給你的心靈一種感發。古人曾說：「哀莫大於心死，而身死次之。」就是在於你的內心有一種活潑的敏銳的善於感發的心靈，這是作爲一個眞正的人的根本所在的地方。而詩歌的最大的作用，是要讓你有一顆不死的不僵化的心靈，有一個善感的心靈，要「興於詩」。孔子不但說「興於詩」，還說詩是「可以興」的。孔子所讚美的「興」相當於西方的接受美學所說的創造性的聯想。論語上就曾記載孔子與學生的談話說：「子貢曰：『貧而無諂，富而無驕，何如？』子曰：『可也。未若貧而樂，富而好禮者也。』子貢曰：『詩云：『如砌如磋，如琢如磨』，其斯之謂歟？子曰：『賜也，始可與言詩已矣，告諸往而知來者』。」子貢問的是做人的道理：「貧而無諂，富而無驕。」孔子說的也是做人的道理：「貧而樂，富而好禮」。可是子貢從做人的道理却想到了詩句的「如砌如磋，如琢如磨」，這是一種自由的聯想，《詩經》上寫的不是貧富的做人的道理，而子貢有了這種聯想，所以他是創造性的讀者。他作了一個自由的聯想，孔子讚美說「賜」這樣的學生，才可以跟你論詩了。「告諸往而知來者」，是說告訴你一個過去的東西，你可以推想出一個未來的東西，你有一個活潑的善感的富於聯想的心靈，這樣就可以讀詩了。孔子不只一次讚美這樣的學生。又有一次，子夏問「『巧笑倩兮，美目盼兮，素以爲絢兮』何謂也？」說一位女子很美，笑起來面頰很美，眼睛轉動得也很美。「素」是白色，「絢」是彩色。這學生說，我不懂，白顏色怎麼會是美麗的彩色呢？孔子就說「繪事後素」：說是畫畫的時候，先要有一個素白的、潔白的質地。一張污穢的紙上，你永遠畫不出好看的畫。所以是「唯白受彩」。孔子根據他的問話回答說「繪事後素」。假如是白皮膚，那麼你描了眉，就是青黛的顏色，涂上胭脂，就是鮮紅的顏色。假如你本來是黑的，那麼什麼顏色都不鮮明了。子夏聽了以後說：「禮後乎？」意思是說，噢！老師這麼一說，我就聯想到了，這個本質才是重要的，外表形式是後加的，所以禮節，禮法只在形式上，是後加的。首先要在你內心有一份禮敬的情意，內心是恭敬的嚴肅的有美好的情意，你這個禮才是有意義的。你心裡罵一個人，但你表面上還跟他微笑，還跟他握手，這個是不對的。所以說「禮後乎」。禮是在內心有了敬意以後，然後表現於形式的。子夏也是從詩句聯想到做人的道理的。孔子也讚美他說：「啓予者，商也！始可與言詩已矣。」他說給我啓發的是商這個人，像這樣的學生我是可以跟你談詩了。所以這種自由的聯想，西方所謂讀者反應論的自由的聯想，是我們中國一向就有的寶貴的傳統。西方的理論還曾進一步提到作品與讀者的關係說：「閱讀的過程就是一個再創造的過程，也就是讀者自身改變的過程，也就是讀者受作品中之潛能影響的過程。」因此一般常說詩可以陶冶性情，可見作品對讀者確實有相當的影響，這正是我們學習詩歌的一項重要的作用和意義之所在。而王國維之以「成大事業、大學問的三種境界」來解說這些富於感發作用的小詞，就正是這種傳統的實踐和發揮。

總之，「詞」是一種「要眇宜修」的文學體式，容易引起讀者豐美的聯想。而以聯想的說詞的方式，則大致可分爲二大主流：一派是以「比」的方式，用「語碼」的聯想來說詞的，可以張惠言爲代表；一派是用「興」的方式，用感發所引起的聯想來說詞的，可以王國維爲代表。

因爲時間的限制，我所講的極爲匆促，也極爲草率，而我的系列講座到今天就全部結束了。耽誤大家不少時間，謝謝大家。

國家圖書館出版品預行編目資料

唐宋詞十七講（下）/葉嘉瑩作.二版.--
台北市：桂冠，2000[民 89]
冊；　公分. - (葉嘉瑩作品集)

ISBN 957-730-223-8（下冊：平裝）

1. 詞 - 唐 (618-907) - 評論
2. 詞 - 宋 (960-1279) - 評論

823.84　　　　89001535

01709

唐宋詞十七講（下）

作者—— 葉嘉瑩
出版者—— 桂冠圖書股份有限公司
地址—— 台北市 106 新生南路三段 96-4 號
電話—— 02-22193338　02-23631407
購書專線—— 02-22186492
傳真—— 02-22182859~60
郵政劃撥—— 0104579-2　桂冠圖書股份有限公司

印刷廠—— 海王印刷廠
裝訂廠—— 欣亞裝訂公司

初版一刷—— 1992 年 4 月
二版—— 2000 年 2 月
網址—— www.laureate.com.tw
e-mail —— laureate@laureate.com.tw

ISBN 957-730-223-8　　定價 ——新台幣 300 元

桂冠圖書公司　信用卡申購單

TEL：(02) 2219-3338　FAX：(02) 2218-2860

信用卡別：□VISA　□MASTER　□JCB　□聯合信用卡　□＿＿＿＿＿

卡　　別：＿＿＿＿＿＿＿＿　發卡銀行：＿＿＿＿＿＿＿＿

身份字號：＿＿＿＿＿＿＿＿　信用卡效期：＿＿＿年＿＿＿月

訂購總額：＿＿＿＿＿＿＿＿　訂購日期：＿＿＿年＿＿月＿＿日

持卡人簽名：＿＿＿＿＿＿＿　授權號碼：＿＿＿＿＿＿＿＿

閱讀興趣：100 哲學、思想　200 宗教　300 自然科學　400 應用科學
500 社會科學　600 史地　700 語言、文學　800 藝術
900 其他：＿＿＿＿＿＿＿＿＿＿（請填寫）

訂購人姓名：＿＿＿＿＿＿＿　生　　日：＿＿＿年＿＿月＿＿日

收件地址：□□□

＿＿＿＿＿＿＿＿＿＿＿＿＿＿＿＿＿＿＿＿＿＿＿＿＿＿

電　　話：(　　) ＿＿＿＿＿＿＿　傳　　真：(　　) ＿＿＿＿＿＿＿

…………………………………………………………………………

三聯式發票：□需要　□不需要（以下免填）

發票抬頭：＿＿＿＿＿＿＿＿　統一編號：＿＿＿＿＿＿＿＿

訂購書目：

書名：＿＿＿＿＿＿＿，＿＿本。書名：＿＿＿＿＿＿＿，＿＿本。

書名：＿＿＿＿＿＿＿，＿＿本。書名：＿＿＿＿＿＿＿，＿＿本。

書名：＿＿＿＿＿＿＿，＿＿本。書名：＿＿＿＿＿＿＿，＿＿本。

共＿＿本，總金額＿＿＿＿元。

交易金額在 1000 元以上可享八五折優待，本公司保有接單與否的權利。

◎請詳細填寫後，影印放大傳真或郵寄至本公司，傳真電話：(02) 2218-2860，信用卡消費金額不滿一千元者，請另加掛號郵資 50 元，不便之處，敬請原諒。

廣 告 回 函
臺灣北區郵政管理局登記證
北 台 第 2521 號

免 貼 郵 票

106 台北市新生南路三段 96-4 號

桂冠圖書公司　收

（請沿虛線對折釘好，地址朝外，免貼郵票，直接投郵。）

通　訊　欄